外国剧作新选
丛书主编◎宫宝荣

上海戏剧学院外国戏剧研究中心 | 策划

我们之间 挺好的

Między nami
dobrze jest

波兰新剧选

本册主编◎[波兰]阿尔图尔·杜达

[波兰]多萝塔·马斯沃夫斯卡
[波兰]马莱克·普鲁赫涅夫斯基
[波兰]塔代乌什·斯沃博吉安耐克
[波兰]安杰伊·斯塔舒克
[波兰]彼得·托马舒克
著

黄珊 毛蕊 梁小聪
译

中国戏剧出版社
CHINA THEATRE PRESS

图书在版编目（CIP）数据

我们之间挺好的：波兰新剧选 /（波）阿尔图尔·杜达主编；黄珊，毛蕊，梁小聪译. — 北京：中国戏剧出版社，2022.12
（外国剧作新选 / 宫宝荣主编）
ISBN 978-7-104-05321-7

Ⅰ. ①我… Ⅱ. ①阿… ②黄… ③毛… ④梁… Ⅲ. ①剧本－作品集－波兰－现代 Ⅳ. ① I565.35

中国版本图书馆CIP数据核字（2022）第242267号

我们之间挺好的：波兰新剧选

责任编辑：肖 楠 齐 钰
责任印制：冯志强

出版发行：中国戏剧出版社
出 版 人：樊国宾
社　　址：北京市西城区天宁寺前街2号国家音乐产业基地L座
邮　　编：100055
网　　址：www.theatrebook.cn
电　　话：010-63385980（总编室）　010-63381560（发行部）
传　　真：010-63381560

读者服务：010-63381560
邮购地址：北京市西城区天宁寺前街2号国家音乐产业基地L座

印　　刷：北京鑫益晖印刷有限公司
开　　本：787mm×1092mm　1/16
印　　张：20
字　　数：238千字
版　　次：2022年12月　北京第1版第1次印刷
书　　号：ISBN 978-7-104-05321-7
定　　价：138.00元

版权专有，违者必究；如有质量问题，请与出版社联系调换。

图1、2 《我们班》（2010）
  作者：塔代乌什·斯沃博吉安耐克（Tadeusz Słobodzianek）
  导演：欧德莱伊·斯皮沙克（Ondrej Spišak）
  摄影：玛尔塔·安柯施泰因（Marta Ankiersztejn）

图3 《上帝尼金斯基》（2006）
  作者：彼得·托马舒克（Piotr Tomaszuk）
  导演：彼得·托马舒克
  摄影：巴特沃梅伊·赛伊瓦（Bartłomiej Sejwa/ 维尔沙林剧院 Teatr Wierszalin）

图 4、5
《我们之间挺好的》(2009)
作者：多萝塔·马斯沃夫斯卡（Dorota Masłowska）
导演：格热戈日·亚日那（Grzegorz Jarzyna）
摄影：多米尼卡·奥多翁日（Dominika Odrowąż）

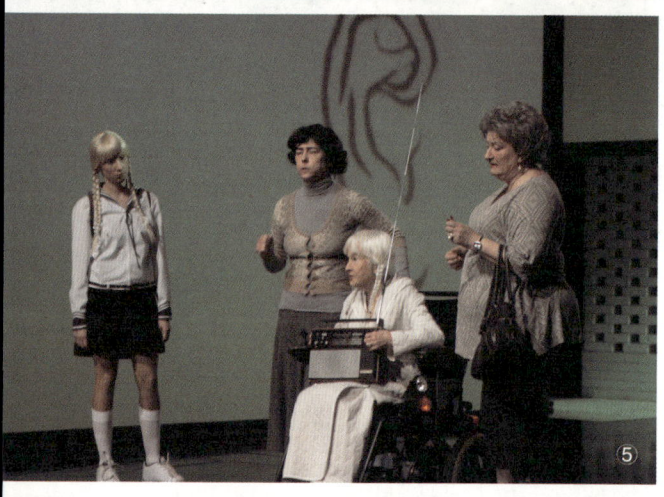

图 6
《乌茨娅和她的孩子们》(2003)
作者：马莱克·普鲁赫涅夫斯基（Marek Pruchniewski）
导演：斯瓦沃米尔·法比茨基（Sławomir Fabicki）
摄影：TVP/伊莱内乌什·索别什楚克（TVP/Ireneusz Sobieszczuk）

序 言

阿尔图尔·杜达

艾菲 译

我们在此有意给中国读者介绍一下新书《我们之间挺好的——波兰新剧选》。第一本名为《人生档案——波兰当代戏剧家剧作选》（中国戏剧出版社，2020），收录了以塔代乌什·鲁热维奇（Tadeusz Różewicz）为首的20世纪最杰出的波兰剧作家们的剧本。现在我们要向大家推荐那些在20世纪和21世纪之交对波兰戏剧文学和波兰戏剧演出产生最重大影响的艺术家及其剧目。他们的作品不仅在波兰广为人知，而且已被翻译成外语，并在世界许多国家的舞台上亮相。即使目前还不知道未来它们是否会被纳入波兰当代文学经典，但已经可以说它们是波兰文学和波兰戏剧文化在世界上的代表性呈现。

值得补充的是，其作品收录于本选集的剧作家们代表了不同的年代、广泛的戏剧文学和演出美学，以及相宜的观众沟通策略。我们还想通过本书反映波兰剧作家的不同世界观，以及他们随时愿意探讨的主题：一方面，这些主题非常地域化，可能只对波兰读者和波兰的观众群体有意义；另一方面，它们超越了波兰受众这个群体框架，面向敏感的外国观众开放，具有全球演绎的实质潜力。其中最年长的作家塔代乌什·斯沃博吉安耐克（Tadeusz Słobodzianek，1955— ）创作了许多剧本，故事往往发生在波兰—白俄罗斯边境的农村环境之中，那里的人们天真地相信奇迹。然而，收录在本选集中的《我们班》乃是一部类型独特的作品，内容涉及20世纪波兰历史上最具挑战性的问题之一——大屠杀以及波兰人参与德国纳粹屠杀犹太人的事件。

剧本《黑暗森林》也涉及第二次世界大战，该剧由安杰伊·斯塔舒克

（Andrzej Stasiuk，1960—）创作，他是一位伟大的散文作家，很少触及戏剧形式。其实，这是一则有关道德危机的寓言，其中欧洲由于第二次世界大战实现了自我发现。在斯塔舒克的黑暗森林中，被繁荣惯坏了的德国人、为他们工作的波兰人以及居住在森林里的神秘亚洲人走到了一起。斯塔舒克不惧怪诞和黑色幽默，对现代欧洲的未来进行了深刻的思考。本书中最年长的剧作家之一是马莱克·普鲁赫涅夫斯基（Marek Pruchniewski，1962—），他的剧本《乌茨娅和她的孩子们》具有逐字①美学的所有特征，并以新闻报道人或记者的视角揭露了当代波兰乡村生活的黑暗面。然而，它让我们去理解剧名人物乌茨娅的象征性命运，她听任自己的孩子被人杀害，成为一个她生活于其中的社会环境的牺牲品，如同一个当代的美狄亚。

在多萝塔·马斯沃夫斯卡（Dorota Masłowska，1983—）的作品中，可以发现有着大量的社会批评以及为理解波兰新现实的细微差别所做的努力。剧本深植于当代波兰资本主义制度的现实，尤其是当代波兰的语言之中。剧作家大胆运用了激烈的言辞、辛辣的讽刺和黑色幽默。她在戏剧《我们之间挺好的》中再现了华沙的一个多代家庭，包括一位记得第二次世界大战的祖母、一位母亲和一个女儿。剧中女主人公们的语言极其丰富多彩，正是语言创造了她们，而不是她们在创造语言。也许马斯沃夫斯卡戏剧的真正主人公就是华沙自己——一座在战争中被完全摧毁的城市，现在的它只是一个模拟，一个巨大的波兰首都幻象。值得一提的是，马斯沃夫斯卡的另一部戏剧《一对讲波兰语的罗马尼亚人》可以在《幻变——东欧当代戏剧选》（卡丽娜·斯特凡诺娃主编，中国戏剧出版社，2019）下卷中找到。

选集中的最后一部戏剧是彼得·托马舒克（Piotr Tomaszuk，1961—）的作品，最初是剧作家为致敬波兰俄裔舞蹈家和编舞家瓦斯拉夫·尼金斯基（Wacław Niżyński）的非凡舞姿而创作的一出精彩表演的脚本。彼得·托马舒克是为数不多的波兰戏剧艺术家之一，他与塔代乌什·斯沃博吉安耐克一起创立了维尔沙林（Wierszalin）木偶戏剧社。尽管他的艺术生涯扎根于一家公

---

① "逐字"为 verbatim 的中文翻译，本意为贴近原始材料，不做修饰。——译者注

共木偶剧院，但他创造性地发展了耶日·格洛托夫斯基（Jerzy Grotowski）和塔代乌什·康托尔（Tadeusz Kantor）的遗产，《上帝尼金斯基》是他创新性地利用斯拉夫祭奠死者仪式的某些形式一个伟大例子。

选集中的每一部剧本之前都有波兰研究人员撰写的内容介绍。这些研究人员或隶属于波兰哥白尼大学人文学院的"表演与戏剧翻译研究"研究团队，或受邀参与合作［华沙科学院波兰当代戏剧研究中心主任雅采克·考普钦斯基（Jacek Kopciński）教授］。我们这本选集的工作是由一个四名翻译人员和11名研究人员组成的团队完成的。这项工作是在 IDUB（卓越计划—研究型大学）资助的跨学科卓越计划（Inter-Disciplias excellentia）范围内完成的，巴尔巴拉·毕比克（Barbara Bibik）教授为负责人，成员有：阿尔图尔·杜达（Artur Duda）教授、莫妮卡·克拉耶夫斯卡（Monika Krajewska）教授和硕士生克劳迪娅·佩普林斯卡（Klaudia Peplińska）。汉学家马奇·萨特科夫斯基（Maciej Szatkowski）博士在准备待印文本方面发挥了特别重要的作用，他主要是为我们提供翻译和语言咨询服务。

我们为能够与上海戏剧学院东欧戏剧研究中心的合作又迈出一步而非常感谢宫宝荣教授。如果没有波兰哥白尼大学校长安德烈·索卡拉教授的参与，该文集的问世就不可能实现，他为我们提供资金支持，并与多个外部合作伙伴签署了合作协议：位于华沙的亚当·密茨凯维奇研究所、兹比格涅夫·拉泽夫斯基戏剧学院，以及波兰共和国驻华大使馆文化处。

我们衷心感谢亚当·密茨凯维奇研究所（The Adam Mickiewicz Institute）所长巴尔巴拉·萨波夫斯卡（Barbara Schabowska）、戏剧研究所所长伊丽莎白·沃特诺夫斯卡·格米兹（Elżbieta Wrotnowska-Gmyz）、波兰驻华大使馆文化处主任扬·耶日·马利基（Jan Jerzy Malicki），以及前述机构的所有人，他们对选集编写过程及其资金筹措的贡献无可估量，特别是"伟大周年纪念"项目经理埃瓦·奇维琴斯卡（Ewa Chwilczyńska）和戏剧研究所副所长雅罗斯瓦夫·西梅曼（Jarosław Cymerman）博士。我们真诚地希望，这只是与关心在波兰和全世界广大波兰文化机构之间开展富有成效合作的开始。

（作者为波兰哥白尼大学教授）

目　录

我们之间的马斯沃夫斯卡和马斯沃夫斯卡的《我们之间》
　　………………………………………… 莫妮卡·克拉耶夫斯卡，毛蕊 译　001
我们之间挺好的………………………… 多萝塔·马斯沃夫斯卡 著，毛蕊 译　010
罪恶从何而来？——《乌茨娅和她的孩子们》
　　………………………………………… 巴尔巴拉·毕比克，梁小聪 译　053
乌茨娅和她的孩子们………………… 马莱克·普鲁赫涅夫斯基 著，梁小聪 译　062
塔代乌什·斯沃博吉安耐克：《我们班》——文化万花筒
　　………………………………………… 维奥莱塔·弗罗布莱夫斯卡，黄珊 译　123
我们班——十四堂课中的历史……塔代乌什·斯沃博吉安耐克 著，黄珊 译　134
《黑暗森林》中发生了什么？……… 雅采克·考普钦斯基，黄珊 译　207
黑暗森林………………………………… 安杰伊·斯塔舒克 著，黄珊 译　216
彼得·托马舒克笔下的神圣罪人……… 玛仁娜·维希涅夫斯卡，赵祯 译　267
上帝尼金斯基……………………………… 彼得·托马舒克 著，毛蕊 译　277

我们之间的马斯沃夫斯卡和马斯沃夫斯卡的《我们之间》

莫妮卡·克拉耶夫斯卡（Monika Krajewska）

毛蕊 译

    戏剧世界钟爱多萝塔·马斯沃夫斯卡（Dorota Masłowska），这与她作品中表现力鲜明的人物、对现实荒诞性的描述，以及最重要的就是与她独具特色的语言分不开。她的戏剧、小说甚至关于食物的专栏连载都被演员们搬上了舞台[①]。专注于抽象表达、不屈服于语言的表面现实主义、将所呈现的世界进行非现实化处理是她成功的关键，然而并非所有导演都可以寻找到这些关键[②]。

    2002 年，多萝塔·马斯沃夫斯卡发表了处女作——小说《国旗下的波俄战争》（简称《战争》），语言绝对是她的创作工具和创作对象。直到今天，这种大量取自最底层语域，有时只是根据发音记录的拼写、特殊的句法结构、加入变形的成语俚语所形成的语言，这种再现广告标语、报纸头条、带有特殊节奏、以重复为特点的大众文化语言仍旧是这位作家作品的独具特色之处。

    《战争》这部作品是作家在准备高考和参加高考期间写的，作品关注的是住在旧小区住宅楼里的年轻人的世界，这些人没受过良好教育，没有前途，他们都和主人公大强一样，过着终日与毒品为伴的生活。这部作品以大强的爱情困境作为前景，在背景中勾勒出波兰式的偏见和典型的波兰人行为。作者本人也以一个和自己名字发音相似的人物（马斯奥斯卡）出现在文本中。

[①] M. Obarska, *Rycie beretu. Masłowska w teatrze*, https://culture.pl/pl/artykul/rycie-beretu-maslowska-w-teatrze （此处及以下的网页检索日期均为 2021 年 1 月 26 日）。

[②] D. Masłowska, *Nie oczekuję wierności, ale srogo karzę za niewierność*, „Gazeta Wyborcza", 15.03.2019, https://wyborcza.pl/7,112395,24551418,dorota-maslowska-przed-premiera-innych-ludzi-w-teatrze-nie.html.

这部作品被改编成了几部话剧作品，在 2009 年还被搬上了电影银幕。尽管外界对小说本身的评价褒贬不一，但毫无疑问，这是一本畅销书，书中的语言风格为很多年轻艺术家提供了灵感，也成为一些公共场合发言中的元素。（"马式语言是流行范的基础"[1]）

这位年轻女作家的成功令她对于自身作为作家和名人的主体的反思成为她作品中的主题之一。她的第二部小说，题为《女王的孔雀》（女王就是马斯沃夫斯卡本人，而"孔雀"这个词是多义词，在这里指的是呕吐之物，是对她成为演艺圈齿轮中一环的反馈），其中展现了"真实"的多萝塔和媒体所塑造出的分裂的多萝塔的主题。作家搬到了华沙，四位主人公的故事和嘲弄所有人的演艺圈的行为也都在这里进行。小说再一次不以内容而是以形式获得了极大的关注。在一次采访中，这位作家表示，她一直都想写一首歌，但是这种表达方式对她来说似乎太短了，会限制她的用词数量。所以她就想，为什么不能把歌词变成小说形式呢？[2] 就这样，她创作出了《女王的孔雀》——一首充满反问句、有着密集紧凑的结构和押韵的嘻哈歌曲。《战争》被提名波兰最重要的文学奖项——尼刻奖，而《女王的孔雀》则获得了尼刻奖，也走进了话剧院的舞台。

接下来的一部作品——《两个可怜的说波兰语的罗马尼亚人》是 2006 年马斯沃夫斯卡在格热戈日·亚日那（Grzegorz Jarzyna）的建议下，专门为话剧舞台写的一部作品。这是一个关于带着孩子的年轻单身女性吉娜和一部流行电视剧中的演员帕尔哈之间的故事。他们相识于一次以"污垢、恶臭与病毒"为口号的变装派对，在酒精和毒品的作用下，他们搭上便车，前往华沙。他们假扮成题目中的罗马尼亚人，被当成贫穷和被社会所排斥的代名词，一开始他们还觉得很有趣，然而当他们清醒时事情就变得不再好玩了，伪装成了他们的标签，而撕掉这个标签、抛弃替代的身份根本不是一件易事。《两个可怜的说波兰语的罗马尼亚人》已经被不同的导演进行了改编创作。

---

[1] A. Drotkiewicz, *Paris, London, Dachau*, Warszawa 2004, s. 18.

[2] *Rozmowa o nowej książce Paw królowej, z D. Masłowską rozmawia W. Staszewski*, https://www.wysokieobcasy.pl/wysokie-obcasy/1,53662,2715357.html.

2008年，马斯沃夫斯卡的第二部戏剧作品《我们之间挺好的》出版，四年后小说《亲爱的，我杀了我们的猫》出版，这部作品被作者认为是"首先关注的就是价值的丧失及人们将大量精力都浪费在胡说八道上[①]"。同样我们在这里可以找到作家以自己为话题的手法——在这部作品中出现了一个写书的女作家[②]。在一系列以波兰为发生地的作品之后，马斯沃夫斯卡将《亲爱的，我杀了我们的猫》中情节的发生地搬到了美国大都市的代表——纽约（尽管这可能只是美国的一个映射[③]）。这里的语言表达手法也是不同的。我们面对的是指南杂志中的口号和女性刊物中杂糅的混合语言，是以谷歌翻译器翻译出的晦涩难懂的语言为范例的语言，而这种语言又是一个没有语言的人的母语[④]。这部小说两次被改编成两部话剧。

2011—2013年间，马斯沃夫斯卡撰写了一些以对食物的广泛反思为切入点的专栏连载，这些专栏文章被结集成册，命名为《比你能吃的更多》，于2015年出版。以该书为基础改编的话剧也于同年上演。到目前为止，她还出版了两本专栏文集：2017年的《如何足不出户掌控世界》和2020年出版的《如何足不出户掌控世界2》（其中一篇为《上海的秋天》，是关于她在中国进行的为期两个月的访学交流期间的经历的文章）。

她的第四部小说《别的人》于2018年问世，在这部小说中作者自己首次没有出现，这又是一首嘻哈风格的长诗。《别的人》中的人物代表了不同的背景和环境，然而事实证明，没有"别的人"，大家所有人之间都是相互联系（但不形成纽带）、相互依赖的。老旧小区住宅楼和新式封闭小区（成功人士居住的）之间、大公司和失业者之间的人的矛盾碰撞并不是一个新话题。由

[①] *Syreni śpiew, z D. Masłowską rozmawia Z. Ziomecka*, http://mbc.malopolska.pl/Content/91851/przekroj_2012_042.pdf.

[②] 一方面是对另一个自我的运用，另一方面是对特殊语言的使用，这两个特点使我们有可能将马斯沃夫斯卡（D. Masłowska）与耶利内克（E. Jelinek）的文本进行比较。更多关于二人相似之处，见杜达（A. Duda）的文章《多萝塔·马斯沃夫斯卡或在语言力量之下》，载宫宝荣主编，蔡燕等译《幻变：东欧当代戏剧选》（下册），中国戏剧出版社2019年版，第512—519页。

[③] *Syreni śpiew*, op. cit.

[④] D. Masłowska, *Kochanie zabiłam nasze koty*, https://www.noir.pl/ksiazka/566/Dorota-Maslowska-Kochanie-zabilam-nasze-koty.

道听途说来的词汇、口号组成的虽然残缺粗俗却又智慧风趣的、情感丰沛的语言立刻吸引了大家的注意。《别的人》是一首关于现代城市中的孤独的诗篇。这部小说是一个现成的剧本，正如作者本人所说，"是为表演而生的文本①"。在 2018 年先是以有声书的形式出现，后来又以不同面貌呈现（由格热戈日·亚日那指导，在华沙 TR 剧院首演），2021 年还被拍成了电影。在《别的人》新书宣传的视频中，马斯沃夫斯卡还将书中的第一段以说唱的形式进行了表演。② 这不是她第一次进行此类表演，之前在 2014 年她曾和死神的酷小孩（Cool Kids of Death）乐队合作，以 Mister D 为笔名发表了一张名为《社会是不友好的》的专辑③。

马斯沃夫斯卡因其作品获得了许多重要奖项、荣誉及提名。她曾多次获得艺术奖金并受邀赴国外访学交流。尽管她取得了国际性的成功，但是我们必须要关注一下她作为工具的语言——波兰语④。她需要与波兰语直接接触，她在写作上也依赖于波兰语，她愿意去聆听街上的人是如何说话，从而展示她的母语的巨大弹性⑤。她捕捉支配语言的机制，积累有缺陷的结构，把握幽默的可笑性，收集语言表达的模式和所有夹杂着外来词的本土化表达（她觉得这些话在她嘴里说出来很羞耻，她强调这些夹杂外语的本土化表达是虚假的思考）⑥，然后再将一切重新整合、创造。她的作品是以一种非常特殊的材料——经过雕琢的二手语言构建而成，最后到达翻译加工厂。正如作者所说，这些雕琢都在翻译的过程中掉落了，是不可翻译的⑦。她自己也强调过，有一

---

① *Z D. Masłowską rozmawia S. Łubieński*, festiwal Konteksty, Sokołowsko 2018, za: A. Michalak, op. cit., s. 207.
② D. Masłowska, *Inni ludzie*, official book trailer, https://www.youtube.com/watch?v=G8KGWvoS7zg.
③ Zob. też: D. Masłowska, #hot16challenge2, https://www.youtube.com/watch?v=E7kCa69dzjw.
④ 线上访谈，z D. Masłowską rozmawia J. Dżbik-Kluge, https://www.facebook.com/empikcom/videos/1406067372920070; 7.09.2020.
⑤ *Ten kraj jest przeciwko kobietom*, z D. Masłowską rozmawia N. Szostak, https://wyborcza.pl/7,101707,25703992,dorota-maslowska-o-filmie-inni-ludzie-staram-sie-nie-podchodzic.html?utm_source=facebook.com&utm_medium=SM&utm_campaign=FB_Gazeta_Wyborcza&fbclid=IwAR3IX-WjHW-k0gZboi0s6an3otqMbxXpKhc_pWpJ8zDS0WCw53Ks242aklY.
⑥ *Paczenie*, z D. Masłowską rozmawia M. Jakubowiak, https://www.dwutygodnik.com/artykul/9096-paczenie.html?fbclid=IwAR34L_l7S8TeIrCzEWdbXpT4w6LwG5tbCUaSM_1Y1Sx6c8mkWQMGt4eRABQ.
⑦ 2020 年 8 月 31 日作家见面会。

点需要记住的是，尽管从另一方面来看，她文本作品中的语言构建是来源于真实成分，但也是一种创造出的、具有奇妙幻想的语言，它为译者留有想象空间，可以在类似层面上用来构建幻想。在译者们的共同努力下，马斯沃夫斯卡的作品进入了西欧、中欧乃至中国的出版市场，并在国际上许多国家的舞台上演出①。

《我们之间挺好的》于2009年3月26日在德国柏林绍宾纳剧院（Schaubü hne am Lehniner Platz）首演，几日之后（2009年4月5日）在华沙综艺剧院为波兰观众呈现了首场演出。该剧的标题取自朋克乐队斧头乐队（Siekiera）的一首歌，然而无论是这首歌，还是马斯沃夫斯卡的作品，其实都没标题里提到的"挺好"，甚至是很不好：歌曲内容涉及轮奸，而戏剧作品是关于家庭、社会和民族危机。故事发生在华沙，在狭小的空间里生活着代表三代人的三位女性：外婆——一个坐在轮椅上的阴沉抑郁、始终活在战争记忆中的老妇人；母亲哈莉娜——一个无法在社会转型后的现实中找到自己位置的中年女人，一个喜欢看电视、读从垃圾回收桶里捡来的"免费送"的报纸的大型商超的员工（"使用经典物理方法在商店空间内移动货物托盘的专家"②）；以及女儿——一个金属小女孩，她很早就认定自己是一个欧洲人，她从一个波兰清洁工留下的唱片和报纸上学习波兰语。

每位女性所使用的语言特点都不一样：外婆——文学式的、优美的、认真的，母亲——来自广告宣传单和电视节目里的语言，女儿——加上了互联网上学来的新词。马斯沃夫斯卡指出：

> 我把几代人的语言、思维方式、行为方式、不同的日常生活碰撞在一起，为了突出这种冲突，这种"普通波兰人"的缺乏以及一个可以相遇的、可以让我们说出"我们"的平台的缺乏③。"我们"这个概念已经瓦解。艺术没有

---

① *Ten kraj jest przeciwko kobietom*, op. cit.
② D. Masłowska, *Między nami dobrze jest*, [w:] Dramaty, Warszawa 2017. Numery stron podawane są bezpośrednio w tekście głównym w nawiasie kwadratowym.
③ *Polska to brzydka dziewczyna*, z D. Masłowską rozmawia J. Sobolewska, https://e-teatr.pl/polska-to-brzydka-dziewczyna-a59686.

试图去重构"我们",而是试图去探究在"我们"概念的缺乏之下所隐藏的含义。①

该剧的第一句话就体现了这种相互之间理解的缺乏。当老太太兴奋地说:"唉,我记得战争爆发那天",而孙女根本不懂她说的爆发是什么意思,只是接着问:"是爆发了价格战吗?"在另外一个地方,孙女又把两个词(体能/集中)的意思和意象弄混了,因为她根本不记得外婆去过什么体能训练营,而又以为轰炸的意思就是把整片天空租下来进行飞机模型展。在全剧结尾处提到了战争开始的第一天其实是一个不存在的开始。"这就是给你的惊喜。而且我敢用我的脑袋打赌,现在那个地方的空气中到处都是瓦砾、石块、玻璃和四处飘散的像素,刚才我们的老房子还在那儿呢"。在最后一幕响起了这样一句话:"这时,观众应该已经猜到了,外婆在这场爆炸中已经死了。"观众其实知道,死去的不仅仅是外婆,而且可能母亲根本也没生出金属小女孩,所以金属小女孩只是一个根本不存在的孤儿。正如亚采克·考普钦斯基(Jacek Kopciński)指出的那样:"马斯沃夫斯卡在最后赋予了剧中所有人物虚拟的状态,她们从'大爆炸'以来就一直生活在一个不真实的世界中,并练习着如何假装满足自己的消费主义饥饿②。"

这个不真实的世界、缺乏现实的生活以及不存在的生活却在反反复复出现着这样的句子:"外婆还没吃午饭吗?""外婆今天就哪儿都没去吗?""我已经不用带她去任何地方了。""我们都没有好好散散步。"全剧中最重要的关键词之一就是"缺少",缺少未来、缺少价值、缺少前景、缺少赞美、缺少假期、缺少手机、缺少装修和洁净、缺少自己的房间。在最后一幕的背景中,故事发生在一个一室户中,"这间房子被巧妙地分割开来,正好金属小女孩的房间的缺少、阴郁的残疾老妇人的平静的缺少和(51岁的)哈莉娜的不安,全部都挤在这个房间中,她们就在这样一间房间中展现着在如此漫长的一天

---

① 《我们之间挺好的》柏林首演,https://www.youtube.com/watch?v=RiYEM4D_KXQ。
② J. Kopciński, *Gdy żadna ulica nie ma sensu. Wojna w twórczości młodych reżyserów i dramaturgów*, „Teksty Drugie" 2010 nr 4, s. 245.

中的房间的缺少"。

除了老妇人、哈莉娜和金属小女孩之外，还有一些人物：宝热娜，一个发小广告的、胖得畸形的女人，是哈莉娜的好朋友；优雅的艾迪塔，她决定要克服困难救一个人，因为在和平时期，战争却在其他国家发生着；时尚精致男，想要写一部名为《骑马的马》的电影剧本；剧本中的女主角莫妮卡，又聋又瞎但是看问题很到位，她出生在波兰完全是个意外，她虽然学会了波兰语，但是对于所有多音节词的意思都不明白；男演员和采访男演员与莫妮卡的电视台主持。剧中还有一个重要角色，那就是广播中传来的声音，它宣布：

在很久以前，当世界还由上帝的法律所管理，世界上所有人都是波兰人。每个人都是波兰人，德国人是波兰人，瑞典人是波兰人，西班牙人是波兰人，波兰人是每个人，就是每个、每个人、每一个人，都是。那时的波兰是一个美丽的国度，我们拥有伟大的海洋、岛屿、大洋和一支航行其中的海军舰队，它不断发现着新的大陆，这些大陆同样属于波兰，还有一个非常著名的探险家克舍什托夫·哥伦布，不过后来他被改了名字，叫什么克里斯朵夫还是什么克里斯艾萨克的，我们曾经是一个伟大的帝国，是宽容和多文化共生的绿洲，而每一个从其他国家来的人，我们刚才说了，之前他们都不在这儿，都会收到我们热情的，用面包对他们表示的欢迎……

没有任何东西能从马斯沃夫斯卡戏剧中的嘲弄和讽刺面前逃走。男演员和主持人站在气象图旁，指着一个从事葡萄生产的中国的小个头风水先生，一个不断淘沙粒想做一个玻璃瓶的印度女人，一个清除空气中污染的烟尘的俄罗斯政治囚犯，一个挑选最美阳光的来自乌兹别克斯坦的孩子，以及将地上土块涂成黑色的波兰移民和缠绕在土块中的模拟蚯蚓和人造幼虫。马斯沃夫斯卡认为，这部作品中的一切都很可怕，都是被夸大的，但是这是第一部以"我们生活的国家多么可怕，多么灰暗"为主题的作品。这部作品中有作者对其作为波兰人的认可，也有对自身波兰性的肯定，而如今，至少在她的同龄人中，波兰性是可耻的，是混在污泥中的，是被当成缺陷的①。马斯沃夫斯卡在她的作品中，就像罗曼·帕夫沃夫斯基（Roman Pawłowski）所提出的问题一样：在制度转型后社会究竟发生了什么？为什么如此分裂、绝望、充满了对他人的怨恨？②

正如本剧世界首演的导演格热戈日·亚日那所强调的一样，许多事情仍未被澄清说明，战争留下的创伤、波德关系等在波兰人心中仍是无法治愈的。马斯沃夫斯卡的戏剧作品是化解波兰紧张社会关系的一种方式③。马斯沃夫斯卡自己指出："客观上来讲，我是没有历史创伤的一代，但是这些创伤如同遗产般留在我的血液中，也让我很感兴趣……人不是工厂制造出来的，而是从过去走出来的。"④在她的作品中可以看出她对自己的过去的映射。直到19岁，她都一直和母亲、祖母生活在一起。祖母把现代的一切都视作是粗俗的，而过去的一切都是完美的（电影、蛋糕、连衣裙）。尽管现在马斯沃夫斯卡可以理解祖母，但是当她还是个青春期少女时，她自己认为，她是有点像金属小女孩的⑤。三个相互不理解的女人被封闭在一个狭小的空间中是她的个人经历之一："三个人互相在耳边喋喋不休，然而同一个概念在她们看来却有着完全不同的含义⑥。"然后又加入了以后的观察：一次是我带着四岁的女儿参观华沙起义博物馆，她以为那里展现的历史是发生在当下的；另一次是和一位参加过华沙起义、也住在和她们一样的在战争期间被毁坏的房子中的女邻居的交流⑦。

由格热戈日·亚日那所导演的这部作品无论是在德国还是在波兰都获得了热烈好评。导演请参加过华沙起义的女演员达努塔·沙弗拉尔斯卡（Danuta Szaflarska）来扮演老妇人的角色，她在第二次世界大战之后曾出演

---

① *Polska to brzydka dziewczyna*, op. cit.
② 柏林首演。
③ 同上。
④ *Polska to brzydka dziewczyna*, op. cit.
⑤ 同上。
⑥ *Między nami dobrze jest*, https://wyborcza.pl/1,75248,6641634,Dorota_Maslowska__Miedzy_nami_dobrze_jest.html.
⑦ *Polska to brzydka dziewczyna*, op. cit.

了第一批表现战争创伤的电影。在出演《我们之间挺好的》时她已经 101 岁了（2017 年去世）①。几年后，格热戈日·亚日那决定将这部多次斩获大奖的戏剧拍成电影。该剧还被改编成广播剧和其他几个不同版本的话剧，其中还有一些是国外改编版。

多萝塔·马斯沃夫斯卡（1983—）（Dorota Masłowska）——作家、专栏作家、话剧及音乐剧演员。她的作品多次斩获或被提名各类奖项，也被搬上波兰及国际舞台（这里既指她的戏剧剧本，也包括小说及散文作品）。

莫妮卡·克拉耶夫斯卡（Monika Krajewska）——翻译家，发表过多篇与翻译学相关的学术文章，《翻译学研究年刊：翻译理论、实践与教学》（*Rocznik Przekładoznawczy. Studia nad teorią, praktyką i dydaktyką przekładu*）杂志主编之一。

---

① *Między nami dobrze jest: O spektaklu*, https://trwarszawa.pl/program/miedzy-nami-dobrze-jest/.

我们之间挺好的

多萝塔·马斯沃夫斯卡（Dorota Masłowska）著

毛蕊 译

谨以此书献给我的妈妈，庆祝我们在同一个世界的25年
（当然也献给阿加塔）

人物
金属小女孩
哈莉娜
宝热娜
坐在轮椅上的阴郁老妇人
男人
男演员
女主持人
艾迪塔
莫妮卡

第一幕

第一场

华沙一栋多层老旧住宅。只有一间屋子的公寓。两扇门——一扇打开后看到的是院子里的垃圾桶,而从第二扇门里一直传出厕所里的窸窸窣窣声、胡言乱语般的水声、水管里咕噜咕噜的声音。窗外,总是一片野蛮的城市景象:大城市就像一个什么都吃的杂食性旋转木马,电车、汽车、刺耳的喇叭声以及低空飞行的飞机穿行回荡在其中,周而复始。酒柜上的那瓶不知道放了多久的乔乔桑味美思酒①被震得颤抖,被磕碰得伤痕累累、到处粘着剩饭的锅碗瓢盆,如同一个个神秘的金字塔般堆积在灶台上,也被震得颤抖,永远开着的电视机的画面在颤抖,吊灯中的灯泡发出嘶嘶的低吼。屋内的装潢摆设让人始终感觉一切都是建立在开裂的土地上或者是用推土机推进来的。金属小女孩身穿一套水手服,稀疏的、散发着金属光芒的头发上绑着一个蝴蝶结;她的外婆——坐在轮椅上的阴郁老妇人在地板上拖着自己像电线或者蜘蛛网一样纠缠在一起的麻花辫,她们就像在一艘沉船上的两个乘客——被束缚在恐惧与无聊之中,在无意识的积极活动与无意识的停滞不前中,在幽闭空间恐惧和空旷空间恐惧之中,她们明确地处在一种不得不在对方陪伴下的不明确性中,她们或许是在相互追赶,又或许是在相互逃离,还可能是被这两件事弄得身心俱疲,她们处在一种一动不动的停滞状态中。在她们交替出现的昏迷麻木和过度躁动中还有一个人,哈莉娜,小女孩的母亲,她对此无动于衷,像一个机械驮运货物的动物般机械地干着家务活,她现在正要出门扔垃圾。

---

① Ciociosan,保加利亚出产的味美思酒品牌。——译者注,以下同

阴郁的老妇人坐在轮椅上　唉,我还记得战争爆发的那天。

金属小女孩　什么爆发了?

阴郁的老妇人坐在轮椅上　战争。我那时候还是个年轻漂亮姑娘,我的脸庞如春天般美丽,心脏在我年轻的胸膛中像一只夜莺被关在……

金属小女孩　关在罐子里。

阴郁的老妇人坐在轮椅上　我那时候还能站起来走路。上帝啊,我那时候走路走得多好。

金属小女孩　外婆你说你那个时候能走路可真夸张。

阴郁的老妇人　没错,我就是能走,我记得……

金属小女孩　外婆你可能就是走路走多了。现在你终于可以不用走了。上帝啊,我多想成为外婆,那样我就不用走了,我就哪儿也不去。不去上学、不去学英语,还能找到好几个我不想去的地方,我要是都不用去才好呢。

阴郁的老妇人　去这儿,去那儿,去这儿,去那儿。在战争爆发之前,有好多地方可以去呢。去看电影,去吃华夫饼,去吃小蛋糕,去河边。去沙滩,去田间,去河边。穿过草地,穿过柔软蓬松的紫罗兰,去河边,当天气炎热的时候,她宽广而纯净,一束束的阳光划过河面,波光粼粼,像装满酒的玻璃酒壶……

金属小女孩　去什么河边?

阴郁的老妇人　还能有哪条河的河边?去维斯瓦河边呀。

金属小女孩　去那条尿骚味儿的臭水沟边?老天爷。

阴郁的老妇人　什么臭水沟边?这是维斯瓦河边。只要脚上穿上鞋套,手里拿一块列巴①面包,就够了。就在河里游泳,在河边晒太阳,做梦,做一个最美的梦,最圣洁的青春之梦,如面庞上晶莹剔透的泪珠般纯洁……

金属小女孩　"列巴"是什么?没有,我没开玩笑。我也喜欢在维斯瓦河里游

---

① 波兰传统面包。

泳，这是一件不会过时的乐事。每次只要我一上岸，嘴里就喷出汽油，我就会得麻疹、得伤寒，还会镉中毒，我就活不下去了，我就会得到牺牲①开的假条，我就能不去上学了。

阴郁的老妇人　我们那时候抓小白鱼，小小的，野生的，如同小猛兽一般想要逃脱，披着一身闪着银色亮光的鳞片，在我们手里跳跃。

金属小女孩　外婆你说的这个，我们也不止一次抓到过。就是那些腐烂的避孕套，它们也不停地想要逃，横冲直撞。男孩子们都在笑，而我却气急败坏，我想到每天有那么多狡猾的、投机取巧的波兰小子们都没能来到这世界上。

老妇人　所有人都说，是希特勒，父亲也说过，这个希特勒……

金属小女孩　他们不停地想要逃，横冲直撞！他们以为，维斯瓦河流到波兰一半的时候就拐弯了，直接流到美国，然后他们就在那里出生，出生的时候一只手里攥着150美金，另一只手里攥着315美金，而我们呢，就只能独自在这片土豆田里挣扎。他们在那里出生，生出，出生的时候就带着扫帚和簸箕，啃着从垃圾桶里捡来的别人啃剩下的节日火鸡鸡腿！他们其实可能也生不出来，因为我们一把抓住他们就扔进了河里……

阴郁的老妇人　也不知道是谁又相信了希特勒，肯定是个年轻人，心脏在胸膛里跳跃，挣扎，想要挣脱，如同被困在……

金属小女孩　……如同避孕套被困在罐子里！

哈莉娜在门口的脚垫上认真地蹭了蹭拖鞋，迈步走进来，手里拿着一个摇摇晃晃被倒空了垃圾的桶。她看起来很满意，认真地又在脚垫上蹭了蹭拖鞋，把钥匙挂在门口的挂钩上。她可能还从地下室拿回来了煤炭、酸黄瓜，或者在冬天时候把在熨平机熨好的床单运回来的时候才用得上的儿童雪橇，但是，最重要的是，她腋下夹着她寻来的宝贝——从垃圾回收桶里顺回来的一本女性杂志，很明显，杂志已经快被翻烂了。

---

① 金属小女孩弄混了"医生"和"牺牲"两个词。

哈莉娜 什么罐子？这又是什么词？

金属小女孩 妈妈很生气，好像我是她因为坐了波兰国铁非高铁的脏座椅才怀上的。

哈莉娜在自己的王国——东西堆满到天花板的小厨房里转来转去，忙忙碌碌，里面装满了各种烧焦了的锅，从日历上撕下来的菜谱，乐购的超市广告，收拾得整整齐齐的语言学校的宣传单、罐头的标签以及摞得像小山一样、刷得干干净净的酸奶杯。金属小女孩跟在她身后，贪婪的目光悄悄地跨过她的肩膀，一边偷看，一边流着口水，她想要得到装糖的罐子。哈莉娜打了一下她的小脏手。

哈莉娜 午饭吃了吗？

金属小女孩 午饭吃什么？

哈莉娜 吃又干又酸的屁①。

金属小女孩 （*掀起某个锅的锅盖*） 哦，干酸屁，我的最爱。什么东西这么臭烘烘的？

哈莉娜 （*抢过她手里的锅盖盖上，动作干净利索地关上冰箱门*） 别动，我给我自己热晚饭。

阴郁的老妇人 直到德国人攻进了华沙。我当时就穿着一条连衣裙，拿着一只小皮包，小皮包里只有……

金属小女孩 德国人，德国人，我好像听说过什么德国人……上帝啊，我知道了，就是那些说话跟唱约德尔山歌似的人！

阴郁的老妇人 我只拿了一只小皮包，只穿了一件连衣裙，裙子上绣着一朵朵小玫瑰花……

金属小女孩 或许已经腐烂了……确切地说，是干巴巴的。

阴郁的老妇人 我从维斯瓦河边归来，那一日骄阳似火，我的眼睛仍然是湛蓝的，因为我一直望着维斯瓦河那如梦般的、清凉清澈的、如肥皂

---

① 波兰北部某地区方言，指的是不好吃的一顿饭，这种饭又廉价又不健康，通常用最便宜且相互之间并不搭配的食材烹调而成。

　　　　　　　泡般晶莹的、洁净的……

金属小女孩　……尿骚味臭水沟那肮脏的、温热的、闪着绿光的、泛着泡沫的、有毒的表面……

阴郁的老妇人　……而此时此地突然间……

金属小女孩　而此时此地突然间"轰隆"一声爆炸声。

阴郁的老妇人　你说什么？

金属小女孩　烟雾弥漫、火光冲天，外婆你看见了吗？

阴郁的老妇人　我看见什么了？

金属小女孩　就是怎么着起火来的？

阴郁的老妇人　什么东西着火了？

金属小女孩　自行车，自行车。

阴郁的老妇人　你在说什么自行车？

金属小女孩　我也不知道。反正就是能听得很清楚自行车着火的声音，我的确时不时会搞混弄错一些事情，但是我是不会把这种有点特点的气味和任何东西搞混的。

阴郁的老妇人　没有，我没见。

金属小女孩　而我看见了。

　　哈莉娜对这一段驴唇不对马嘴的家庭成员间的谈话依然无动于衷。她掀开锅盖磕碰了几下后仿佛要给自己一点儿自信，又用手把桌子上看不见的灰尘都抹掉，在毛衣上擦了擦手，仰天叹了口气，准备开始阅读新寻找来的杂志。

金属小女孩　妈妈手里拿着什么啊？新的特价品广告宣传册吗？

哈莉娜　这是杂志，杂志的名字叫《都不适合你》[①]。杂志在垃圾回收桶里捡来的，白来的，所以我常说：我就买我买得起的东西。

金属小女孩　还挺不错的。

---

① 改编自波兰流行的女性杂志《都很适合你》，这本杂志内容浅显，题材多为一些女性生活、生活建议和娱乐新闻。

哈莉娜　　　这是去年 4 月的。正好不适合我。

金属小女孩　妈妈拿到的这本杂志，甚至里面的填字游戏都已经被别人填好了。

哈莉娜　　　我都不用自己填了，而是有现成填好的答案了——"春日黄水仙"。

金属小女孩　妈妈给我看看。春日黄水仙……等一下……是不是就是春天在臭水沟边摸一摸①？

哈莉娜　　　外婆没吃午饭了吗？

金属小女孩　外婆您没吃午饭了吗？

阴郁的老妇人　今天午饭吃的什么来着？

哈莉娜　　　匈牙利乱炖。

金属小女孩　乱炖。就是把乱七八糟的东西和辣椒、匈牙利外星人的精子都混在一起炖。你看，还有本周靓汤、本月靓汤、不浪费、第二次世界大战和饥饿。

阴郁的老妇人　不不不，那我没吃。

金属小女孩　外婆没吃。

哈莉娜　　　为什么没吃？

金属小女孩　我哪儿知道？肯定是在减肥，我也在减肥。

哈莉娜　　　外婆今天哪儿都没去吗？

金属小女孩　我，我，我！我今天没把外婆带出去。

哈莉娜　　　那就好，我今天也已经不用带她去任何地方了，不过不管怎么样我也没法带她出去，我今天晚上要 11 点以后才下班回来。

金属小女孩　毕竟外婆一整天都坐在没有电梯的房子里，不对任何人开口说话，所以我从学校回来以后一直到晚上都坐在电视前面，我根本没时间带这个老东西出去转悠。我的麻花辫随风轻快地舞动，当我们没有在秋天的公园里散步时，她给我讲那些她去参加集中营的美妙

---

① 此处的春日黄水仙是由"春天"和"面对面／一对一"两个词组合而成，而水仙则暗指古希腊神话中在水边沉迷自己美貌，赴水求欢而溺死的美少年那喀索斯。所以小女孩才会误以为是两个人春天在河边抚摸身体。

故事。我觉得，有些事她是从《四个坦克兵和一只狗》①和《法国小馆儿》②里砍③来的。毕竟这是后现代主义。

哈莉娜　你又在那儿胡说什么呢？这个词是什么意思？

金属小女孩　我也不知道，我刚从网上下载来的。

所以我们也没去这儿去那儿地散步，没在这个最美好的、镀了一层金色的秋日大道上散步，忽然间不知道从哪儿钻出来一个和我们搭讪的人。我觉得，他是个德国人，还挺有脚痒④的，他甚至向我们深鞠一躬，皮鞋鞋跟点着地，说"你好，我叫阿尔茨海默"，但是他的名字很快就从我脑子里溜走了……对了，他还……哎呀，我忘了……我是不是彻底没有脑子了？他的名字特别有名，叫阿什么来着……算了，不重要。我刚忘了他叫什么，下一个人就出现了，他也踩了踩鞋跟，也非常有脚痒，他戴了一顶假发，说："我就是那个非常知名的尼德兰哲学家"，他怎么说的来着？就是那个，那个反对笛卡尔二元论的那个……真是得了健忘症了！就是那个。

在他们还没有开始混淆视听时，在他们还没有在周围转来绕去时，我认为，我这么长时间地出现在外婆的缺少房间的情况是非常多余的，而且是令人尴尬的，所以我不想打扰他们，我就去了自己的缺少的房间中，一直和你们坐在电视机前面坐到了晚上。

哈莉娜读着杂志，不停地换着令自己感到舒适的姿势，同时她还在看电视，但是在轮椅上晃过来晃过去、一直不断出现的老妇人却妨碍了她。

哈莉娜　嘿，父亲是个玻璃厂的工人，母亲是块玻璃⑤。妈妈是不是觉得自己

---

① 《四个坦克兵和一只狗》(*Czterej pancerni I pies*)是波兰 20 世纪 60 年代拍摄的一部电视剧，讲述了四名身世来历各不相同的青年坦克兵驾驶着 102 号坦克，为解放波兰而战的故事。

② 《法国小馆儿》(*'Allo 'Allo*)是 BBC 在 20 世纪 80 年代拍摄的一部情景喜剧，讲述的是在第二次世界大战期间被纳粹德国占领的一个法国小村庄的一家餐馆中发生的故事。

③ 这里是作者为了体现小女孩的性格特点，故意写错的词语，在中文中意为"把某物切开"，此处译为"砍"，与中文的"看"音似，且意又接近。

④ 金属小女孩把"教养"说成了"脚痒"。翻译时选择了中文发音相似，但词意相距甚远，又能形成荒诞幽默效果的词语。

⑤ 波兰俗语，表示某人的身体挡住了说话人的视线。

	是透明的啊？妈妈最好快点把那盆辣椒乱炖吃了。这个乱炖，就是我专门给你做的，就是我这一周都把它从一个锅里倒到另一个锅里。
金属小女孩	她肯定在减肥，她已经不想仅仅是干瘦了，她想变成透明的。
阴郁的老妇人	我以前走路去过好多地方来着！在战争爆发之前，有好多地方可以去呢。去看电影，去吃华夫饼，去吃小蛋糕，去河边。
金属小女孩	外婆要是能一直吃那些华夫饼啊、小蛋糕啊，我也真恭喜外婆了。外婆是永远不会瘦下来了。
阴郁的老妇人	去沙滩，去田间，去河边。只要手里拿着一块列巴面包，就能……
金属小女孩	外婆最好别再提列巴了，特别是白面粉做的，那种最长胖了。重要的是要运动。要是外婆就在那个轮椅上坐着，外婆永远都瘦不下来，外婆得多运动，至少要自己推那个轮椅。安静，有人敲门！咚咚咚！
阴郁的老妇人	谁啊？
金属小女孩	我来开门，我来看看……哎哟，不是……我还以为，是第二次世界大战来了呢。
哈莉娜	你又在那儿胡说什么？
金属小女孩	我发誓。算了，没什么，很明显就是一些飞机模型飞过罢了。

第二场

　　房子和房子里的一切还和之前一样。老妇人麻木呆滞，小女孩非常无聊地把玩着一个插在小木棍上的小公鸡玩具。然而在某一个时刻，小女孩在认为所有的动作都是这么无趣的时候，开始用小木棍戳外婆，追着坐在轮椅上的外婆满屋子乱转。哈莉娜被她们之间的你推我搡弄得有些生气，又有点被她们所感染，一边继续沉浸在自己手中的杂志中，同时又像一个马戏团的杂技演员一样不断地接住从柜子和架子上掉下来的东西。楼下的院子里可能有一些来扔垃圾的人，他们按照垃圾分类把相应的垃圾扔到相应的回收桶中。

他们中间藏着胖得畸形的宝热娜，她像一个游击队员一样警觉地躲避着其他人的目光，然而那些回收桶根本挡不住她那肥胖得令人感到羞耻的身躯。老妇人成功地从这场猫捉老鼠般的游戏中挣脱出来，她赶紧跑进厕所，用钥匙锁上了厕所门，里面传来了舒缓的滴水声。

哈莉娜　迎春花已经绽放，春天带着她美丽动人的力量，如约而至，吸引着我们。

你可能更愿意去进行一次有氧散步，自行车也重新登场。你可能更不愿意去进行一次有氧散步，自行车也没能重新登场，因为你没有自行车。阳光明媚的午后更适合做一些体育运动，和朋友们见见面，和那些你不和他们见面的朋友，因为你没有朋友，一起出城去玩吧，一起去餐厅吃一顿吧，if you know what I mean①。是时候整理一下你的春日衣橱了！

衣架上的主角再也不是灰色、棕色、厚裤袜，薄毛衣，呢子大衣和长风衣了。

你可能更不愿意穿上那些单薄的连衣裙，那些你没有的连衣裙，也不愿意穿那些薄丝袜，因为你也没有。你肯定也没有更薄一些的西装外套，哪怕你有那么一件，你穿上也会显胖。没关系。这是我们去年的建议，听了我们的建议，你绝对不会鼻青脸肿地当个时尚圈的边缘人，也绝对不会被春日潮流甩在身后。

金属小女孩　得把衣服上拍一拍，掸掉上面的衣蛾，得喷点除臭剂，得把衣服洗干净，有的又不用洗干净，有的根本就不要洗，不要把它们从柜子里拿出来，出门的时候穿睡觉时穿的衣服，睡觉的时候穿出门的时候穿的衣服，拍一拍、掸一掸，不费吹灰之力，效果也没好到哪儿去。

哈莉娜　短裙——乐购超市，28兹罗提②。油污渍增加了几分神秘感。吊带背

---

① 原文此处为英文，此处均为哈莉娜所读的杂志中的内容。
② 兹罗提（złoty/PLN）：波兰国家法定货币。

心——柜子里拽出来的，在大胸脯上都磨出了破洞的。灰色，棕色，屎黄色，油污渍和磨破的洞是本季的流行主打呢，也是其他季的流行主打。汗渍，我们的秘诀就是，汗渍早晚都会出现的。男袜——7月游行10年体育场①，17双10兹罗提。皮鞋——"大甩卖全场五块"的人造革做的，12兹罗提。皮包——塑料袋质地，50兹罗提，利德尔超市。超大超能装，能装下10公斤土豆、五瓶醋、鸡爪子、免费的过期杂志《地铁》，还能装下一个小零钱包。还能在厨房水管子里直接清洗。

金属小女孩 这就是去年春天对于因冬日阴霾、吸烟、营养不良及冠心病所导致的肌肤暗淡无光和干裂受损的治疗方法。

哈莉娜 用肥皂洗脸，涂上妮维雅润肤霜或者人造黄油。用毛巾擦拭效果也不错哦。

金属小女孩 我们建议：妮维雅润肤霜，你的持久保护，想要更持久地拥有妮维雅，你就最好别用。

哈莉娜 你的一半的头发不要用那种普通洗发水洗，另一半头发也不要洗。我们的秘诀是：你越经常重复上述动作，你越能发现，你根本一无所有，而令人不安的鞋柜的味道和散发着汗臭的猪油味道就会留存得越持久。去年的4月来了，时机也终于到来了：春日阳光再也不用在他们那些油腻恶心的发辫上闪烁了。

在等了一段时间后，老妇人非常笨拙吃力地摇着轮椅回到房间里，她身后响起马桶冲水的声音。

金属小女孩 不要给轮椅上润滑油——令人烦躁的吱扭声可以让其他人清楚地知道，你来了，而你的废话连篇更是要说个没完……

哈莉娜 妈妈，你看，我敢拿我的脑袋打赌，妈妈就是在那边坐着，因为那边安静祥和，我肯定没说错。（尽管哈莉娜的眼睛没离开杂志，但是

---

① 1955—2008年期间位于华沙的足球田径体育场，该体育场在20世纪50年代初建立的初衷是为首都建立奥运会场馆，其部分结构是由华沙在第二次世界大战期间被摧毁的建筑物的残存瓦砾建造的。该场馆在1989年后不再主要用于体育赛事，而是转为欧洲最大的集市市场。

非常用力地把老妇人的轮椅推到一旁，很明显是为了不让老妇人挡着她看电视）

金属小女孩（对老妇人说，但还要假装自己在读杂志） 去年的4月，一切都会和以前一样。你会收到一封神秘来信，很有可能是，煤气公司提醒你该交钱了！意义重大的日子：15号。你所有的，樟脑丸，会散落一地。没什么意义的日子：除了那天以外的所有日子。你的幸运色：透明。你的幸运石：肾结石。

哈莉娜（继续读杂志） 搞定！衣橱整理完毕。现在你要期待的就是赞美的缺乏、漠不关心的眼神和时不时几个扇在脸上的大嘴巴。现在你可以期待，第二次世界大战再次爆发，你多年来精心收集的喝完酸奶的杯子可就派上用场了。

金属小女孩 咚！咚！咚！

哈莉娜 谁呀？

金属小女孩（伸头看看锅里） 又是我，我又来了，第二次世界大战。我发现，您不仅收集了大量空酸奶杯，您还做了这么一大锅美味可口的生物武器啊！祝贺您！

哈莉娜 你又在那儿胡说八道什么呢？立刻，马上，回到你那个没有自己房间的房间去。

金属小女孩 这么一看，我好像就在这个我没有自己房间的房间里，我一会再好好看看。一、二、三，跳！我现在在哪儿？哦，在这儿，我在这儿呢！好，就在这儿，就待在这儿！

第三场

宝热娜向房间中走来，没有敲门，她看起来就是一个讲不出吸引人注意力的话题、一切全凭自己胡编乱造的人。她胖得畸形，胖得离谱，每移动一步似乎都很困难，门似乎关不上，她用力掰下一块门板，放在旁边。她喘着粗气，揉着自己疼痛的颈椎，又很急切地径直向单人沙发的方向走来，她一刻不敢耽搁，一屁股坐在上面，仿佛她的双脚已经无法再支撑自己的身体了。房间里的物品都升高了 40 厘米。

宝热娜 不好意思，我没有提前给你手机打电话，我也没有手机，反正我要手机也没用，我胖得像一头猪。所以我就直接拱来了。

哈莉娜 当然，我因为有礼貌所以不会跟你说这些，我的老天爷，你怎么这么胖？胖得像一头猪。你一喘气，我这房子都要背过气去了。

宝热娜 谢谢。我从你的眼神里就可以看出来，其实你完全可以再恶毒地吐一会儿槽，这样我就没有任何理由可以怀疑，我就是一头肥猪，我不应该这么恶心地出现在别人的视线范围内，强迫他们看我，他们有权自己选择想要呕吐的理由。

趁着哈莉娜专心点火打开燃气灶的时候，金属小女孩四处转圈，寻找着可以毁坏或者掰断的东西，看似若无其事地，一把抓住了杂志，开始读了起来。

金属小女孩 星座运势：肥猪座的你，在去年 4 月可以期待满满的惊喜。小瓢虫超市① 推出新品——廉价碎肉制成的"老掉牙鸡肉火腿"，配料表：水、猪皮、洗涤灵、洗洁精、水（97%）、明胶、香料，以及名为"只过了几天"的过期酸奶油，配料表：水、明胶、增白色素、增稠剂、稀释剂、解毒剂、活沙门氏菌。那些别人无法下咽的食物，你只要配上那些别人也喝不下去的饮料，保证你能吃得很香。从现在起，你要接受自己本来的样子，你要彻底改变自己！你要做的就是迈出家门，迈开腿，因为这可是星座运势中说肥猪座最应该做的事。你就是一头肥猪，你可别把腿迈出家门，特别是不要迈入别人的视线范围内，因为别人有权自己选择更好的呕吐理由。

她放下杂志，好像谁都没有注意到她。宝热娜难以掩饰自己对这本杂志的兴致勃勃，兴致勃勃地瞄了一眼杂志，却没有勇气把它拿在手中。

宝热娜 哦，这杂志可真好看，名字叫《都不适合你》。

---

① 波兰当地超市，以物品廉价著称。

哈莉娜　没错,"都不适合咱"。

宝热娜　真好看。

哈莉娜　我今天从垃圾回收桶里买①的,真是物超所值的好机会,不仅杂志不要钱,连里面的填字游戏都有人填好了。真是惊喜连连,你说,我这个脑子,哪会玩儿什么填字游戏啊?

宝热娜　我自从,确切地说是一直以来,都担任清除私人空间内卫生污染的专家工作,我根本没时间搞这些。我的工作要求不高,但是又辛苦又没有成就感。

哈莉娜　我可太理解你了。我作为一名通过传统的物理方法在商店环境空间内对货物进行搬运移动的专家,我每天睡得比起得早,回来得比去上班还要晚。考虑到未来发展前景的缺乏,他们想要将我晋升为蔬菜水果区电子称重测量板块的经理,的确,我应该考虑一下,我为什么不试试这个职位呢?

宝热娜　当然了,这个职位非你莫属啊!你会说别人听不懂的话,具有纯手工筛选调度广告宣传单的丰富经验,你还是波兰"老娘们"味道的宣传推广大使,你在公交车和电车上散发的以汗味为主调的味道,其中又夹杂着几丝温柔的麝香、樟脑丸和熬制的老汤的后调,回味无穷……

哈莉娜　（一直在厨房里忙碌,做着一些很专业但是又毫无意义的事情）　我反正已经想好了,就到这个假期,到这个反正也不会让我放假的假期。我就一直看书,看书,然后最终做个决定。没办法,我们今年又不去度假了。

宝热娜　什么?!

哈莉娜　可不是嘛!我们又不去度假了。

宝热娜　你们今年又不去哪里?

---

① 原文中即为"买",是作者为了体现哈莉娜缺少自我价值的性格特点,杂志明明是她从垃圾桶里捡来的,但她偏要说是"买"来的。

哈莉娜　哪里都不去。

宝热娜　其他地方呢？我们今年不去海边度假。我的上帝啊，海边对于我们来说也太贵了！我们可没有钱！除此之外，我胖得像头猪，我也不应该恶心地出现在别人的视线范围内，强迫他们看我。

哈莉娜　你说的也对。

宝热娜　我们在科贝乌卡①估计也不会停留一下，我表妹住在那儿……然后，从那儿，我们就直接哪儿也不去了。

哈莉娜　那我们估计肯定能见面——你有我手机号吧？就是那个我没有的手机？哪儿都不去，没地方可去，多好啊，我所有的美好回忆都来自那些没地方可去。不过这几年，没地方可去的人越来越多了，所有人都往那儿挤，我的姐姐、姐夫、大姑子、小姑子、哥哥、嫂子、叔叔、婶子都在那儿……

宝热娜　这儿太黑了！太挤了！

哈莉娜　（*非常用力地把老妇人的轮椅挪开，因为老妇人妨碍了她一边聊天、一边看电视，手里还摩挲着那本杂志*）嘿，父亲是个玻璃厂工人，母亲是块玻璃。妈妈是不是觉得自己是透明的啊？！妈妈你挡着我了。你，给我回到你那个并没有自己房间的房间去。

金属小女孩　这么看，我好像就在这个我没有自己房间的房间里，我一会再好好看看。一、二、三，跳！我现在在哪儿？哦，在这儿，我在这儿。你看，和我之前想的一样。

任何人都没注意到，金属小女孩再次一把抓住了杂志。

金属小女孩　在那些最新设计的现代化公寓中，家庭成员们在无比宽敞的走廊、客厅以及各自的房间中，徒劳无功地想要确定其他家人的位置，尽管他们很努力，但他们甚至无法确定自己在哪儿，就更别说想要找到自己的亲人们了。这里，和那些公寓完全相反，这个让人产生幽闭恐惧感的狭小房间给人的感觉就是狭小逼仄，也正是在这里，

---

① 华沙东北部的一个小县城，距离华沙仅17公里。

一个几世同堂的家庭共同生活着，吃、喝、拉、撒、睡、睡不着、翻来覆去、呕吐、拉稀、活着、死去都在这里，他们之间不需要互相寻找，甚至完全相反：他们就一直、一直以来都在这里。
　　这样的效果是通过一个建筑设计小诀窍获得的，这间房子被巧妙地分割开来，正好金属小女孩的房间的缺少、阴郁的残疾老妇人的平静的缺少和（51岁的）哈莉娜的安全感的缺少，全部都挤在这个房间中，她们就在这样一间房间中，在如此漫长的一天中展现着房间的缺少。
　　令人难以置信的是，除此之外，这个房间里还放下了一整套70年代的家具（都是纤维板做的）。多年来，家具的表面失去了光泽，布满了划痕，还画满了小孩子的涂鸦。食物、酒精和生理分泌物制造出的污物渗透到了"梅什科"牌家具上。壁纸的边缘已经有些潮湿且裂开了，挂毯挡住了墙上长满的霉菌。一个吃完了哈尔瓦酥糖剩下的盒子，一个精心装裱在画框里的"团结"牌巧克力的盒盖，绑着塑料蝴蝶结的蕨类植物花盆，散落一地的果皮、菜根、鸡骨头，一团团毛茸茸的灰尘，免费报纸《地铁》的年刊特刊，看似随意扔在地上的一管牙膏，喝完的酸奶杯子，一个肯定不是被调皮捣蛋的孩子打翻的垃圾桶……

哈莉娜　（生气地一把抢过金属小女孩手里的杂志，把杂志放回到桌子上一个安全的位置）你就不能消停会儿！让人安静一会！

金属小女孩　我在我没有自己房间的房间里！

第四场

　　哈莉娜在厨房里，翻动着锅里的东西。金属小女孩上蹿下跳地推着老妇人的轮椅飞快地绕着电视机转圈，终于，轮椅翻了——就像弹珠游戏里所有藏在弹珠台里的小球都滚落在地——金属小女孩无法把外婆扶起来，所以就把她扔在地毯上。她又在周围转了一会，想要找到一些已经不复存在的事情做，然后她开始用一根小木棍在家具表面划来划去。从轮椅上摔倒在地的老妇人编着自己的麻花辫，又或者在编织一条10米长的毛衣袖子。过了一会儿，她停下手里的活儿，挣扎着，用尽全身力气想要站起来。宝热娜坐在单人沙发上，鼓起勇气靠近那本《都不适合你》杂志，终于伸出手把它拿过来，一开始还是很小心翼翼地翻了几页，随着胆子越来越大，甚至开始评论起来。

宝热娜　你看，这里面的心理测验都没测过呢。

哈莉娜　还真是。

宝热娜　我来测一下，不能浪费。你是一个说走就走的旅行者还是只喜欢在温暖的家里待着的宅女？是性感的女吸血鬼还是废寝忘食的工作狂？是想象力丰富的挑事精还是不合格的环球旅行者？是一头大肥猪还是家乐福特价的冻巴沙鱼……

哈莉娜　（在毛衣上擦了擦手，扭头看了看她）我是一个不合格的环球旅行者。

宝热娜　肯定，我也和你一样。不合格的环球旅行者——所有都选 A。我为了不被轻易猜到，再选一个 B。好了！

哈莉娜　我的答案你用别的颜色的笔填，别搞混了。虽然是个愚蠢的游戏，但是猜得挺准。

宝热娜　准得不剩啥了！你还记得，我去法国的时候，我的脚根本没踏入过法国吗？他们每天都吃英式焗豆和法棍面包，我看那法棍还没弗罗茨瓦夫圆面包好吃。那个标志性建筑物，埃菲尔铁塔，听说挺高的，可是在报纸的照片上，比我一根手指头还小。

哈莉娜　这算什么啊，我们去那个没去过的意大利的时候，我可太不满意了。什么好吃的都没有。意大利菜汤、意大利核桃、罗马生菜、意式烤肉、乐购买的打折冻比萨①，你能相信吗，都发霉了。我把它全吃了，因为我是不会扔东西的，就是一直消化不良。所以我们又去了里加，其实也没有意义，因为教皇已经不是人了，而是个德国人。好吧，我没去过那儿，也没拍照，所以也没法给你看。

---

① 尽管名字中带有意大利或罗马，实则与意大利毫无关系，比如意大利菜汤是由胡萝卜、大葱、芹菜根做的汤，波兰语中称之为意大利菜汤组合，核桃在波兰语中被称为意大利坚果。

阴郁的老妇人（*费劲地坐上自己那吱吱作响的轮椅*） 德国人攻进了华沙……

金属小姑娘 德国人，我知道，就是那些说话跟唱约德尔山歌似的人。

哈莉娜 （*教育别人的口吻*） 德国人，是那些住在西德，用完塑料袋根本不洗干净，而直接扔掉的人，就更别说喝完酸奶的杯子了，他们可真逗。要是用吃完鸡剩下的鸡皮做肉皮冻，他们都没有容器可以放。然后第二次世界大战再来一次的话，他们就会来找我们要了。

宝热娜不知道从哪儿拎出一本被熏得黏糊糊的相册。

哈莉娜 好胖啊！好白啊！哎哟哟，镜头里竟然能装得下你，呵呵。

宝热娜 这里我们没去过。这里我们也没去过。这里，哦，这不是我们。我要是有一本相册的话，我就给你看看。

同时突然把相册收了起来。

哈莉娜 这就挺不错的了。别活着。去死。

宝热娜 不然呢？每个人都想以某种方式不活着。

第五场

持续呆滞不动。哈莉娜和宝热娜双手交叉放在肚子上，陷入自己的思绪中。老妇人轮椅的吱扭声，小女孩在家具表面乱划的滋啦声或者是她切断电线时发出的噼里啪啦的声音和火光。

哈莉娜 或许你想吃点什么。我在这儿看到一个特别棒的菜谱：匈牙利乱炖。你别把乐购那个过期碎肉做的火腿扔了，你就把发霉的地方切掉，如果已经发黏了，你就放在锅里煎一煎，然后把它切得薄薄的，就是帕尔玛火腿。再把汉堡里那种用奶酪调味剂制成的廉价奶酪刨丝，就是帕玛森干酪，应该看起来就和软了的橡皮泥差不多，如果不是也没关系，其他地方也还用得着。你把它放进熬的老菌汤里，那种已经有点发白的老菌汤里。

宝热娜 老菌汤从哪儿弄来的？

哈莉娜 一个星期前做的。

宝热娜 　的确很方便。这上面又苦又馊的是什么？

哈莉娜 　松子。

宝热娜 　松树的子？松子？是什么？

哈莉娜 　我也头一次听说。但还挺好吃的，跟那些打折的花生味道差不多，应该就是同一种东西。我有个好办法，你要是不吃它们，你就根本感觉不到它们馊了。还可以来点儿面包上贴着的价签、肉的血管、骨头的……都不要扔，就用牛油煎，然后和鸡爪一起煮熟，再用搅拌机搅碎，再煎一遍，不要扔，多放盐，然后放在喝完酸奶剩下的杯子里，然后可以凉着吃、热着吃、炒着吃、炸着吃，如果开始发酸冒泡了，就吐掉，但有时候也不用。别看现在他们都笑话我，要是第二次世界大战再来的话，他们肯定大快朵颐，狼吞虎咽，香得浑身哆嗦。

宝热娜 　谢谢，都这么胖了，还得加餐。狼吞虎咽，香得浑身哆嗦。吃吧，吃吧，大肥猪，吃呀，这可是加了罂粟籽的。如果是我，我还会再加点儿列巴面包屁股①。

哈莉娜 　不好意思，尽管我刚才说了那么多，但都是假的，我已经把所有东西都吃完了，避免浪费。

宝热娜 　没事儿。我得走了，明天还得早起呢，得起得比睡得还早呢。

哈莉娜 　我明天也会回来得很晚，比我起得还晚呢，明天我还得用报纸把湖面擦干净呢。

宝热娜 　我已经不在这儿了。

哈莉娜 　其实我也不在这儿了。

　　　　　这时，金属小女孩又悄悄地靠近，开始读这本女性杂志。

金属小女孩 　在这个漂亮老旧且几乎全部毁坏的房间中，这种虚幻做作的混乱和杂乱无章的随机性效果是通过真正的混乱和随机性来获得的。房间中无处不在的垃圾取自真实事件，让这里看起来简直就是一个

---

① 指一整个大列巴面包最边缘的两端，俗语中称之为面包的屁股。

垃圾堆。我们的室内设计专家认为，这个令人绝望的垃圾堆其实就是第二次世界大战前一个漂亮老旧的房间。尽管这个房间自战争以来就缺少装修，几个季度以来缺少洁净、干爽和空间。有两种方式可以破解这个噩梦。

第一，可能造价比较高昂，可以把这个地方改成一个葡萄酒酒窖，但是绝对不能改成放滑雪板和其他滑雪装备的地方——太潮湿了！然后自己搬走，搬到豪华公寓去。整齐的酒架、巧妙的摆放，绝对可以让这里存下几瓶好酒呢！

第二，经济实惠。家庭成员之间自相残杀，然后投胎转世变得更好，或者干脆就不再投胎，不再出生，不要活着，这样对所有人都好，特别是对所有其他人。最好把这座老楼都炸毁了（最好就是在战争期间，因为后面可能会比较难办），然后在这个遗址上重新建一栋精致的高层住宅楼，普通人都会买这儿的房子，然后在屋里放一张宜家的里卡家沙发床，一张宜家的斯塔卡桌子，一个柔斯塔花瓶，里面放着力可牌的水，水里插着哈玛的假花，室内的空气也是宜家的格莱塔系列，屋里住的人是宜家新出的斯不斯尼系列的自己，然后在接下来的40年都要还贷款，每天下班以后就回到这儿睡一觉，洗洗屁股就又去上班了。

第二幕

第一场

我们看到的还是一样的内部装潢，同样的两扇门，一扇窗，窗外是城市那野蛮危险的景象，同样是水管里咕噜咕噜的声音、足球比赛场上的呐喊声和墙的另一边传来的做爱声，外面有一个一模一样的垃圾回收桶。一个优雅精致、干净整洁的男人走进房间，他环顾了四周发霉、墙皮斑驳、壁纸脱落的墙壁，又看了看地毯上轮椅轧过留下的痕迹，表现出了极度的不满意。穿戴整齐的来自宜家的瑞典工人正在把一个个大纸箱搬进来，男人用脚给工人们指着，应该把纸箱放在哪些地方，用唾液把从几幅宜家买来的祖传家族名画粘在墙上，画上是他的祖先们、非洲菊和向日葵的大特写（油画）。他从公文包中拿出笔记本电脑和一瓶红酒，开始喝起来。

男人　终于结束了！我根本写不出这部题为《骑马的马》的电影剧本，这部电影反响非常热烈，几乎包揽了大大小小所有奖项。

故事发生在波兰，在罗兹或者瓦乌布日赫，或者在下西里西亚地区的一栋老房子里，但是电影一部分是在立陶宛拍的，一部分是在卡托维茨拍的。主人公，我们暂时称他为亚谢克，他住在一栋有辐射的住宅楼里。某天，他醉醺醺的矿工父亲跟跟跄跄地撞到了德国人留下的带玻璃门的餐具柜，把自己的双手和双脚都摔骨折了。亚谢克一家的日子开始变得艰难起来。

为了能够养活被癌症折磨得奄奄一息的家庭，失业的男孩陷入了困境，交上了黑道上的坏朋友。处处都是暴力、荒凉的住宅楼小区、泄漏的电池、燃烧的自行车、电脑仿真模拟制造出的废料厂。主人公在其中注意到了一个又聋又瞎，但是长得还不错的女孩莫妮卡，她正心事重重地用小木棍在不断散落碎片的废料厂的土坑中翻腾着什么。他和她成为朋友。他们一起在慢慢倒塌的格但斯克造船厂的铀矿田里捡垃圾，不过切尔诺贝利的风头盖过了他们。莫妮卡教亚谢克如何能够看到那些我们这些普通人在忙碌的日常生活中看不到的东西。不幸的是，与此同时，亚谢克的弟弟患上了白血病。但是他的命运掌握在自己手中。

男演员没敲门就走了进来，表现出非常绝望的样子。

男演员　我不想住在这栋楼里！

男人　除此之外，这儿还老有一个臭基佬四处晃悠，在黑暗的波兰所有人都不接纳他，其实他是一个正常男人，就是穿得精致了点，不被社会所接纳罢了。

男演员　我想住在其他楼里！

男人　亚谢克父母的房子，闷热、逼仄、漆黑一片，典型的波兰特色。亚谢克的母亲在洗菜池里洗脚，未成年的外甥女还是个小婴儿，在玩沾满了油污的波兰国旗裹着的鱼骨头。镜头掠过患上酒毒性谵妄的父亲，他浑身抽搐、神志不清地躺在沙发床上，他把一根软管拽到自己面前，开始喝里面的脏刹车油，然后一口老血吐在毛都磨光了的地毯上。镜头拉到窗前，一束孤独而迷茫的阳光在脏兮兮的、没有换成塑钢门窗的玻璃上颤抖。计算机控制的镜头透过窗户，小区里的垃圾回收桶里，一只非常可爱的小杂毛狗正在和一本别人丢弃的杂志玩耍，好像是一本《都很适合你》，杂志封面上是一个美艳动人的年轻女人微笑的脸。再也不会有一个接一个的烂评论家说我带给观众的只有绝望了。

第二场

女主持人拿着一摞飞舞的稿纸，没敲门就走进来，一边走一边把露出来的衣服吊牌塞回袖口里，她平淡地看了看对话者，在单人沙发上坐了下来，两条腿非常优雅地拧成了麻花。她开始读某一张纸上的内容，但是同时好像又在想着别的更重要的话题。男演员可以自言自语，可以磕磕巴巴、笨拙地读某本杂志或者递过来的纸上的内容，还可以放录音机。男演员假装自己在说话。

女主持人　在这部名声大噪、反响热烈的电影《骑马的马》中，您扮演了亚谢克的角色。您能不能给我们透露一下，您是如何做到让自己看起来如此精神呢？

男演员　我每天都规律地喝一升液态水，吃天然的水果和蔬菜。我尽量不吃甜食、快餐，也不抽烟，因为这些有1100卡路里。我坚持运动，定期拔除鼻毛和耳毛。我太太甚至嘲笑我看起来像个基佬。当然，她对同性恋没有任何偏见，她只不过是嘲笑他们是有点可爱、有点搞笑又很讨人厌的娘娘腔罢了。

女主持人　好的。（她开始整理自己的那些主持稿，一会儿划掉些东西，一会儿又盯着某张纸看。她读起来有些不流利，但又读得很着急）您演的这个角色也经历了内部转变。以波兰F变革时期和资本主义发展为背景，我们那些"此时此地"，我们那些"在那儿肯定不会早于 2045 年"，我们那些"西方已经好了，而我们这里还没有"，我们那些"我可太讨厌那卡家那两兄弟了"，我们那些"我一下子钻进我的画着小猪佩奇的被窝里，呼呼，呼呼"。您为什么选择了当演员？您有什么与众不同的吗？

男演员 我有一辆用于普通驾驶的普通汽车，还有一辆用于越野驾驶的越野汽车；我还拥有房子和妻子，我们俩的结合完全是因为对我们产生的伟大爱情；我有一个女儿，我很想把最多的时间花在陪伴她身上，但是没办法，我有点爱喝酒，有时候还抽两口，做完这些事我就开始犯困，而且变得很暴躁，所以我就必须再抽两口，抽着抽着，最后就根本没法跟我交流了，但是不抽又不行，所以我现在就是演出前抽，演出完抽，彩排前抽，演戏时抽，演完戏抽，甚至来这儿接受采访前，我都给我自己来了这么一点儿，为了让我的身体中呈现出一种自我救赎、我又是我自己以及所有运转的东西都在运转的感觉。但是我现在什么都感觉不到，我早就不和我老婆睡觉了，我才不管我女儿的死活呢，我把两辆车和房子都卖了，但是我现在终于从泥潭里走出来了，我现在就狂喝酒，喝酒我才能平静点，晚上的时候我就一下子钻进我那画着小猪佩奇的被窝里，我睡得可香了，我是个大瞌睡虫。

女主持人 听说您小时候好像个头儿很小，但是随着年龄的增长，一切都变了，您也越来越老了。节目最后，我们来提今天最后一个问题：您平常普通的一天是怎么过的？

男演员 这是一个非常沉重的角色，很多镜头我们是在波兰拍摄的，我们就睡在那里的酒店里，有时候甚至连洗发水、肥皂、长浴巾都没有，所以我现在需要死一般的安静、休息、冥想和新越野车，我准备去秘鲁骑越野摩托，在我们文明的摇篮中驰骋，然后我准备用一周的时间专门来喝伏特加，一周的时间来吸粉儿，再用几天来排毒、心理治疗，花三天时间在海灵格那儿。我终于也打算要把那个特别著名的维勒贝克的书的作者的名字和书名好好读一遍，然后，我就一下子钻进我那画着小猪佩奇的被窝里，我睡得可香了，我是个大瞌睡虫。我喜欢喝好的红酒，我喜欢喝它，喜欢把它尿出来，我喜欢傍晚时分听加入家乐浓汤宝的丝滑爵士乐合集……（男演员一边说，一边打开组合柜，里面装满了好酒。他拿出一瓶，放在桌上）

女主持人　我没听说过……

男演员　家乐浓汤宝，特别有名。红酒、红酒、红酒，红酒就好像是祈祷词，您大概想象不到，这是多么艰难、复杂、神秘又奇妙的过程。我酒窖里的每一瓶红酒都是一段壮丽的历史，都是一首由过程、程序、配方、人类辛勤劳动、耐心、对规则和时间的认知、时间和时间组成的交响乐，您想象一下，如果您的想象力足够丰富的话。

　　男演员和女主持人都从沙发上站起来，摆出在地图旁播报天气预报的气象员的经典姿势。

男演员　中国。小个头风水先生正在葡萄生产线旁工作，他在这个大型欧洲水果工厂中的员工工号是1760182，如果有用数字占卜的话，他的幸运数字是6，意思是……

　　他每天要冒着生命危险工作32个小时，他要把葡萄籽塞进果肉里，然后再把葡萄皮包好，他每天都没有机会休息。他也不会辞职，因为还有1500万和他一样的4岁儿童等着得到这份工作呢。他动作很快，而且竭尽全力地工作着——因为他不想让工头觉得他在偷懒，不然就会把他调到其他更让人没有热情的工作去，比如把黑莓搓成一个个小球或者给蓝莓贴上标签等。晚上他回到自己那用木棒搭的茅草屋，吃着韩国风味的泡面，一下子钻进打折的中国城来的内衣内裤堆中，呼呼，呼呼。

女主持人　与此同时，一位名为德里的印度老妇穿着她自己在印度商店用无价买来的扎染长袍走来走去，那件长袍散发着梵香的臭味。今天她早饭只吃一点咖喱粉。她匆忙地把用汽车轮胎搭成的小屋的门关好，又匆忙地收集着沙粒，只有那些最圆、最对称的沙子才能

　　　　　用来做玻璃瓶。

男演员　接下来我们来看看波兰经济移民。来自油城的扬是一位社会学博士，他正在将地上的土块粘在一起，并涂成黑色，他在波兰的时候就是这一领域的能工巧匠呢。玛丽亚，罗兹倒闭的纺织厂的下岗女工，非常尽心尽力地在帮助扬，她将模拟蚯蚓、人造虫卵和盘根错节的、以真实根系为基础制造出的根系缠绕在涂成黑色的土块之中。她马上还要赶去打第二份工，她要在叶子上画上细小的叶脉，这个工作对她来说并不陌生，因为她原来是美院艺术设计系毕业的。她把辛辛苦苦赚来的钱一分一分地攒起来，她要用这些钱买回波兰的机票和在机场缴纳相关费用呢。

　　　　而此时，俄罗斯的政治囚犯们正在擦拭着空气中的烟尘污染，乌兹别克斯坦的孩子们正在挑选最美丽的太阳光线……

女主持人　现在见证奇迹的时刻到了，一、二、三、变！躺椅上、纸盒里、信箱里、卡车上都有葡萄酒了，路上还有几个不怎么漂亮的保加利亚女人顺路抓了几只国外的避孕套放进了自己的罐子里，或者还有一个乐购超市的收银员，打碎了一瓶酒，为了赔偿这瓶酒，她在无抵押、无担保人、无配偶同意的情况下贷了款，但是她又还不清贷款，她用一根皮包带上吊自杀，她绝望自尽的行为将会被拍成照片登上《超级特快》杂志，敏锐的摄影师是如何捕捉到这一自杀瞬间的呢？这将永远留在被这场惨剧所震惊的读者兴趣范围之外了，但这也保证了他们在 16：30 以后不会走出家门。

　　也不知道是从哪儿，既不是从地下室，也不是从厕所，哈莉娜和宝热娜回来了。她们俩迅速占领自己之前坐的位置：宝热娜双手交叉放在肚子上坐在那个单人沙发上，哈莉娜手里拿着一本《超级特快》，站在灶台旁。

哈莉娜　（读着《超级特快》）她用一根皮包带上吊自杀了。在这之前他们还杀死了她，强奸了她，把她裹在地毯里，还把地毯的流苏穗编成了麻花辫，他们根本没有一点怜悯之心！

宝热娜　你在说什么？

哈莉娜　还有照片！他们把她的头切下来，用她的脚把她的头当足球踢！我 16:30 以后是肯定不会出门了，太不安全了，不过反正我也要 23 点以后才下班呢。

宝热娜　我 16:30 以后肯定也不会出门了，我任何一个时间都不会出门，我胖得像一头猪，我不应该这么恶心地出现在别人的视线范围内，强迫他们看我，他们有权自己选择更好的呕吐理由。

　　哈莉娜和宝热娜急急忙忙地走下台去或者以一种非常不明确的方式消失在舞台上。单人沙发上又出现了男演员和女主持人。场景转换时间很短。男演员坐到了小桌子旁，难以掩饰心中诚挚的喜悦，用手摩挲着红酒瓶，手指抚摸着酒瓶上的标签。他把酒杯擦干净，又举起酒杯在灯底下照了照，然后往杯子里倒红酒。

男演员　现在您自己看看，这贵得离谱的酒真的是值得这个价格呢。您喝完酒尿的尿今天在维斯瓦河里都会让别人的尿知道您的厉害。您尝尝。味道怎么样？

女主持人　（尝了一口，迟疑了一下，咂摸咂摸嘴，摇晃着杯中的液体）嗯……嗯，真不错，这杯子真好看。

男演员　的确如此。因为这都是我喝完的。这是我的红酒塞收藏：这是我喝完的，这是我喝完的，这是我喝完的，这也是我喝完，我，我喝完的！我！喝！完！的！这也是我，这也是我，这还是我。但这个，不是我喝的，这是我妻子在理解了她是她自己以后，因兴奋而吨吨吨一饮而尽的。

女主持人　可能您是肯定的吧，如果第二次世界大战再来一次的话，您的这些瓶塞肯定能在大火烧起来的时候给那些火焰一点颜色看看。

　　金属小女孩站在门口，轻盈欢快地甩动着自己的麻花辫。

女主持人　谁呀？

金属小女孩　是我，我又来了，第二次世界大战，我还把一些火光带来了。我们，火焰，哦，这位先生，这些酒真的都是您喝光的吗？这些瓶塞可真精致啊，我可以舔舔它们吗？

男演员　我一点也不觉得奇怪，因为我有时候自己也会这么做。

女主持人　社会问题很严重。您扮演的这位主人公来自一个病态的原生家庭，他的父亲酗酒……感谢您接受我们的采访。再见，祝您前程似锦。

第三场

艾迪塔迈着匆忙的步伐，急切地踱来踱去，却找不到自己的位置。她优雅精致，哭得梨花带雨，背着一个皮包，狠狠吸了两口细细的香烟，手上还拎着皱成一团的潮湿的蕾丝内裤。哈莉娜出门扔垃圾，而宝热娜像个游击队员一样躲在垃圾桶后面。

艾迪塔　上帝啊，我怎么哭成了泪人，我太感动了。内裤都被我的鼻涕弄湿了，我可能得把它扔掉买新的了，因为这个内裤本身也不时髦了！真的太令人动容了，太残酷了，我之前总是抱怨我所面对的难题、我的自卑，因为我的胸小得像一双袜子，但是现在我要感谢上帝，因为其他人比我过得惨多了，生活是如此真实。

我现在眼前出现的就是那位在盆里洗脚的母亲和她的矿工父亲通过一个软管喝刹车油、然后又吐在地板上的画面。我之前只有看弗莱迪·克鲁格①和坐过山车的时候才这么害怕，因为我们是盲目的利己主义者，其实我们本来可以不以我们现在的面貌出生，本来这一切也都不是那么理所当然的。

宝热娜　我只想提醒一下电影中的主人公们，如果丈夫或者情人喝刹车油的话，我倾情推荐在家里铺上亚麻油地毡，因为上面的呕吐物和血迹非常容易清洗，而且还不发臭，如果是白内障人士，特别是完全看不见的盲人，甚至会以为这是真的实木地板。但是我是不会去推荐的，因为我胖得像一头猪，我不会炫耀我的聪明想法的。

哈莉娜　我觉得那个电影一点都不好看，全程都在骂脏话和抽烟。我喜欢看

---

① 弗莱迪·克鲁格（英语：Freddy Krueger）是猛鬼街系列电影里的恐怖人物。

那种都是漂亮女演员的电影，我喜欢看她们唱歌，看她们跳舞，看她们怎么活不下去，看她们怎么拉不出屎。这是部关于马的电影，我才不关心什么马呢！不过，我要说一下，这只是我的主观看法，因为我没有看过这部电影。

艾迪塔 上帝啊，我看着那个乐购超市的收银员，我真的太害怕了，上帝啊，怎么能够那么不顾及自己的形象呢，我真的太害怕了，上帝啊，明明只需要几个小小的改变，我真的太害怕了，只要去换个发型、化个妆，再好好睡上5小时，而不是像平常似的只睡两个小时，肯定就能看起来像个人了。上帝啊，我可太害怕了，可能那几个小改变根本不够，上帝啊，我可太害怕了，可能需要去植发，还有脸上、身上，整个人都需要改动，可能往前数四辈的祖先们也都得改动，还得把整个衣橱里的衣服都换了，日期也得改，最关键的就是得把出生国家改了，这才能看起来像个人。我之前只有看弗莱迪·克鲁格和坐过山车的时候才这么害怕，还有看《魔精》[①]的时候。

生活是如此真实，所有的不公是如此的不公平，被社会排斥的人就彻底被排斥，社会的敏感性是如此敏感。我决定了，从今天起，只要我看到一条河，我就要救起里面所有的溺水者；只要我遇到火灾，我就要救出里面被困的人。这肯定不是一件容易的事，因为在这个和平时代，我肯定任何一个受难者都找不到，当战争在其他国家爆发的时候，尽管战争无法制造出许多绝对的做善事的机会，但是我也要买上两斤好吃的糖果，我并不把这些糖果送到孤儿院去，而是为了安抚我为他们担惊受怕的心，自己在车上把它们都吃了，吧唧，吧唧，吧唧[②]。或许，我以后再遇到地下通道发小广告的，我会把那些传单都拿上，等到了下一个路口的拐角处再把它们丢掉。或许，就是为了让他们不用16:30以后再在那里游荡，因为真的很不安全。

---

① 1986年上映的一部美国恐怖电影（英语：*Critters*）。
② 津津有味吃东西时发出的声音。

> 我还要对包里的东西进行垃圾分类：保鲜膜和保鲜膜放在一起……纸巾和纸巾放在一起……口红和口红放在一起……

艾迪塔一边叹气，一边整理自己的包。她走出房间，把不需要的东西进行分类后，丢到相应的垃圾回收桶中。宝热娜想一把将那本杂志抢过来，但是哈莉娜更敏捷，更自信。

艾迪塔 看看，这也太乱了。《都很适合你》，去年 4 月的！填字游戏都做完了！扔进回收桶！真是太乱了，一切都处于崩溃之中，大自然在慢慢消亡，多少次了，我只要想找什么东西出来，伸出手来只看见脏兮兮的指甲！

哈莉娜 哇哦，去年 4 月的《都不适合我》，多好的杂志！也不贵，不要钱，我买得起。

哈莉娜翻看杂志，金属小女孩骑着一辆吱吱作响的自行车过来，看似随意地看了看杂志光滑的页面。

金属小女孩 甚至还不错。

哈莉娜 去年 4 月的！正好不适合我。

金属小女孩 妈妈拿到的这本杂志，甚至里面的填字游戏都已经被别人填好了。

哈莉娜 我都不用自己填了，而是有现成填好的答案了——"春日黄水仙"。

金属小女孩 妈妈给我看看。春日黄水仙……等一下……是不是就是春天在臭水沟边摸一摸？

第四场

所有人都坐在房间里：男人坐在那个摆满了喝光了的红酒瓶、抽完了的香烟蒂、没有吸干净的白色粉末的小桌子旁，他的那些从宜家买来的、画着祖先肖像和非洲菊的名画早就从墙上掉了下来。哈莉娜、阴郁的老妇人和金属小女孩十分关注地看着电视里发生的事件。

男人 当然，这还不是结局，但是其实几乎可以算作开头，这些简短的照片简介，最终也没能剪辑进电影的最终版本，其实是对 400 万没有来电影院观影的观众的致敬，因为他们不愿意花 20 块钱买电影票，为了来看个电影还得再花钱买那些买 8 赠 2 的玉米片、MM 豆、糖粘花生、可乐和 7 听啤酒，就为了来看垃圾桶里都有什么和在杜比环绕影厅听假装呕吐的声音，明明每天可以听到杜比环绕的不是伪装的呕吐声。所以我也不得不做出一些让步，我也为了讨生活啊，我得还房贷啊！莫妮卡必须绝对又聋又瞎……

哈莉娜 可不是吗，不然谁愿意当瞎子呢，除非是个聋子！

金属小女孩 没准不聋也不瞎，就是太胖了，需要减肥。

宝热娜 是应该减肥了，换换穿衣风格。我要是这样的话都不好意思出门，甚至不愿意去小瓢虫超市买醋。

男人 莫妮卡渴望改变这种缺乏未来前景的现状，她决定孤注一掷。她卖掉了那个破破烂烂、里面装着她珍爱的鸟儿的鸽子笼，用换来的钱买了一张去华沙的票。她住在一个通过电脑模拟建立在广告文件夹中的封闭管理的住宅小区里……

阴郁的老妇人 这是华沙？索莱茨大街？我认不出来了……

金属小女孩 哎呀，外婆，这是那栋还没有建起来的楼。

阴郁的老妇人 战争爆发的那天，我正在里面走着……

哈莉娜 有些人鼻子变得越来越长，有些人的鼻子还会冒烟，但是还有些人面不改色，神情凝重，而对于那个反复萦绕在嘴边的问题的答案就是：他们怎么那么能撒谎！

金属小女孩 能一直从别人的生活里偷东西多好呀，还把一边流口水一边做的梦添油加醋地当成自己的故事来讲！自打我活在这世上，自打我记事起，我就不记得外婆曾经出去过，她哪儿也没去过，也根本没去过什么体能训练营[①]。

男人 ……她在那儿被一家知名广告公司聘请担任版权人，被一家著名律师

---

① 金属小女孩弄混了"体能训练"和"集中"两个词。

事务所聘请担任知名律师，被一家室内设计公司聘请担任本土设计师。她工作繁忙，还有一台传真机，但是在工作以后感到空虚迷茫，因为她没有小孩。她只能去照片店（photoshop）[①]，喝一碗家乐浓汤宝做的鲜鸡汤……

哈莉娜　莫妮卡，别再抬高价格了！你在小瓢虫超市能买到一模一样的，就是质量差，但是只需要花一半的价钱。

宝热娜　光喝鸡汤你可喝不饱，一会儿你就又饿了！放点面条进去吧，或者好歹也得加点儿鸡骨头啊！

金属小女孩　让她千万别往里面放面条！那她就永远别想瘦下来了！她会一直那么胖的，肥胖是一种疾病。

宝热娜　或许只有在我们这儿，众所周知，在这黑暗的波兰才会这样。在我们美国，是完全不一样的。我也就是想想，因为我胖得像一头猪，我不会炫耀我的聪明想法的。

男人　她在那里意外地认识了麦克斯，她和他先是在厕所里，然后又在电梯里，赤身裸体、双唇紧紧地贴在一起。然而却突然出现了一些变化：莫妮卡厌倦了空虚和价值的缺失，可麦克斯却表现得像个不负责任的渣男，他根本不想建立家庭，只是在家乐浓汤宝旁边的柜子里放100公斤精制面粉……

哈莉娜　又在这儿抬高价格了，就是普通的白面粉——更便宜。

男人　……紧随其后的是三个胖胖的、身上随意涂着美黑霜的俄罗斯黑手党、哥伦比亚人、性感的女警察、曲马朵瘾君子侦探和同性恋理发师。这最后一位，是不被社会所接纳的，其实他是个好人，他还从火灾中救出了一个可怜的孩子，其实他根本就不是什么同性恋，他只不过就是穿得精致了点，不被社会所接纳罢了。

金属小女孩　我最不能容忍的就是宽容。我同样非常讨厌皮列罗和维德尔[②]。

---

① 作者利用photoshop这个词一词双关，既指电脑中的图像处理软件，又指一家店面。
② 两种波兰巧克力糖的名字。

敬礼！

男人 莫妮卡生了丈夫和孩子，一个男孩，一个女孩，她感到十分幸福，因为她觉得，作为一个女人，她很圆满。她坦率地和马桶交流着除垢剂的使用心得。观众的视线中出现了三座电脑模拟出的摩天大楼，所有人手拉手向前走，一边走，一边笑。剧终。这就是这部电影的最后一幕了，如果我有朝一日能拍出这部电影的话。

女主持人 大家好！不久前她还在废料厂的土坑中翻垃圾碎片，而如今她已经是个大明星了。她卖掉了老旧的鸽子笼，孤注一掷，今日将坦率地向我们介绍它的价值，这里的它指的是她的皮包。

莫妮卡 我的包里面主要装的是我最主要的东西：磁性绘图工具加 Alt 键、几何绘图工具加 Alt 键、采样器、画笔、亮度—对比度、色彩、缩放和 Shift 键，橡皮擦也是必不可少的——因为有了它，你想去除私密处毛发就变得比从前容易多了。

女主持人 也就是说，其实明星的生活不像我们普通人坊间相传的那样，只需要在红毯上带着自己的塑料宠物猫一起蹦蹦跳跳、走几步猫步……

莫妮卡 坦率来讲，这是一份非常辛苦的工作。不止一次，在结束了一整天无聊的不吃、不喝、不拉、不撒以后，当然中间还要不流汗，我觉得我自己被变窄了、拉长了，疲惫不堪，我直接就躺在了照片店的沙发上，甚至连开车回家的力气都没有了，可能真的是太累了，我甚至忘了我根本没有车，我站了一整天，就期待着有人能够注意到我，把我变宽、再裁短，就更别提剪断脐带后的幻肢疼痛了。然而与此同时，我要感谢不存在和不担当，这样一方面来说，我就谁也不是，另一方面来说，我也不是波兰人。

女主持人 如此说来，你说波兰语说得真不错，很标准，几乎一点口音都没有。

莫妮卡 这可并不容易。我在这儿出生的时候还是一个小小的婴儿，这也完全是个意外，因为从很久很久以前，我的曾曾祖父母、曾祖父母、

祖父母、父母、兄弟姐妹、叔叔阿姨、表兄弟表姐妹就都在这里生活，当然，他们是被命运的龙卷风吹到这里的，他们一生都在思念着他们来时的方向、自己的家乡——西方。据说在刚开始的时候，我经常哭闹，挥舞着我的小拳头，那时候我就已经盼着我能够回到我来的那个地方去，也就是西方，可是那时候我还是个无能为力的新生儿，我一个波兰语词都不会说，就更别提买票了（*波兰20世纪70年代的时候还没有网络*）。我还能怎么办呢，没办法，半推半就地，我就学会了波兰语，而且我现在说波兰语也没有口音，但是就是有一些多音节词我记不住是什么意思，但是不影响这些词从我的嘴巴里说出来。我也不得不承认，这里的水质、空气质量都对我的身体有损伤，景色我也不喜欢，建筑我也不喜欢，人我也不喜欢，因为这些人阴郁无趣、对生活有满腔抱怨而且自卑情结严重。

第五场

手里攥着自己那卷成一卷的潮湿内裤的艾迪塔、哈莉娜、宝热娜和金属小女孩。

艾迪塔 上帝啊，我是如此气愤，我是如此愤怒，我不管这一切了，我要回家，我回到家里要吃一份洛桑沙拉、年轻公山羊的内脏做的肥肝酱和一桶帕玛森奶酪，如果还不够的话，我要再吃一堆带着皮和萝卜缨的胡萝卜，再喝一升卸妆水，再来两斤好吃的糖果，我并不把这些糖果送到孤儿院去，而是为了安抚我为他们担惊受怕的心，自己在车上把它们都吃了，如果我路过商店的话我还要买点儿猪皮，我可不买五花肉。我真的受不了了，一路上竟然一场火灾、一条河流都没遇到，没遇到一个困在火场里或者溺水的人，没遇到一个可以让我去救他们的人，所以我没能做这些事，我很担心，存在之门会在我身后一声不响地关闭，就像它打开时一样一声不响。这种担心让我如此痛苦，所以我终于响亮而直接地鬼哭狼嚎，我明确而平静地惊声尖叫，我得表达清楚，但是又不会太咄咄逼人，或许我就在我自己耳边说着悄悄话或者我就是心里想想，但脸上不动声色，我可不能让别人看出来。要不然别人又要怪我没有进行私密处脱毛了：《骑马的马》这部电影在乱糟糟、黏糊糊的伪幸福中塑造了刻板印象中的女性角色，将其物化、缩窄、变宽，再剪断她的脐带。

宝热娜 我可不是什么女权主义者。我是一头大肥猪。

哈莉娜 谁也别想说服我去堕胎！我是绝对不会杀死一个在我的子宫中避难的小宝宝的！再说我从哪儿能弄来钱干这个事呢？

宝热娜 我从哪儿能弄来钱干这个事呢？

哈莉娜 我可当不起杀人凶手。

金属小女孩 我也不是什么女同舔狗。

哈莉娜 你又在那儿胡说八道什么呢？这个词是什么意思？

金属小女孩 我也不知道，我刚从网上下载来的。

第三幕

第一场

男人在房间里，气急败坏地收拾着自己的稿纸、喝完红酒剩下的瓶子和纸箱，把画有非洲菊的家族肖像画收起来。

男人 争吵的原因是什么呢？那个戴眼镜的女的最好把私密处的毛发刮干净，给自己再买一副隐形眼镜，那时候才能生出丈夫和孩子，才能拥有一个洁净的家，才能不再想这些乱七八糟的事。就因为这些事我才写不出我的电影《骑马的马》的剧本，电影包揽了大大小小所有奖项，打破了波兰电影界一直所处的僵局，就因为那些事我写不出这部电影的剧本，因为我不仅喝酒喝得多，饭也吃得多，骑越野摩托穿越我们文明的摇篮也多，我还去埃及游泳、去纽约购物，我回来以后，一定要拍一部关于当代波兰的电影，关于这里无处不在的社会排斥、数典忘祖、关系崩塌、贫穷、歧视、缺乏包容、民族身份认同的摇摇欲坠和其他可怕的现实问题，那个叫维勒贝克的曾经很深刻地写过这些问题——不过我也不知道，我没看过他的书，这些问题也都与我无关，再说了，我也不能写，因为我不会，而且当我从奥肯切①回到这片土豆田的时候，我真受不了了，这里的系统是病态的、概念是病态的、冲突是病态的、关系也是病态的，地铁——（*发出牙齿打战的声音*）又脏又冷，电车——（*发出呕吐的声音*）让人想吐，飞机（*发出呜呜的声音*）让人头晕，那条污染严重、散发着尿骚味的臭水沟咕噜咕噜冒着泡泡，不管怎样我还是想活下去，我得还房贷，但是实话实说，那个房子更适合做个葡萄酒酒窖……

他走了出去。老妇人拧开了收音机的旋钮，一阵嗞嗞啦啦的电波干扰声中传来了电台播音员的声音。

广播　在很久以前，当世界还由上帝的法律管理着，世界上所有人都是波兰人。每个人都是波兰人，德国人是波兰人，瑞典人是波兰人，西班牙人是波兰人，波兰人是每个人，就是每个、每个人、每一个人，都是波兰人。那时的波兰是一个美丽的国度，我们拥有伟大的海洋、岛屿、大洋和一支航行其中的海军舰队，它不断发现着新的大陆，这些大陆同样属于波兰，还有一个非常著名的探险家克舍什托夫·哥伦布，不过后来他被改了名字，叫什么克里斯朵夫还是什么克里斯艾萨克的，我们曾经是一个伟大的帝国，是宽容和多文化共生的绿洲，而每一个从其他国家来的人，我们刚才说了之前他们都不在这儿，都会收到我们用列巴面包热情地对他们表示欢迎……

金属小女孩骑着自行车很生气地围着收音机转圈，好像在嫉妒有声音盖过了她的。

金属小女孩　块列巴、块列巴，我好像在哪儿听说过这个块列巴。

阴郁的老妇人　列巴面包。

---

① 奥肯切，华沙机场所在地。

金属小女孩　无论是块列巴，还是块面包，或者列巴面包块，我都不知道是什么，但是如果是乐购超市卖的那种白色粉末做的、一碰就掉渣的，那必须告诉他们，这东西特别适合用来在沥青马路上画线，之后下了酸雨都不会被洗掉的。就是吃了之后太容易长胖了。

广播　……用列巴面包和盐表示欢迎……但是我们国家的好日子就这么到头了。先是我们的美洲大陆被夺走了，然后是非洲、亚洲和大洋洲。波兰国旗被玷污了，上面还被画上了其他颜色的条纹、星星和乱七八糟的图案，波兰语被官方替换成了听不懂的外语，没有人听得懂也没有人会说的外语，然而说这种外语的人就是为了让我们——我们波兰人——听不懂也不会说，让我们波兰人觉得我们连垃圾都不如……

金属小女孩　哦，真不错，有道理，我从网上下载了字幕，我就都能懂了。

广播　然后又把我们的埃及、法国、意大利、巴西都掠夺走了，终于连德国也被霸占了。

金属小女孩　这样对我们挺好的，要不然我们去哪儿找工作啊？

广播　……住在那儿的那些波兰人被要求立刻德国化，还让他们学说那些像唱约德尔山歌一样的语言，最后，俄罗斯也被夺走了，那里的波兰人被强制说一种发音非常奇怪的语言。我们深爱着的祖国大地上只剩下一小块满地沙石的土地了。维斯瓦河蜿蜒流过，两侧是红色的蜀葵花田，像一条银丝线划开了一片血泊，金色的麦浪翻滚着，我们的列巴面包……

金属小女孩　你们告诉他们，他们在乐购超市买的那些白色粉末做的玩意，特别适合用来在沥青马路上画线，吃了会胖死的，外婆就永远别想变成透明的了！

广播　德国人甚至攻进了华沙，他们还说，波兰再也不会是波兰了，一分钟都不再是了，华沙也不再是首都，只是土地上的一个大坑。

金属小女孩　说得太有道理了，坑！我厌恶这座城市。地铁——（*发出牙齿打战的声音*）又脏又冷，电车——（*发出呕吐的声音*）让人想吐，公共汽车——（*捂住鼻子*）臭死了，你去哪儿都到不了，你得迈过一个个尸体，跨过一个个尸体，踩过一个个尸体！

广播　……我们根本不是波兰人了……

金属小女孩　那就对了！太对了！我就不是什么波兰人，我为什么要是波兰人呢？我甚至无法下意识地做出这样一个决定。我是一个欧洲人。

广播　……我们不是波兰人，只能是德国人或者俄罗斯人，确切地说是他们的尸体，就算有些人现在还不是尸体，过不了多久也会变成尸体……

金属小女孩　的确，我完全赞同广播里说的。为什么要去当什么波兰人啊？

老妇人　哦，波兰，如此美丽富饶的王国，我清晰地记得，你的美是如何痛苦地死去的。

金属小女孩　死去，痛苦地死去，如果痛的话就来片儿布洛芬！每个人都知道，波兰是个愚蠢、贫穷并且丑陋的国家。

建筑丑陋，天气阴霾，气温冰冷，连动物都逃到森林里躲起来。电视里播放着烂节目，笑话也不好笑，总统长得像个土豆，而总理像个地瓜。总理长得像个地瓜，总统和总理长得一样。法国在法国了，美国在美国了，德国在德国了，捷克也在捷克了，而在波兰只剩下波兰了。法国有法棍面包，英国有烤吐司面包，德国有碱水纽结面包，波兰只有列巴面包，列巴，列巴，列巴。法国有法棍，意大利人有意大利面，波兰到今天为止都不知道为什么还在吃土豆。法国所有人都说法语，英国所有人都说英语，只有波兰所有人都在说着第一个字母是 pier、第二个字母是 do① 的奇怪的波兰语，根本没人听得懂。我早就决定好了，我才不是什么波兰人，我是个欧洲人，我的波兰语是跟着光盘和磁带学的，是一个打扫卫生的波兰清洁女工留给我的。我们都不是什么波兰人，我们是欧洲人，我们是正常人！这个女人，其实也不是我的妈妈，她是来自乐购超市的属于我家的私人售货员。她开着叉车把乐购超市搬回家，我们指出其中哪些东西是我们不想要的，她再开着叉车送回去，她在转弯的时候总

---

①　组在一起是一句波兰语中的脏话。

是打滑。这个女人，也不是我们邻居，只是我们私人的派发广告传单的，她胖极了，我们就让她待在家里，以免出现在别人的视线范围内恶心别人。她从地下通道给我们带回家，然后在里面发广告传单，她自己替我们把自己发的广告接过来，然后在第一个路口拐角处就扔了！而这一位，也不是我的外婆，只是我们的清洁女工。她很老了，老得都透明了，她今天就坐着这辆轮椅，一路从乌克兰直接来到这里。我们之间挺好的。我们之间都挺好的！我们都不是什么波兰人，我们都是正常人！我们都是从欧洲来到波兰的，我们来这是为了寻找真正的土地上长出的真正的绿色生态土豆，而不是乐购超市那种水了吧唧的假土豆，我们的波兰语都是从光盘和磁带里学来的。

电台收音机里传来嗞嗞声，线路中断，嗡嗡声，金属小女孩拧动收音机的旋钮，突然里面爆发出一阵大节拍乐（*big-beat*）。

广播　骑马的马，

对自己大喊"驾"，

坐船的鱼，

在大海上遨游，

冰箱发出嘶嘶（怕冷而打战）声。

骑马的马，

紧闭的大门，

血液中流淌的血，

血液中流淌的血。

阴郁的老妇人　别动！我还记得战争爆发的那天。

金属小女孩　价格战？

阴郁的老妇人　我只拿了一只小皮包，只穿了一件连衣裙，裙子上绣着一朵朵小玫瑰花，我从维斯瓦河边归来，那一日骄阳似火，我的眼睛仍然是湛蓝的，因为我一直望着维斯瓦河那如梦般的、清凉清澈的、如肥皂泡般晶莹的、洁净的水面……我穿着那双琥珀棕色的高跟皮鞋走在河岸边，鞋跟和地面碰撞出轻快的节奏……

金属小女孩　……高跟鞋后面，长满了心事重重的菖蒲，用过的避孕套，丢弃的卫生巾和湿漉漉的塑料袋……

阴郁的老妇人　我已经站在咱们的院子里了，我已经拉开了门把手，我已经站在我们这栋老楼的门口，我已经伸出了手想要拥抱弟弟妹妹，就在这时，我发现我在河边散步时，有些东西不幸地粘在了我的高跟鞋鞋跟上。我站在垃圾桶旁边，想拂去那从维斯瓦河边带回的尘埃，我直到今天都还记得，那是……

第二场

　　灯光变化。阴郁的老妇人已经不再坐轮椅了，穿着自己那件刺绣玫瑰花连衣裙站着，金属小女孩在垃圾分类回收桶旁边非常努力地想要把粘在老妇人高跟鞋上的灰尘和垃圾摘掉。

金属小女孩　这是一个巨大的、吃完午餐肉剩下的旧易拉罐，里面装着几份湿透了的乐购超市特价广告，自我降解的塑料袋，卫生棉条导入器，装着尸体的袋子和一包几乎没怎么动过的麦当劳薯条，尽管那些薯条在那儿已经一两年了，但是色香味俱在，所以我就抓了一两根塞在嘴里，我知道吃薯条最容易长胖了，不过我要是不抓一把的话，我就会变成一根透明的线的了……

阴郁的老妇人　结果这里突然间……

　　警报声响，漫天飞机，轰炸，爆炸。

金属小女孩　突然间"轰隆"一声！一股相当熟悉的味道！快跑啊，自行车着火了！

阴郁的老妇人　整片天，整片天都是黑压压的……

金属小女孩　头顶是一片黑压压的飞机模型。快点儿让外婆从楼梯上摔下去吧，让她一下摔到地下室去，她的手会摔断，脑袋会磕得头破血流，因为那里都是砖块。

阴郁的老妇人和金属小女孩一起摔下楼梯。

阴郁的老妇人　整片天，整片天都是黑压压的……

金属小女孩　他们就为了这个飞机模型展览租下了整片天空！

阴郁的老妇人　一声恐怖的巨响，心脏在胸腔中挣扎，像一只夜莺被关在……

金属小女孩　关在油腻腻的罐子里。

阴郁的老妇人　终于恢复了寂静，死一般冰冷的寂静……

金属小女孩　我们走吧，这儿有一股臭土豆和湿纸箱的恶心味道，我不想在这儿待着，我宁愿看着宝热娜阿姨呕吐一会儿。

阴郁的老妇人　站住，别动！

金属小女孩　哦！给你的惊喜！我敢打赌，我们的老房子还矗立在那个到处是瓦砾石块、玻璃、四处飞舞的碎片的地方。哦，我认得那些飞舞的抽屉碎片，我敢打赌，它们原来不是碎片，而是一个个抽屉，甚至是一个五屉柜。你看这些飞舞的碎片，我们家之前有一模一样的，不过原来是椅子来着。这些梳齿和我们家之前的梳子也一模一样，这些照片的碎片也和我们家之前的照片一模一样，只不过我们的照片是完整的。哦，你看那些飞舞的波兰人，就是原来住在我们家附近的那些人，只不过原来他们是完整的活人，而不是现在这种四处乱飞，一会向左、一会向右、难以辨认的碎片。我是不是喝醉了，醉到已经完全记不得我什么时候喝过酒了，我现在连家都找不到？那个正在倒下的人，就是他自己本人吧。真奇怪。

阴郁的老妇人　一切都在陨落，一切都在崩塌，层层叠叠地摞在一起。我紧闭双眼，当我再睁开眼睛的时候，一切都摊在地上，瓦砾、尸体、子弹、尸体、尸体、瓦砾，一层一层，就像是一盆可怕的千层肉酱面。

金属小女孩　妈妈从来没做过千层肉酱面，一层一层，真不错，可以好好地在这些像素中翻一翻。

她们俩用手在瓦砾废墟中翻找。

阴郁的老妇人　我不知道时间过去多久了,因为那年秋天我出门的时候,忘了戴手表。又累又饿的我在瓦砾废墟堆上徘徊。来块列巴面包!

金属小女孩　不过,我只吃全麦列巴面包,我可不吃那些有放射性的白色粉末做的!我想要身材苗条,我要变成透明的!

阴郁的老妇人　来块列巴!

金属小女孩　(*在石块中翻找的手依然没停*)　外婆看见没有,自行车着火了?你看,你看!就是这儿!就是这儿!我认得这个油腻模糊的门镜,这就是咱们家的门啊!咚!咚!咚!外婆你得再使点劲儿敲门,因为这周围都是废墟和灰烬,不使劲敲根本听不见。

阴郁的老妇人　哎哟,肯定他们都在自己的房间里待着,所以听不见。把你的鞋底在门口那个地垫上蹭干净。把你的外套挂起来。我刚才在那堆打碎的盘子旁边看见一个折断了的衣架。

金属小女孩　(*开始奔跑*)　莫雷茨叔叔!莫雷茨叔叔!莫雷茨叔叔!我找到了叔叔的一条腿,戳在屋子正中间,叔叔的其他部分去哪儿了?这两片嘴唇又是谁的?这是谁把它就这么随便地扔在这个烧毁的书柜下面,和这堆烧毁的书扔在一起呢?太恶心了,它还在这堆灰烬中吧唧着!

阴郁的老妇人　达利亚!我要把这发生的一切都告诉妈妈,只要我找到她的面庞,现在我只看见她的断手举着的小镜子里映出了她的脸。

金属小女孩　(*继续在瓦砾废墟中翻找*)　快看,快看,我找到的手是完整的,只不过骨折了。可能就像外婆从楼梯上摔到地下室时摔骨折的一样。只不过我得把它掰开,拳头攥得太紧了!哎哟!哎哟!攥得太紧了!这又是什么,鲜血淋淋、布满灰尘,肯定已经死了,估计是撞在砖头上了!在美国,他们都会戴着橡胶手套碰这些东西。诶?这个难道不是外婆的脸吗?其他这些是不是也都是外婆的?整个就是外婆吧?这些破碎的神经,像电线一样缠绕在一起,外婆要是能找到那些梳齿,我们来一起好好把它们梳一梳。外婆看起来好像一个有着破洞的降落伞啊(*从瓦砾废墟中挖出了整个外婆*)。外婆可真是又脏又邋遢，这就是外婆没日没夜唠唠叨叨说的那条绣着玫瑰花的裙子？这哪是什么玫瑰花，分明是杂草丛生，破败不堪，真是裙如其人！这些荨麻，秃了的蒲公英①，还有沾满血的绷带，外婆是不是以为，这些沾到衣服上很容易洗下去呀？他们在裙子上绣满了子弹壳、蠼螋、带刺的铁丝网，这些东西早就过时了，就不能直接绣上一颗颗骷髅头吗？老天啊，得去叫一下妈妈，因为外婆根本不会用洗衣机，还是找个人帮她把洗衣机设置好吧，总比外婆又把一切都弄坏要好。

第三场

男人的公寓。一切陈设都和之前一模一样，只是在宜家伪造出的富丽堂皇下，已经寻不见一丝一毫霉菌、组合柜、挂毯和喝完酸奶剩下的空杯子的痕迹。唯一证明它们存在过的痕迹就是垃圾回收桶旁边散落的碎片，金属小女孩穿着被老鼠咬得破破烂烂的水手服，头发乱得像马蜂窝一样跑来跑去，做出了极富戏剧性的中世纪史诗中"罗兰将剑刺向自己的喉咙"的动作。在远处晒得发白褪色的单人沙发上，分别坐着哈莉娜和宝热娜，艾迪塔在她们中间徘徊着，不知道该把自己潮湿的蕾丝内裤挂在哪儿，手里还拎着吃完维德尔混合口味巧克力糖以后剩下的一大袋子糖纸，莫妮卡在寻找自己遗失的脐带。

男人 这时候，观众们就已经猜到了，外婆早就在那场战争中被炸死了。这个小女孩还在和她说话。

金属小女孩 外婆！外婆！外婆你起来啊！

男人 随即爆发出瘆人的哭声，因为她现在明白了，不仅她最爱的外婆早就死于战火中，所以她的妈妈也根本就没出生过，所以，她不仅仅是一个孤儿，还是一个不存在的孤儿，一个从没存在过的孤儿，这样的结

---

① 荨麻和蒲公英的茎都是带刺的，暗指危险与不幸。

果对所有人都好，特别是对其他所有人都好，特别是对我来说，对我来说最好了，我现在终于可以清静了，房子也归我一人所有了。

金属小女孩　列巴！列巴面包！

男人　最后一幕中，小女孩在瓦砾废墟中因为饥饿号叫着。观众在此时大为震撼，陷入关于房间中时间的沉思，在这段时间中战争和饥饿都正在其他国家发生着。

金属小女孩　列巴面包！

哈莉娜　快点把这块发霉了的面包吃了，面包就在窗台上，本来是打算喂鸟的，反正我是不会把它扔了的。

宝热娜　把它给我吧，因为我没去乐购超市，我不能这么恶心地出现在别人的视线范围内，强迫他们看我，他们明明有权自己选择想要呕吐的理由。

艾迪塔　你要来块巧克力糖吗？非常好吃。我车里还剩了几块，当我看完电影以后把它们都送到孤儿院去，我因为感动没有把它们吃掉。

莫妮卡　我什么都不吃，因为哪怕什么都不吃也会长胖，会影响脐带的。

金属小女孩（*对自己说*）　来块列巴！你看见自行车着火了吗？（*用力用拳头砸男人的房门*）列巴！

男人（*非常怀疑地从门镜往外看，打开门*）　你快滚吧，脏了吧唧的，我才没有什么列巴面包呢。列巴，列巴，我要是给了她列巴，她肯定拿着就去买伏特加和毒品了。

全剧终

罪恶从何而来？[1]
——《乌茨娅和她的孩子们》

巴尔巴拉·毕比克（Barbara Bibik）

梁小聪 译

2001年，电视剧院领导邀请马莱克·普鲁赫涅夫斯基（Marek Pruchniewski）为文献剧场写了一部戏剧。该作品的创作灵感来源于莉迪亚·奥斯沃夫斯卡（Lidia Ostałowska）和沃伊切赫·切希拉（Wojciech Cieśla）在《高跟鞋》（*Wysokie Obcasy*）[2]上发表的新闻报道《袋子》（*Worek*）：在马佐夫舍省的弗洛特努夫乡村里，一名妇女与家婆共同谋杀了自己的4个新生儿。在普鲁赫涅夫斯基的作品里，这并非唯一一篇从周边的现实生活中寻找灵感的文章。《刀的故事》（*Historia noża*）是基于一篇报道青少年杀人犯的新闻稿而撰写的，《朝圣者》（*Pielgrzymi*）的素材来源于波兰机构组织的一次欧洲圣地巴士之旅的参与者的回忆录。然而，普鲁赫涅夫斯基关注的是群体的罪恶感，人们为神父遮掩真相，试图封住指控他的女人的嘴。《孔特里姆》（*Kontrym*）（一部献给波兰战后受当时的波兰社会制度压迫的受害者和波兰国家军将士的戏剧作品）提到了历史事件，而《军队》（*Armia*）则触及了当时既敏感又备受关注的军队暴力问题。

---

[1] 原文为拉丁标题（"*Under malum?*"），意为"罪恶从何而来？"——译者注
[2] 《选举报》（*Gazety Wyborczej*）第134期附录，2001年6月9日出版，第6页。

剧本的撰写历时两年。作者大概是在寻找一种适当的形式和语言来呈现一个禁忌主题，一个被社会视为最重大的、被道德明确定性为消极且不正当的罪行之一——杀婴。根据《波兰刑法》（polski Kodeks Karny）第 149 条规定：母亲在生产时因受分娩过程影响而杀害婴儿的，将被处以 3 个月至 5 年的监禁；而根据第 148 条，同谋者和谋杀者同罪。如今，戏剧《乌茨娅和她的孩子们》得益于其问题视角，被认为是 21 世纪初最出类拔萃、最惊心骇目的戏剧之一。2003 年，它在首批波兰新剧选集之一的《色情一代和其他粗俗的戏剧作品》（Pokolenie Porno i inne niesmaczne utwory teatralne）① 中正式出版。2004 年，《乌茨娅和她的孩子们》赢得了在索波特举行的第四届波兰广播剧院和波兰电视剧院"两座剧院"节的最高奖项。

戏剧开场，主人公乌茨娅（Łucja）将孩子们那些洗过了的衣服挂在晾衣绳上，每件衣服之间都留出一个空位。正如普鲁赫涅夫斯基所说，这是一个耐人寻味的场景，也是他读完报道后最先"看到"的场景之一，几乎所有剧评都是从它开始展开叙述的。这样做并非平白无故，因为这个空位随即会将读者或观众的注意力引向缺失和缺位（表面上指孩子的缺失，即因乌茨娅放弃抵抗，屈服于家婆的长期压迫，导致被抢走和谋杀了的孩子的缺失；隐喻上指爱情、同理心和支持的缺位），这些在故事中都非常关键。这个故事着实令人魂惊魄惕，能与欧里庇得斯（Eurypides）的古文学作品《美狄亚》（Medea）和斯坦尼斯瓦夫·维斯皮安斯基（Stanisław Wyspiański）② 的现代主义文学作品《诅咒》（Klątwa）等悲剧相媲美。它之所以能跻身于杰作之列，不仅因为它的主题，还因为它形式化的处理方式。《诅咒》讲述了一个发生在

---

① 《色情一代和其他粗俗的戏剧作品》（Pokolenie Porno i inne niesmaczne utwory teatralne），亨利克·苏维柯（Henryk Sułek）编辑，罗曼·帕夫沃夫斯基（Roman Pawłowski）选编，华沙（Warszawa），2003 年。
② 《我们之间——波兰当代戏剧中的弱势话语》（Po-między-nami. Słaby dyskurs w polskim dramacie współczesnym），克拉科夫（Kraków），2011 年，第 108—110 页，金戈·安娜·盖达（K. A. Gajda），《鸡汤化——即优质酸菜炖肉》（Rosolizacja - czyli gatunkowy bigos），载于《波兰制造的戏剧——波兰当代现实中的波兰当代戏剧》（Dramat made (in) Poland. Współczesny dramat polski we współczesnej polskiej rzeczywistości），W. 巴鲁赫（W. Baluch）编辑，克拉科夫（Kraków），2009 年，第 24—26 页。《诅咒》（Klątwy）也与普鲁赫涅夫斯基（Pruchniewski）的《我的罪》（Moja wina）相关（http://www.dziennikteatralny.pl/artykuly/ludzie-z-malych-miasteczek.html，2021 年 1 月 17 日）。

塔尔努夫附近的农村里的故事：一场由神父的罪孽（他与同居的年轻女孩有染，女孩还为他生了两个孩子）引起的旱灾；正当村民们献上赎罪祭品时，年轻女孩将她的孩子扔进了火里，随后死在了神父宅邸的台阶上。

普鲁赫涅夫斯基的戏剧也是以农村为背景。乌茨娅和她的丈夫亚采克（Jacek）逃离了小城镇，搬到了农村，并住在了他父母家中。这栋房子坐落在山坡上，比村里的其他屋舍都要远一些，而老婆子（Stara），也就是亚采克的母亲，掌控着这个家。无论是平常发生在屋内房中的行为，还是在乌茨娅周围的小社群里，都充斥着幽闭恐惧的氛围。在这个社群里，乌茨娅即使知道山上屋里发生的事，她也如同在家中一样，无法获得任何支持。在这个社群里，所有人对女主人公的悲剧都漠不关心。农村视角既能凸显这一社群的群体性质，也揭露了这种家婆占据主导地位的农民家庭的文化模式，还可展现某种自然主义（存在于所呈现的事件和语言之中）。此外，乌茨娅是在孤儿院①里长大的孤儿这一事实（暗示了她没有别的实例可以与她在丈夫或家婆那儿遭遇的事情做对比），突出了她的孤独与疏离。甚至当她试图摆脱这种压迫性的依赖时，她也没能找到足够的力量不回头，最终还是被纠缠进去。她唯一亲近的人是朋友奥拉（Ola），但奥拉住在城里，因而不能每天陪在乌茨娅身旁。

在这样一个建构的空间里，在封闭的房屋里，在闭塞的小社群内，在狭窄的人物群体中，主人公之间的关系就成为戏剧的首要焦点。但这些关系都是残缺的、破裂的、紊乱的，甚至是病态的（这里不存在快乐的人，所有人都受到了某种意义上的侵害）。老婆子正是这些悲惨事件的罪魁祸首（肇事者），她憎恨儿媳妇，憎恨其他人，甚至对自己的丈夫也没有特别的情感。你可能会疑惑，这多大程度上是由她的童年悲剧和当时遭受的伤害造成的呢——她在第28幕将这些惨事告诉了亚采克。然而，要想给老婆子为她迫使乌茨娅隐瞒又一次的怀孕，抢走并谋杀乌茨娅的新生儿（正如我们所了解到

---

① 关于孤儿在民间文化中的劣势地位，请见《民间故事词典》（*Słownik bajki ludowej*）中的"孤儿"（Sierota）条目，维奥莱塔·弗鲁布莱沃夫斯卡（Violetta Wróblewska）编辑，https://bajka.umk.pl/slownik/lista-hasel/haslo/?id=154（2021年3月6日）。

的那样，并非第一个了）这样伤天害理的行径找托词却很难。她只爱自己的儿子，但这是一种有毒的爱。老头子（Stary），一个酗酒、冷漠、孤僻、受老婆子支配的人，无法反抗自己的妻子。亚采克，（在身体上和情感上）始终缺位。他在村外工作，周末回家后又用粗暴的方式行使他的配偶权（这段关系里的爱情对乌茨娅来说只是一种回忆）。他乖乖地将自己挣到的钱全部上交给母亲，期望她能将农场转让给自己。同时，他也无法反抗母亲，无法站在妻子这边。神父忙于修缮教堂，并不知道教友的名字，也没有意识到乌茨娅正在求救。此情此景之下，他还告诫乌茨娅应该签署反对"杀害未出生婴儿"的抗议书，这一举动极具讽刺意味。另一方面，村里的妇女一边装饰抱子圣母像，一边聊八卦，她们即使知道山上的那座房子里情况糟糕（毕竟"狗窝里的狗都比在他们家住的她［乌茨娅］过得好"），也没有跟任何人分享她们的所见所闻。

戏剧《乌茨娅和她的孩子们》已接连上演三次了。2003年，由斯瓦沃米尔·法比茨基（Sławomir Fabicki）导演的这部电视剧场作品的首映大获成功①。2005年，该剧由马莱克·帕谢赤尼（Marek Pasieczny）执导，并在什切青的现代剧院上演。2013年，波兰广播电台在这基础上将其制作成了一部广播剧。

语言式杀戮②

在读完上述提及的新闻报道，看到前面描述的戏剧开场画面后，普鲁赫涅夫斯基听见了老婆子的语言③。这是一种尖锐、残酷、蛮横的语言，充斥着仇恨、侮辱（针对乌茨娅和老头子）和大喊大叫（主人公们很少正常谈话）。

---

① http://www.encyklopediateatru.pl/artykuly/40111/lucja-i-jej-dzieci, http://www.encyklopediateatru.pl/artykuly/7988/ofiarowanie-lucji, https://e-teatr.pl/medea-we-wrotnowie-a40335, http://www.encyklopediateatru.pl/artykuly/40112/lucja-i-jej-dzieci（2021年1月17日）。

② 在欧里庇得斯（Eurypides）的《美狄亚》（*Medea*）中，语言也是悲剧的重要元素。美狄亚正是借助语言获得了胜于其他人物的优势，但语言也是操纵和撒谎的源头，因而欧里庇得斯注意到了其内在的力量和危险。

③ https://www.rp.pl/artykul/1175246-Rozmowa-z-Markiem-Pruchniewskim.html（2021年1月17日）。

正是这样的语言最能清晰地描绘出乌茨娅生活的氛围和家的特点①。它是女主人公被疏远、被排斥的符号，它是最有能动力的。在言语中，罪行发生的时间比实际的要早。即使在和乌茨娅的对话中，奥拉提出了对于这个不被期盼的孩子的可能性"解决方案"，以此引出了性教育、收养、堕胎或妇女对自身命运和身体的决定权（这是波兰宪法法院备受争议的最新判决）的话题，但惊慌失措、孤立无援的乌茨娅迫于压力，似乎并没有注意到这些可能性。

没有人对乌茨娅唤一声名字，家婆最多会称其为"她"，最坏是辱骂她为"懒人""笨牛"，抑或是"贪得无厌""该死的""堕落的婊子"。她对乌茨娅只会大吼大叫，因为"她不配拥有其他任何东西"。丈夫对乌茨娅也是大呼小叫的。

孩子们也不是孩子，这些活着的东西充其量是"它们"，最糟糕的是叫"小兔崽子"或"吃白食的家伙"。在她临产时，为避免她"弄脏"厨房里的一切，家婆叫她去了浴室。（在浴室地板上被立马从母亲身边带走并谋杀的）新生儿是一团"腐肉"，是"已经解决了的麻烦"，是"从她身上掉出来的东西"。

就像克吕泰涅斯特拉（Klitajmestra）或麦克白夫人（Lady Makbet）那样，老婆子额头上那唯一一块未洗净的血迹成为她的罪证。

波兰美狄亚

于公元前 431 年上演的欧里庇得斯的《美狄亚》是古希腊最广为人知的戏剧之一。一位母亲为了报复她不忠的丈夫，杀死了自己的孩子，但她并未因此行为而遭到作者的任何谴责或指责。这个故事没有给欧里庇得斯赢得任何奖项，但时至今日，它依旧是最备受争论、最常上演和放映的古典作品之一。

《乌茨娅和她的孩子们》的剧评家们和剧作家本人都指出②，该作品与那部

---

① 用残缺语言来描述人与周围世界的关系也是普鲁赫涅夫斯基（Pruchniewski）另一部戏剧《军队》（*Armia*）的特色。
② https://e-teatr.pl/medea-we-wrotnowie-a40335（2021 年 1 月 17 日）。

古典悲剧的相似性比剧中提及的杀婴主题更为深入（同时应当强调一下，这里所说的相似性的主要区别在于：美狄亚是亲手杀死了孩子，而乌茨娅是同意杀害孩子，但并没有亲自动手）。在我看来，这部作品的议题触及了隐藏在故事所展现的行径背后更为普遍的内涵。正是由于其行径骇人听闻且不被社会所接纳的特点，读者或观众通常会止步于此。细细斟酌，虽然两位女主人公的心理结构（乌茨娅不像美狄亚那样是个坚强的女人）和行为动机不同，但她们所处的情况、氛围和环境都是相似的，当然还是有所不同。普鲁赫涅夫斯基改编了欧里庇得斯的悲剧，让这个远古神话更符合波兰（尽管我敢说远不止此）现实。

两位女主人公的原生家庭都被剥夺了：乌茨娅在孤儿院长大，而美狄亚则离开了自己的家，选择与伊阿宋（Jazon）私奔，从而切断自己与家里的联系。两人都生活在一个陌生的环境中：美狄亚是来自科尔奇斯的蛮族女孩，被丈夫带到了希腊；而乌茨娅则是一个孤儿，无亲无故，被带离城镇，"安置"在丈夫的家里。两人都被剥夺了因爱而选择的存在——必须强调一下——是丈夫的存在：美狄亚被另择新欢的伊阿宋抛弃；而乌茨娅则常被在村外工作、周末才回家的丈夫置之不顾。俩人都遭受了丈夫的暴行①——身体上的、情感上的和经济上的：伊阿宋将他的遭遇（流放）归咎于美狄亚，并把她遗弃在远古世界，置其于百般苦难之中（若不是埃勾斯［Ajgeus］，美狄

---

① 普鲁赫涅夫斯基的文本非常清晰地强调了这种对妇女的暴行，托马什·维希里奇（Tomasz Wiślicz）的文章［《从爱抚到揍打：古波兰乡村人际交往中的接触》（*Od pieszczot do uderzeń. Dotyk w komunikacji interpersonalnej na wsi staropolskiej*），载于《古波兰世界观.笔耕不辍.献给博格丹·洛克教授70周年诞辰纪念册》（*Staropolski ogląd świata. Nulla dies sine linea. Księga jubileuszowa dedykowana Profesorowi Bogdanowi Rokowi w 70. rocznicę urodzin*），E.柯希奇克（E. Kościk）、F.沃兰斯基（F. Wolański）、R.舍莱利克（R. Żerelik）编辑，托伦（Toruń），2017年，第245—252页；《萨克森时期波兰共和国平民环境中的妇女和暴力》（*Kobieta i przemoc w środowisku plebejskim w Rzeczypospolitej czasów saskich*），载于《巴洛克和启蒙运动时期期间.日常生活的欢乐和忧愁》（*Między Barokiem a Oświeceniem. Radości i troski dnia codziennego*），S.奥赫莱穆齐克（S. Achremczyk）编辑，奥尔什丁（Olsztyn），2006年，第389—396页］也涉及过往时期的农村模式，但正如这部作品的分析所示，这些旧模式依然奏效。而且，尽管普鲁赫涅夫斯基将情节设定在了一个充斥着身体暴力的文化和模式中，妇女地位低下，自主权被剥夺，但我认为他是想让我们不仅从农村的角度，还要从城市的角度去思考这种模式，毕竟城市中也并非不存在对妇女的暴力（统计数据清晰表明，身体暴力和性暴力，包括家庭暴力，是波兰的普遍现象，近几年来，家庭暴力现象有所增长，http://www.niebieskalinia.info/index.php/badania-i-analizy, 2021年3月6日）。

亚将无依无靠，无处可去）；而乌茨娅不仅被夺走了丈夫的温情，还经常被他殴打和强奸，更不用说他把赚到的钱都上交给母亲了。因此，两人倍感孤独，她们在丈夫和家人身上都得不到任何支持。美狄亚在克瑞翁（Kreon）（伊阿宋的岳父）那儿得不到谅解，乌茨娅在自己的家公家婆那儿也是如此（即使有时家公胆战心惊地试图站在她这边，但意义不大，因为他受妻子压制，很快就退缩了）。

外人是唯一支持女主人公的人物：向美狄亚保证他会在雅典找到避难所的埃勾斯（这个避难所是伊阿宋所无法提供的），以及乌茨娅在孤儿院里的朋友、住在城里（尽管并未明说，但她肯定没有跟乌茨娅住在同一个村庄）的奥拉。在结局中，两人都和自己的孩子们"在一起"了：乌茨娅在谷仓里自焚，正如她猜测的那样，那里放着她那些被谋杀了的孩子，她无法接受他们离世的事实，也无法忍受孩子寒碜的埋葬（"不得安宁""他们把孩子们藏在某个地方了""他们好冷"）。然而，她留下了三个活着的孩子。焚烧的谷仓并非剧中唯一的火。基于老婆子的故事语境，询问悲惨事件的发生频率及其对幸存者后来生活的影响，以及询问火的净化效力，貌似都是合乎情理的。小猫的场景预示着暴力仍在蔓延；孩子们已然接纳了与之共同生活的成年人的暴力行径。而美狄亚则用赫利俄斯（Helios）给的龙辇，载着她那几个被杀害了的孩子的尸体（虽然在欧里庇得斯的悲剧中，女主人公并没有死，但人们对该场景的解释都如出一辙①）。

这两部作品里都出现了女子唱诗班。古典戏剧中的唱诗班，不仅对舞台上表演的情节起到评论的作用，还赋予了它们一种普遍性维度，指向一个比情节中呈现得更为宽泛的语境，古典戏剧通常会用唱诗班指代社群。普鲁赫涅夫斯基表示②，他也对社群感兴趣。他认为，戏剧不仅仅只关注个人，还应该关注群体。欧里庇得斯的女子唱诗班支持女主人公，并站在她这边，通过歌曲，将美狄亚的个人故事转移到类似女性故事更宽泛的女权主义语境中

---

① 由皮埃·保罗·帕索里尼（Pier Paolo Pasolini，1969 年）执导的电影《美狄亚》（*Medea*）的结局。
② https://e-teatr.pl/medea-we-wrotnowie-a40335（2021 年 1 月 17 日）。

来。因此，美狄亚在这些女性身上得到了一定程度上的支持，但乌茨娅却得不到，也从未经历过。在普鲁赫涅夫斯基的戏剧中，虽然唱诗班是由女性组成的，但她们对女主人公的命运却漠不关心（甚至还更加疏远她）。社群的这种冷漠成为普鲁赫涅夫斯基在其背景下叙说乌茨娅故事的一个更宽泛的语境，因为这个社群虽意识到山上房子里有一出悲剧正在上演，但它依旧无动于衷，它沉默、被动、顺从，酿成犯罪。这毕竟是一个社群，在这里，他们有教会，有神父，有抱子圣母像神龛，但其宗教信仰却是肤浅的。无人能探及其深层教义、思考和践行福音、反抗正在上演和已犯下的罪行，因而罪孽便有了可乘之机。

结语

民意调查和社会学研究表明，对于波兰人来说，家庭具有最崇高和最珍贵的价值[①]，是亲密感和稳定感的保障，是生活满意度的源泉。普鲁赫涅夫斯基的《乌茨娅和她的孩子们》描述了这个最具价值的社会组成单位的一幅惊心怵目的画面，展现了一个作为暴力、侮辱、关系纽带缺失、孤独和邪恶滋生根源的家庭，并对这些反复提及的观点打上了一个大大的问号。

马莱克·普鲁赫涅夫斯基（1962—），剧作家和编剧。作品：《巴黎》（*Paryż*）（1987）、《军队》（*Armia*）（1988）、《几个瞬间》（*Kilka chwil*）（1992）、《刀的故事》（*Historia noża*）（1993）、《军人》（*Wojownicy*）（1998）、《朝圣者》（*Pielgrzymi*）（2000）、《乌茨娅和她的孩子们》（*Łucja i jej dzieci*）（2003）、《快乐之城——近乎寓言》（*Wesołe miasteczko - prawie bajka*）（2004）、《我们的儿子》（*Nasz syn*）（2006）、《我的罪》（*Moja wina*）（2008）、《孔特里姆》（*Kontrym*）（2010）、《我的身体》（*Ciało moje*）（2016）、《独角兽》（*Jednorożec*）（2020年）；广播剧：《奥迹剧》（*Misterium*）（1993）、《朝圣者》（2016）；电影编剧：斯瓦沃米尔·法比茨基执导的《回收》（*Z odzysku*）

---

① L. 科奇克（L. Kocik），《后现代世界价值观和生活模式面前的家庭》（*Rodzina w obliczu wartości i wzorów życia ponowoczesnego świata*），克拉科夫（Kraków），2006 年。

和《爱》（*Miłość*）以及马尔钦·弗罗纳（Marcin Wrona）导演的《我的血》（*Moja krew*）。他获得了多个奖项。他的作品曾在以下莱格尼察剧院和扎布热剧院以及电视剧院和波兰电台上演过。

巴尔巴拉·毕比克，波兰哥白尼大学教授，在古典语言文学教研室工作；主要研究方向为古代希腊悲剧及其接受，以及古典语言的翻译问题。她还出版了专著《译者注》（*Translatoris vestigia*）。埃斯库罗斯（Ajschylos）的《奥瑞斯提亚》（*Orestea*）（2016）波兰译者选篇的舞台剧放映。

乌茨娅和她的孩子们

马莱克·普鲁赫涅夫斯基（Marek Pruchniewski）著

梁小聪 译

莉迪亚·奥斯塔沃夫斯卡和沃伊切赫·切希拉的报道《袋子》是创作《乌茨娅和她的孩子们》的灵感来源。

——作者注

人物

乌茨娅——30岁

亚采克——30来岁，比乌茨娅稍年长

老婆子——60岁

老头子——63岁

卡夏——10岁 ⎫
小皮特——6岁 ⎬ 乌茨娅的孩子

女人甲——50多岁

女人乙——快50岁

科瓦勒斯卡——与老婆子同龄

奥拉——不到40岁，独居，离异

神父——近40岁

助祭

律师

第一幕

一条拉长的晾衣绳。乌茨娅正挂起两件颜色相同但尺寸不同的儿童运动衫。她在晾衣绳上留出一个空位,晾上一条长裤,又留出一个空位,挂上两件 T 恤,留空,一件内衣。在绳子末端,她用衣夹固定住一条大号男裤和一件衬衫。她试图点燃一根香烟,但火柴潮了,断了。

第二幕

厨房。窗边有一张桌子,桌边坐着老婆子。乌茨娅拿着一个空盆回来了。

老婆子　要下雨了。

　　　　昨天就应该把衣服给洗了。

乌茨娅　昨天我没办法。

老婆子　没办法……我看你就是不想洗……

乌茨娅　我在学校开家长会呢……

老婆子　你倒是说呀,不然就有人替你去了。

乌茨娅　那些是我的孩子。

老婆子　跑个不停,叫个不停。

　　　　你听到了吧,又跑又叫的……

　　瞥了一眼衣服。

老婆子　你怎么摆弄这些衣服的?

乌茨娅　怎么了,妈?

老婆子　我不是你的妈!

　　　　要我跟你说多少遍!

　　　　多少遍?

　　　　我本就不需要儿媳妇……

　　乌茨娅沉默。

老婆子 怎么晾的这些衣服？

你就不能把所有衣服都晾在一起，一件挨着一件吗？

还在等啥？

老头子进来，与正离开的乌茨娅擦肩而过。

老头子 发生什么啦？

老婆子 瞧瞧，她都做了些啥……

连衣服都不会晾……

瞧瞧，她晾了个鬼样。

老头子 就让她这么晾吧……

老婆子 你走来走去干吗？

老头子 我饿了。

老婆子 还没饭吃呢，她刚在晾衣服。

老头子 你又对她瞎嚷嚷了。

老婆子 是她自己招惹的。

你忘了当时怎么回事了？

你这个老年痴呆……

你都忘了？

老头子 我记得。

我什么都记得。

老婆子 你记个屁……

连早餐吃的啥你都不记得了……

嗯？

回想一下……

老头子一言不发。

老婆子 看吧……

就这个你都不记得。

就这个……

第三幕

  夜晚，乌茨娅躺在床上，未入睡。传来了开门的声音，亚采克回来了。

亚采克 你睡了吗？

乌茨娅 没。

亚采克 我没赶上公交。

乌茨娅 你总是没赶上。

亚采克 没车了。

乌茨娅 从来都是没车。

亚采克 你怎么啦？

乌茨娅 没什么。我做点吃的给你吧。

亚采克 我不饿。

乌茨娅 你吃过了，也喝酒了。

亚采克 就一点点……

  （*抱住她*）

乌茨娅 你干什么？

    会吵醒孩子们的。

    别……

亚采克（*伸进包里，掏出了一些玩具*） 你瞧，我带回来了什么。

    看到了吗？

  （*抱住乌茨娅*）

乌茨娅 这不好……

亚采克 你总是这么说，总是说一样的话……

    我知道，你是想的。

乌茨娅 可是……

亚采克 我知道的。

  乌茨娅先是抗拒，而后跟亚采克做起爱来。

　　　　　天渐亮，乌茨娅起床，给房间通风。

亚采克（*盖上被子*）　冷……关上吧。

乌茨娅　我们得……

亚采克　关上。

　　　　　我饿了。

乌茨娅　过一会儿……

亚采克　他们在哪儿？

乌茨娅　他们？

　　　　　你为什么不说"孩子们"？

亚采克　我不是说了嘛。

乌茨娅　说呀，那你说呀。

　　　　　咱们的孩子在哪儿？

亚采克　刚刚我就问了呀，他们在哪儿？

　　　　　停顿。

乌茨娅　卡夏在学校……

　　　　　而小皮特肯定还在睡觉。

老婆子（*在楼下大喊*）　亚采克，我知道你回来了……

　　　　　你在那里做什么呀？

乌茨娅　我们得聊一聊……

亚采克　我们不是正在聊嘛。

老婆子　亚采希[①]，快来妈妈这儿来……

　　　　　我等你呢，亚采克。

乌茨娅　求你了……

亚采克　你怎么了？

　　　　　（*对妈妈*）我这就来……

　　　　　你又开始了。

[①]　"亚采希"是对"亚采克"的小称或爱称。——译者注，以下同

老婆子　还要我等多久？

乌茨娅　那你去吧，或许她会告诉你的……

亚采克　你……

　　　　　你又开始了……

（一边走向妈妈）

　　　　　我……

　　　　　我一会儿就回来。

乌茨娅把枕头套脱下来，小皮特穿着睡衣走进来，躺在了床上。

乌茨娅　你怎么啦，小懒虫？还穿着睡衣呀？

　　　　　想整天穿着睡衣在屋里到处乱走吗？

　　　　　来，脱下来……快点儿。

乌茨娅解开并脱下小皮特的睡衣时，注意到了他的肘部和膝盖上有擦伤和淤青。

乌茨娅　你这儿怎么了？

　　　　　又和其他小伙伴去钻灌木丛了吗？

　　　　　还攀过篱笆跑到老果园去了？

小皮特低头坐着，一言不发。

乌茨娅　疼吧？

　　　　　肯定疼了，这瘀青，这刮伤……

　　　　　很快就不疼了。

（亲吻伤口）

　　　　　看到了吧？

　　　　　马上就不疼了。

　　　　　不疼了吧？

　　　　　还没。

（再亲吻了一下伤口）

　　　　　到晚上它就愈合了……

　　　　　不会留下疤痕的……

现在快穿上衣服……

（小皮特发脾气，把自己卷进被子里头）

不然我就把你拿去洗啦。

（把小皮特裹在枕头套里，捧在手上，抱着）

好啦……别耍脾气了。

你已经是个大男孩了……

（把他放在地上）

现在跑步去房间，把衬衫和裤子拿来吧。

小皮特跑了出去。乌茨娅叠好床套。亚采克回来了。

亚采克　你到底怎么了？

嗯？

乌茨娅　我没日没夜地干活。

每天从早到晚……就像……

而她……

她只会指挥我要干什么……

亚采克　她老了，多病痛。

你听好了，

这些活儿都跟她无关。

乌茨娅　我在家干活。

给所有人打扫、洗衣、做饭……

若有需要，我还要去耕地……

亚采克　你想怎么样？

啊？

乌茨娅　我们可以过自己的生活。

亚采克　自己？

乌茨娅　我可以去上班。

我们不必坐在这里等待她的怜悯。

亚采克　你在说什么？

你去上班？上什么班？

工作在哪儿……你没看见现在的情况吗？

根本没工作，没有！

乌茨娅　但我可以……

亚采克　你可以什么……

啊？

这里有我们的房子。

乌茨娅　这里是你妈妈的房子。

亚采克　我们没有其他的房子了。

乌茨娅　我们可以有……

亚采克　你根本不知道自己在说什么……你说说，在哪儿？

来，告诉我……

乌茨娅　我们可以的。

亚采克……

亚采克　你根本不知道你在说什么……

你对自己说的东西根本没有概念。

过了一会儿。

乌茨娅　你都不给我钱用。

我得买……鞋子给小皮特。

亚采克　妈妈有……

乌茨娅　你给她了？

我们的钱？

亚采克　是我的钱。

你到底是什么意思？

我们住在一起呀。

乌茨娅　就是这个……

就是这个意思。

你还想等多久？多久……

亚采克　我在等自己的，你听着，等我自己的东西。

（过了一会儿）

你有过什么更好的吗？……嗯，你有吗？

还要我提醒你……

是么……？

嗯，长长记性吧。

乌茨娅　让我静一静。

听见了吗？让我一个人静静！

亚采克　是你。

是你先开吵的……

第四幕

抱子圣母像，小长凳。圣像下的女人们在耙地、拾掇着，其中一个女人坐在了长凳上。

乌茨娅快步走过，领着——实际上是拉着小皮特的手拖着走。小皮特一直回头望着这些女人。

乌茨娅　早上好。

乌茨娅飞快地从她们身边走过，一路低着头。

女人乙　赞美主。

过了一会儿。

女人甲　他们人就在跟前了，却没一个能提起兴趣……

无人修花，无人拔草。

科瓦勒斯卡　我都不记得他们什么时候，有谁来做过圣母月祷告了……

女人乙　她曾经来过……

女人甲　什么时候的事呀？

最开始当她住进他们家的时候咯。

科瓦勒斯卡　难怪……

女人乙 看样子,她已经离家出走一次了。

女人甲 要真有一次就好了。

狗窝里的狗都比住在他们家的她过得好。

这说起来真可怕。

我跟您讲。

女人乙 还有什么八卦是这些人不能聊的……

任何再糟糕的人和事都能成为他们的饭后谈资……

科瓦勒斯卡 他们不会平白无故地聊这些的。

就是有这样的事儿。

女人乙 有什么?

这有的没的……

啥都聊。

这样的怒气和蠢事还少么?

科瓦勒斯卡 总会有什么的。

女人乙 这有的没的……

科瓦勒斯卡 总会有的。

我知道我在说什么。

他们不会平白无故地聊这些的。

第五幕

老婆子和老头子在厨房里。

老婆子 干吗这样坐着?

老头子 坐着舒服。

老婆子 你一辈子都这样坐着吧……

老头子 你怎么无缘无故发火?

老婆子 火大……

把糖递给我……

　　　　　递过去。
老头子　你要加多少糖呀？
老婆子　给你也加点？
　　　　我喜欢加多少就加多少。
老头子　你可以……
老婆子　什么？
老头子　给我点甜头……
老婆子　胡说八道什么，你这把老骨头……
老头子　呃……
老婆子　你以为我没看见……你看她屁股的模样……
老头子　你才胡说八道。
老婆子　你得干活了……花园得锄一锄了。
老头子　这是他的活儿，他年轻……
老婆子　什么时候开始变成他的活儿啦？
老头子　从现在开始。
老婆子　他有自己的活儿要干。
老头子　游手好闲……
老婆子　一整个月都没见着他了。他从早忙到晚，就为了这一窝子吃白食的家伙。
老头子　他得到了他想要的东西了。
老婆子　你就是个彻头彻尾的蠢货！
老头子　我自己的孩子我了解。
老婆子　你最好快点走，去耙耙地……
　　　　我劝你赶紧走吧。
　　　　老头子离开不久后，亚采克进来了。
老婆子　你怎么这么早就起床了呀？
亚采克　我们打算进城。
老婆子　谁？

亚采克　我……乌茨娅……

老婆子　你在说什么？

你才刚回来……歇会儿吧……

亚采克　我会歇息的……下午就歇息……

给点钱我们去买东西吧。

老婆子　买什么？

亚采克　我们买一些必需品……

老婆子　你要给她的胡思乱想买单？

你忘了你们在城里是怎么生活的了吗？

亚采克　妈……

老婆子　你忘了？

她贪得无厌……从不知足。

亚采克　妈妈……

老婆子　她花光了所有的钱……

你已经不记得她往你餐盘里放什么吃的了吗？

我是不会为她的胡思乱想付一分钱的。

亚采克　这不是……

老婆子　一个钢镚儿都不给……

我说了！

第六幕

夜晚，乌茨娅还没睡。亚采克回来了，醉醺醺的。乌茨娅惊慌地开始穿衣服。

亚采克　你……你在等我……

乌茨娅　你喝多了。

你喝醉了……

亚采克　我也在等……

（他想走近来，却被桌子挡住了）

你不信我？

乌茨娅 你喝醉了。

亚采克 就一点点……

就一点点微醺……

他扑向乌茨娅，而乌茨娅拼命保护自己。

亚采克 你现在有感觉了吧？

乌茨娅 走开……亚采克。

你没……听见？

我们不可以！

亚采克 别吵……

乌茨娅 你听见了吗？我们不可以……

亚采克 你给我闭嘴！

他揍了一顿乌茨娅，然后强暴了她。

完事后，乌茨娅蜷缩在了床沿，而亚采克则坠入了梦乡。

曙光初现。

乌茨娅没睡，坐在床边，然后起身，推开窗户。

亚采克 几点了？

乌茨娅不回答。

亚采克 几点？

乌茨娅不回答。

亚采克 哎，说话呀……

跟我说话呀……

你听见了吗？！

乌茨娅不回答。

亚采克 说！

咋了？你舌头被咬断了吗？

那说呀。

（用力晃了晃一言不发的乌茨娅）

　　　　开口说话！喂！

乌茨娅　你的手曾经是那样的柔软而温暖。

　　　　我记得你是怎么拥抱我的……第一次……

　　　　用这双颤抖的手……

　　　　手足无措得好像不知道该做些什么……

　　　　你把我带到了这里……然后……

（陷入沉默）

亚采克　你到底怎么了？

　　　　啊，怎么回事？

　　　　你是知道的，我喝醉的时候……

　　　　我会发酒疯。这你是知道的。

　　　　我会完全失去理智……

乌茨娅　你欺骗了我。

亚采克　你在说什么？

乌茨娅　听到了吗？你欺骗了我。

亚采克　闭嘴！

　　　　你给我闭嘴！

　　　　听到了吗？

第七幕

　　　　奥拉和乌茨娅。

奥拉　你要走吗？

乌茨娅　不了。

　　　　你赶时间？

奥拉　我得去轮班了……

　　　　天哪，你看看你这副模样。

青一块紫一块的，见鬼了。

乌茨娅一言不发。

奥拉　为什么……你跟他？

搞什么鬼？

乌茨娅一言不发。

奥拉　离开他吧……离开他们所有人。

乌茨娅……

一切都能重新开始……

你还年轻……你看，你看看你自己。

（把她拉到镜子前）

瞧，你自己瞧瞧。

稍微拾掇拾掇……

做个发型……看到了吧？

带上孩子们……

你听见我跟你说的话了吗？

乌茨娅。

乌茨娅　我不能。

奥拉　你不能？什么不能？

看在上帝的分上，你有什么不能？

你可以的……乌茨娅……

我把地址和电话号码给你……

她是处理离婚案件的……

（写在纸上）

她是位和善的奶奶，实事求是，务实求真。

在这儿，拿好了，我写给你了……

嗯……

乌茨娅一言不发。

奥拉　她帮过我。不贵的……

如果需要，我可以借钱给你……

　　乌茨娅……

　　你自己瞧瞧……

　　（拨开了她的头发）

　　就看一眼嘛。

　　（乌茨娅看着镜中的自己）

　　看到了吧？

　　天哪，有多少人拨云见日，重新开始！

　　所有报纸都在写这样的事。

　　我得走了，不然来不及了。

松开乌茨娅的头发，离开了。

乌茨娅独自留下。她望着镜中的自己，整理了一下头发。她环顾四周，伸手拿起听筒，拨通了电话号码。

乌茨娅　律师女士……我叫乌茨娅·兹别尔斯卡……

　　　　是奥拉·诺维施推荐我打电话给您的……

　　　　她……

律师　对，我记得……

　　　　怎么样，相同的事儿？

　　　　离婚？

乌茨娅　我想……

　　整个谈话里，她都站着，紧张兮兮地四处张望。

律师　酗酒和家暴？

乌茨娅　是的。

律师　是时候了，亲爱的，是时候了。

　　　　那咱们有什么？

　　　　法医鉴定结果？

乌茨娅　什么？

律师　你有医生给你的受伤证明吗？

乌茨娅　没有。

律师　您报警了吗？

乌茨娅　没有。

律师　反正他们也不会来。

好吧，只是我们必须得有些什么。

什么都行……

他给钱吗？

乌茨娅　给了——他自己的妈妈。

律师　你们有多少个小孩？

乌茨娅（*片刻后*）　两个……

律师　我知道了……你有孩子，这就难办了……

只是我们必须得有些什么。

没有的话，我们什么也做不了。

什么也做不了。

医生证明，证人，什么都行。

乌茨娅沉默不语。

律师　您得拿到些什么，这是必须的……

到时请您来我的律师事务所一趟……

我们坐下来，撰写诉讼书。

这就没问题了。

乌茨娅沉默不语。

律师　那我们就约好了……

我等您的电话。

乌茨娅　对。

非常感谢……

再见。

挂了电话。她发现小皮特正站在门槛上，双手沾满了颜料，脏兮兮的。

乌茨娅　看你这副模样？

　　　　　你跟爷爷一起刷墙去了？

　　　　　没用刷子呀。

　　　　　一会儿你就要弄脏别的东西了。

　　　　　快去水泵那儿洗洗手。

　　　　　嗯……你这是在看什么？

　　　小皮特一声不吭，径直走向乌茨娅，用力地抱住了她。

乌茨娅　一会儿你就到处脏兮兮的啦。

　　　　　你没听见我跟你说的话吗？

　　　小皮特都快哭了。

乌茨娅　我整件衣服都要被你弄脏了。

　　　　　怎么啦？

　　　　　嗯……

　　　　　你知道的……

　　　　　别担心。

　　　　　我哪儿也不去。

　　　　　我不会离开你的……

　　　（过了一会儿）

　　　　　我保证。

　　　　　好吧……

　　　　　你看我都答应你了。

　　　　　快去……

　　　　　去洗洗手。

　　　小皮特一言不发地出去了。乌茨娅独自留下。

第八幕

　　　乌茨娅在壁炉边。老婆子在吃饭，背对着乌茨娅坐。

老婆子　你这样转来转去的干吗呢？

赶紧坐下吧。

就不能安安静静地吃顿饭吗……

就像狗追着骨头咬一样。

乌茨娅坐下。老婆子吃饭。

老婆子　还在等啥？

乌茨娅　我不饿。

老婆子　看你这副憔悴的模样……就像篱笆上的枯枝一样。

快吃吧。

嗯……

你看起来像要吐了……

看着我。

看着我的眼睛。

（几乎是强行将她的头转过来）

又有了？

（停顿）

又有了？

你这贪得无厌的婊子！你又怀上了。

你这臭婆娘到底在想什么？

你还要多少小兔崽子在这儿跑来跑去……多少啊？

来，你说说看，多少？

乌茨娅　我说过了……

老婆子　说过……什么说过？！

乌茨娅　我说过了，不可以……

他不听……

他从来都不听。

老婆子　你跟人说过吗？

你有没有嘴碎跟别人说过这件事？

回答。

乌茨娅　没有。

老婆子　一个人也没有？

乌茨娅　一个人也没有。

老婆子　记住了，一个字都不能讲，一个人都不能说。

不要让任何人知道……就像什么都没发生过一样。

来给我瞧瞧。

（掀开上衣）

穿得宽松些……

你听到我跟你说的话了吗？

你得捆上绷带。

（伸手到柜子里找绷带）

靠近点。

你肯定是故意这样做的……

你想让他为了你的那些小兔崽子不要命地工作。

这就是你想要的……

不能让任何人发现。

你给我记住了，任何人都不行。

你这样坐着干吗？

快……滚出我的视线。

乌茨娅离开。

第九幕

教区教堂。在教堂前，工人们竖起了一个大型木质十字架。

正门大敞四开。乌茨娅站在柱子下，踱了几步，靠近忏悔室。忏悔室里空无一人。两个女人从圣器收藏室里走出来，把花放在了祭坛上。乌茨娅退回到出口，差点撞到了神父。

乌茨娅　赞美主。

神父　直到永远。您来忏悔？

　　乌茨娅不知所措，她不知道该说些什么。

神父　一刻钟后……

　　　　您……

　　　　我知道，您住在圣像附近……有两个小孩……

　　　　一个女孩，一个男孩。

乌茨娅　是的。

神父　我一会儿就来，您已经签名了吗？

乌茨娅　签什么？

神父　反对杀害胎儿的抗议书。

　　　　在唱诗席下的桌面上有一份请愿书。

　　　　一刻钟后我就会在忏悔室了。

（走向工人们）

　　乌茨娅不知所措地站了好一会儿，然后跪下，站起身，离开。

　　教堂前，神父正向工人们展示着些什么，看到乌茨娅正要离开。

神父　喂！您好……

　　乌茨娅没听见。这时，神父发现工人们犯了某个错误。

神父　先生们，这是不应该发生的……

　　　　我说过的。

　　　　正面朝路。

第十幕

　　在奥拉的公寓里。

奥拉　你怎么了？

　　乌茨娅没有回答。

奥拉　你病了？

　　乌茨娅没有回答。

奥拉 我都看在眼里了。

乌茨娅 我怀孕了。

奥拉 天哪……这真是太好了……

  乌茨娅一言不发。

奥拉 乌茨娅……

乌茨娅 任何人……

    任何人都不能知道这件事。

奥拉 你在说什么？

  你怀孕了……然后任何人都不能知道这件事？

乌茨娅 任何人，你听到了吗？

奥拉 任何人？

乌茨娅 任何人。

奥拉 什么……你在想什么？

  乌茨娅掀起了她的上衣，露出了绷带。奥拉盯着，一脸震惊，然后用手摸了摸她肚子上收紧的绷带。

奥拉 天哪，为什么……？

乌茨娅 你别问了……

    什么都不要问了。

    我求你了。

奥拉 可是……

乌茨娅 不要告诉任何人。

奥拉 乌茨娅……

乌茨娅 任何人。

奥拉 可是……

乌茨娅（放下她的上衣） 她……

奥拉 她？

    老婆子……？

乌茨娅 我不得不跟别人倾诉。

奥拉　老婆子？

　　　　老婆子怎么了？

乌茨娅　我不得不……

奥拉　乌茨娅……

乌茨娅快步离开，留下奥拉独自一人。

奥拉　我会来看你的。

第十一幕

女人们站在抱子圣母像下。

女人乙　我已经很久没见过她了……

女人甲　谁？

女人乙　乌茨娅……

（用头示意了一下房子）

科瓦勒斯卡　她不喜欢走进人们的视线……

　　　　她躲着，绕着角落和路边走，整个人担惊受怕的……

女人甲　他们那儿的人都是这样的……弄得她也变得奇奇怪怪的。

科瓦勒斯卡　他们就好像在豢养一个魔鬼似的……

女人乙　八卦……

女人甲　别告诉我您不知道发生了什么……

女人乙　八卦……

女人甲　您是知道的……

女人乙　我知道什么？我什么都不知道……什么都不知道。

　　　　我知道，花都已经全蔫了。

　　　　这我知道。

　　　　仅此而已。

女人甲　您不想知道……

女人乙　知道什么？

科瓦勒斯卡　知道乌茨娅又怀孕了。

女人乙　这难道不好吗？

科瓦勒斯卡　就是一会儿有孩子，一会儿孩子又没了。

而现在又不知为何，她并没有挺着孕肚出来转悠……

女人乙　这根本说明不了什么呀。

也许……

女人甲　也许……也许……

女人乙　也许她身体不舒服，不能出来走动。

女人甲　他们会允许她坐下了吧……

科瓦勒斯卡　咱们走着瞧吧。

走着瞧，看会怎么样。

第十二幕

亚采克、老婆子、老头子坐在厨房餐桌边。

老婆子　干吗这样坐着？

老头子　要不小酌一杯？嗯，亚采克……

老婆子　必须要一大早就开始喝吗？

老头子　是吧，但也不一定……

这跟你有什么关系，老太婆？

老婆子　为我的健康干杯吧，老酒鬼。

老头子　我就不能跟亲儿子喝一杯吗？

老婆子　现在就儿子……亲儿子。

你忘了当时怎么回事了吗？你忘了吗？

老头子　就让它这么样吧。

老婆子　你一看到肚皮，就神志不清了。

而我不得不为你和孩子拼命干活……

要不是当时我把你从那篱笆下带走……

烧酒和肺痨都要一口把你给吞了……

难道不是吗？嗯，不是吗？

你活着，是因为我不想让他成为一个孤儿。

老头子 就让它这么样吧……

亚采克 你们怎么了？

老婆子 喝吧，为健康干一杯吧……

过了一会儿。

亚采克 妈……

老婆子 嗯？

亚采克 什么时候……

老婆子 什么时候咋啦？

亚采克 什么时候……

老婆子 你结结巴巴地说什么呢？

亚采克 嗯，什么时候……你把这一切……嗯，转让给我，你说过的……

老婆子 你这么猴急干吗呢？

慢慢来，不着急……

亚采克 爸……？

老头子 我得干活了，不聊了。

（起身离开）

亚采克 这……这就……就更好了。

老婆子 更好？对谁？

亚采克 妈……

老婆子 也许是对她更好……是吧？

亚采克 我说的是我呀……

老婆子 你知道我不会伤害你的。

亚采克 妈……

老婆子 你知道吧？

亚采克 我知道……可是……

老婆子 慢慢来……

（对老头子）快把这火给我放下……

老头子 什么时候不烧了……

（壁炉里的烟冒出来了）

（对亚采克）该怎么样就怎么样。

你看着吧。

亚采克 那什么时候？

一切都如你所愿了……

我把所有钱都给你了，毫无保留，连烟钱都没了……

老婆子 可酒钱你倒是有……

你生气了？

你在这儿蹭吃蹭睡的。

亚采克 妈……

老婆子 怎么了？

你想给她花钱？

她？！

这一切……也全都给她？

亚采克离开。

老婆子 你去哪儿？

哎，去哪儿？

老婆子像往常那样坐在桌旁，这时，科瓦勒斯卡出现了，站在了门槛上。

老婆子 你干吗这样站着？

快坐。

科瓦勒斯卡 他压根没看到我，

就这样走了。

老婆子 年少无知啊。

喝点咖啡不？

科瓦勒斯卡 也行，为什么不呢。

老婆子　你很久没来了。

科瓦勒斯卡　哎，是吧……

你知道的……

老婆子（煮咖啡）　知道，知道……家家有本难念的经。

（过了一会儿）

聊聊，来聊聊呗……

科瓦勒斯卡　哎，都是过往旧事了……

（环顾四周）

那姑娘在医院？

老婆子　在医院？在什么医院？

她没生病呀……

现在还有谁有钱给她看病嘛？

科瓦勒斯卡　她会……回家？

老婆子　你这婆娘，看在上帝的分上，你在说什么？

科瓦勒斯卡　我就是问问而已。

老婆子　你想说什么？

科瓦勒斯卡　我？

大家都在说呀。

老婆子　说什么？

科瓦勒斯卡　嗯，就是乌茨娅又……

老婆子　乌茨娅怎么了？

科瓦勒斯卡　怀孕了。

老婆子　瞎扯……还有什么是这群人编不出来的。

他们只是想动动舌头罢了。

科瓦勒斯卡　编，不是编出来的……

他们大概是看到了。

老婆子　看到什么了？

科瓦勒斯卡　看到乌茨娅挺着个孕肚。

老婆子 他们看到了，而我没看到？

科瓦勒斯卡 他们是这么说的。

老婆子 他们是在哪儿看到这怪事的？

科瓦勒斯卡 据说是在树林里。

老婆子 唯一的主啊。

那些人真是卑鄙又愚蠢哪。

谁发现的呀？

科瓦勒斯卡 可能是那个谁看到了吧。

老婆子 谁……

科瓦勒斯卡 我怎么知道是谁，我只是把我听到的说出来而已。

你知道那群人是怎样的……

他们说以前也发生过类似的事……但又无果而终……

老婆子 你告诉这些人……厄运会降临在所有人身上的。

如今这世道就是这样……

你无法确定哪一天或哪个时刻会遭殃。

要不来点蛋糕配咖啡？

科瓦勒斯卡 别给自己找麻烦了……

老婆子 什么麻烦……

（切蛋糕）

麻烦是别人的……

你永远都不知道会有什么落在谁的身上。

永远都不。

来了……酵母蛋糕。

第十三幕

老婆子和乌茨娅在厨房里。

老婆子 他们看见你了。

乌茨娅一言不发。

老婆子 他们在树林里……看见了，就在路边……

乌茨娅 我不记得我什么时候去过树林了。

老婆子 你去过……

他们看见了……

乌茨娅 那又怎么样呢？

老婆子 他们看见你挺着个肚子。

乌茨娅一言不发。

老婆子 你听见了吗？有人看见你挺着你那臃肿又肥大的肚子了！

乌茨娅 不可能。

老婆子 事实如此。

我还要跟你说多少遍？

你又一次走进人家的视线了。

你听见了吗？又一次了。

该死的笨牛。

我说过了，你得绑好。

（把乌茨娅的上衣拉起来，想检查绷带）

乌茨娅 别碰我！

（推开老婆子的手，跑了出去）

第十四幕

乌茨娅沿路奔跑。已经夜晚了，筋疲力尽的她在圣像下停住，想要喘口气。

她用手碰了碰自己的肚子，解开背带，掀开上衣，松开绷带。衬衫搭在没有用绷带束缚着的肚皮上。她用手抚摸肚子。

没有任何动静。这一切被某个声响打断了。乌茨娅忽地放下衬衫，抓起绷带，躲在了圣像后面，试图用绷带包裹住自己的肚子。

女人乙骑着一辆旧单车，在圣像前放慢了速度，掉头，然后加速驶离。乌茨娅系好了背带，迅速离开了。

第十五幕

　　厨房。乌茨娅和老婆子。老头子走进来，看见沉默寡言的乌茨娅。

老头子　又怎么了？

老婆子　你想怎么了？

　　　　　还是那样呗……

　　　　　到处游荡，好像炫耀她有什么似的……

老头子　可能有……

　　老头子望了一下锅里。

老婆子　有？

　　　　　有什么有……

　　　　　你怎么了？

　　　　　肚子又咕咕叫了？

　　　　　已经饿了？

老头子　肯定啊。

　　老头子坐在桌边。

　　　　　我饿了。

　　　　　我从早上开始就啥都没吃。

　　老婆子正准备离开。

老头子　你要走了？

老婆子　我走了。

　　（离开）

老头子　走吧，你会弄明白这一切的。

　　（尝了一口汤）

　　　　　不错。

> 她什么都得知道。
>
> 要不知道，就睡不着觉。
>
> 好喝……
>
> *乌茨娅不吭声。*

老头子　汤真好喝。

> *乌茨娅在厨房边，背对着老头子。*

老头子　你做饭很好吃。

> 不像她。
>
> 一锅再普通不过的豆子汤都不会调味。
>
> 尝起来就像一块拧干的抹布。
>
> *（过了一会儿）*
>
> 来，坐……
>
> 你转过来，你就转过来一下。
>
> 她不在。
>
> 她走了。
>
> 她去科瓦勒斯卡那儿了。
>
> 在她弄明白一切之前……
>
> 要不……
>
> *（停顿）*
>
> 坐吧。
>
> 一起吃，更滋味。
>
> *乌茨娅盛了一碗，坐在了桌边。*

老头子　汤真好喝。

> *他们在喝汤。*

乌茨娅　第二道菜是排骨。

老头子　上菜。

乌茨娅　排骨炖白菜。

> *她盛上来。他们继续吃。*

乌茨娅　　我加了点孜然。

老头子　　我喜欢加孜然。

乌茨娅　　我去泡壶茶。

老头子　　吃吧。等会儿咱们再喝，抽根烟。

　　　　　我有更好的，带过滤器的长烟。

　　　听见开门的声响。老婆子进来。

老头子　　该死的。

　　　　　已经完事儿了？

老婆子　　是的。

老头子　　她不在家？

老婆子　　不在。

　　　　　她去教堂了。

　　　　　你怎么了？

老头子　　怎么了？

老婆子　　你想在桌边坐半天哪？

　　　　　还没吃完？

老头子　　我吃完了。

　　　　　吃得很好。

老婆子　　那动一动呀。

　　　　　你也是。走廊那个盆在干吗？

　　　　　快把浆上完。

　　　乌茨娅走去拿盆。

老头子　　你这样在看啥？

老婆子　　你知道的。

老头子　　我知道什么？

老婆子　　你知道……你知道的。

　　　　　好吃……是吧？

老头子　　好吃。

　　　　　肯定好吃啦。

老婆子　你没有活儿要干？

　　　　　是吧？

老头子　不着急。

　　（掏出一根香烟）

老婆子　别给我在这儿抽烟。

老头子（对乌茨娅）　你抽吗？

　　乌茨娅摇摇头。

老婆子　我说过了。

　　　　　我说，叫你去把那个盆子给搞定。

乌茨娅　我这就去。

老婆子　你这样站着干吗？

老头子　我在找火柴。

老婆子　你又丢哪儿了？

老头子　我明明放在这儿的。

老婆子　这里没有。

老头子　我放了呀。

　　乌茨娅抱着盆经过厨房。她突然痛得蜷缩起来，水撒了出来。乌茨娅使劲儿站起身。老头子去帮她。

老头子　怎么了？

　　　　　发生什么啦？

　　　　　老婆子哎？

　　　　　老婆子！

老婆子　什么？

　　　　　该死的，开始了……

老头子　什么开始了？

老婆子　开始了。

　　　　　别在这儿，不然都要被你弄脏了……

去浴室。

快去浴室……

（把乌茨娅带到浴室）

老头子　发生什么事啦？

老婆子　得有什么事发生才行吗？

什么事也没有。

什么事也没发生。

你这样看啥？

别让任何人进来……听懂没？

任何人。

（对乌茨娅）你给我安安静静的。

一句哼哼都不能有。

她把自己跟乌茨娅一起锁在了浴室里。

老头子待在厨房里。他走到橱柜前，开始翻找些什么，转身走向浴室，拿出一个瓶子，倒酒。

过了一会儿，老婆子出来了，手里拿着些什么东西。她快速穿过厨房，然后大声呼叫老头子。

老婆子　快过来。

你听到了吗？

老头子　听到啦。

老头子离开。

过了一会儿，老婆子回到厨房。打开通向浴室的门。

乌茨娅筋疲力尽，靠在浴室的墙上。

老婆子　剩下的都搞定了？

乌茨娅没有回答。

老婆子　你听到了吗？

乌茨娅点点头。

老婆子　你收拾收拾走吧，

得搞搞卫生了。

乌茨娅　……在哪儿？

老婆子　没了，之前也不存在。

乌茨娅　我想看看。

老婆子　它已经死了。

乌茨娅　我明明听到……

老婆子　死了。

你什么都没听到……什么也没有。

乌茨娅　求您了。

老婆子　快走吧……

乌茨娅　我就看看……

老婆子　我说过了。

乌茨娅　就看一眼。

老婆子　你想看一团腐肉？

第十六幕

夜晚，亚采克回到了家。厨房昏暗极了，黑暗中传来了老婆子的声音。

老婆子　等等。

（开灯）

亚采克　你在这儿干吗？

老婆子　我在等你。

亚采克　很晚了。

老婆子　你总是那么晚回来。

亚采克　发生什么了吗？

老婆子　得有什么事发生才行吗？

亚采克　我上楼去啦。

老婆子　等等。

亚采克　可是……

　　　　怎么了？

老婆子　没怎么。

　　　　你坐下。

亚采克　我坐着了。

老婆子　你今晚在这儿睡。

亚采克　可是……

老婆子　我说过了。

　　　　她病了……

　　　　得静养。

　　　　你就在这长板凳上睡。

　　　　你肯定饿了吧？

亚采克　我吃过了。

老婆子　肯定又是快餐店里的那些垃圾吧？

（在餐桌上摆盘）

　　　　你这样在看什么？

亚采克　这儿，额头上……

老婆子　什么？

亚采克　有块血迹……好像刮伤了……

老婆子　肯定是被树枝刮到了。

　　　　你去洗个澡，有热水。

（擦了擦额头）

　　　　快去吧。

　　　　亚采克走去浴室，老头子随即就进来了。

老头子　他回来了？

老婆子　回来了。

　　　　你这样在看啥？

老头子　这里，太阳穴那儿……血。

老婆子　帮我擦掉，你还在等啥？

老头子　擦不掉。

（擦得越来越用力了）

老婆子　停！

老头子　它就是擦不掉。

老婆子　吓坏了？

　　　　　还想当甩手掌柜？

　　　　　你是不是这么想的？

老头子　让我静一静。

　　　　　听见了吗？

他们离开。

亚采克走进来，躺在了一张临时搭建的床上。他没有睡觉，而是在抽烟。

门开了，老婆子一边蹭着双腿，一边走进来。

老婆子　你没睡，还在抽烟哪。

（坐在凳子上）

　　　　　我睡不着……

　　　　　我的脚好像要被掰断似的……

　　　　　站了一整天了……

亚采克（起身）　我给你抹点药膏吧……

老婆子　得洗洗了……

　　　　　还有水。

亚采克往洗脚盆里倒了水，把盆放在地板上，将老婆子的双脚放入水中。她的脚上有烧伤后留下的疤痕。

亚采克轻轻地给老婆子洗脚，然后擦干。

亚采克　你从来没说过……

老婆子　说什么？

亚采克　嗯……这是怎么回事……

老婆子　那是一场大火，你知道的。

在这儿瞎聊什么……只会让人恼火……

(把脚抬出水面,擦干)

我妈睡在楼下……

劳作一整天后,她睡得像块石头一样熟。

浓烟弄醒了我……整座小屋都烟雾弥漫。

我听到我妈用拳头猛敲门。

到处都是火舌乱蹿,还有这臭气冲天的烟……

这该死的门打不开。

我使劲拽……

这门好像被火烧得膨胀了起来……

然后她就停下了……不敲了。

我动弹不得……好像瘫痪了一样。

我在最后一刻逃了出去……那时屋顶裂开了。

我不知怎么的……就穿过火场逃了出去……

而她就……

留在了那里。

我就是那时烧伤了腿……噢,在这儿……他们得……给我移植皮肤……

(亚采克擦拭另一条腿)

现在给它抹点药膏,小心点。

(亚采克涂抹药膏)

他们站在房子周围……好像站在篝火边一样。

整个村庄。

他们看着……

看着火光……亲眼看着……

他们站着……就像被拴在木桩上的牛似的……

我记得他们的每一张脸。

每一张。屁股都不带挪一下,没有一个人动。

没有人。

我撒开腿就跑……

痛不自知……

事后才发觉。

老头子睡眼惺忪地走进来。

老头子 你们大半夜点着灯……

怎么了吗？

老婆子 没什么……

就是你膀胱里憋着泡尿罢了……老酒鬼。

老头子 尿急了。

（*走进浴室*）

老婆子 他，我也记得。

第十七幕

女人们坐在圣像下的长椅上。

女人乙 您往那儿在看什么？

女人甲 我在看，他们有没有晾尿布……

女人乙 什么？

女人甲 尿布……

科瓦勒斯卡 本该是时候了。

女人乙 天哪……您又开始了。

女人甲 您觉得怎么样……？

科瓦勒斯卡 不是这样，就是那样了。

女人乙 我今儿夜里梦见了尖叫声。

女人甲 您梦见什么了？

女人乙 尖叫声。

黑暗和尖叫……然后一片寂静。

静得比这尖叫都要难受。

没了。

女人甲　我什么都没梦见。

没有。

过了一会儿。

女人乙　如果……

如果没有那个孩子……

如果他们不晾尿布……那……

科瓦勒斯卡　那就不言而喻了。

女人乙　什么不言而喻？

科瓦勒斯卡　就是不言而喻了……

女人乙　毕竟……

这不可能。

不能。

得……

得告诉哪个人，做点什么……

女人甲　讲倒是简单……

讲……什么，告诉谁？

您知道了些什么？

女人乙沉默了。

女人甲　您不知道？

警察，法院……天哪。

科瓦勒斯卡　必须要有证据，或者给自己做见证。

但到了关键时刻，却……

没一个人看见，也没一个人听见。

女人乙　可是……毕竟……

女人甲　人各有命。

每个人都是。

我可不替您辩护。

女人乙　可是……

女人甲　听我一句劝。

到此为止吧。

第十八幕

老婆子和老头子坐在桌边。乌茨娅把饭菜摆在他们面前。

乌茨娅　你们对他做了什么？

老婆子和老头子一言不发。

乌茨娅　怎么了？

你们对他做了什么？

老头子　她在说什么？

老婆子　胡言乱语呗。

最近她都挺无趣的……

别因为这个让你头疼就是了。

你就乐吧，麻烦都给你解决好了……

没了，之前也不存在。彻底忘了吧。

乌茨娅　我……

老婆子　你怎么？

乌茨娅　我有……

老婆子　你什么都没有。

听见了吗？

什么也没有。之前你没有，现在也没有。

乌茨娅　我有。

我有奶。

在我的……

老婆子　你不知道怎么办？

挤出来，拿去喂狗。

别让任何人看见就是了。

第十九幕

乌茨娅把衣服从晾衣绳上收回来。小皮特在旁边玩。

沿路走来神父和助祭。神父持病人圣油①，而助祭持圣铃。助祭敲打着圣铃。

乌茨娅和小皮特跪下了。神父对小皮特微笑。乌茨娅低头跪着。小皮特看着渐行渐远的神父和助祭。

小皮特　妈妈……他们已经走了。

乌茨娅起身，快速把剩下的衣服收进盆里。

乌茨娅　天冷了，快进屋去。

小皮特拿着洗干净了的小猴子，跑进了屋。

奥拉从车站方向走来。

奥拉　乌茨娅。

乌茨娅停住了脚步，但没有转身。

奥拉　乌茨娅。

　　　怎么了呀？

乌茨娅沉默不语。

奥拉　你有了……

　　　生了？

乌茨娅沉默不语。

奥拉　你生了。

乌茨娅点点头。

奥拉　在家？

---

① 病人圣油：指天主教神父为病人祷告时，施行傅油圣事（涂油礼）所用的油，多为橄榄油。

乌茨娅沉默不语。

奥拉　男孩……还是女孩？

　　　哎，说句话呀。

乌茨娅沉默不语。

奥拉　你不知道？

乌茨娅　不知道。

奥拉　孩子呢？

　　　乌茨娅？

　　　他怎么了？

乌茨娅沉默不语。

奥拉　你的孩子怎么了？

　　　乌茨娅？！

乌茨娅　她把他拿走了……

奥拉　拿走了？老婆子？

　　　拿去哪儿了？

乌茨娅　不知道。

奥拉　你不知道？

乌茨娅　她说，他已经死了……

奥拉　死了……？

　　　过了一会儿。

乌茨娅　我听到了……

奥拉　你听到？

乌茨娅　我听到他的声音了。

奥拉　她把孩子怎么了？

　　　乌茨娅沉默不语。

奥拉　乌茨娅？

乌茨娅　我不知道。

奥拉　你不知道。你不知道她做了啥？

你允许……她……她把他……

你允许她杀了你的孩子。

乌茨娅　我生了……

奥拉　天哪，这可是个孩子呀。

无辜又无助。

你听见了吗？！

乌茨娅。

乌茨娅　我生了！

我生了。

第二十幕

亚采克、老婆子、老头子。亚采克喝了酒。

亚采克　她……

老婆子　她怎么？

亚采克　她想……

老婆子　她想要什么？

亚采克　她想带上孩子离开这里……

她是这么跟我说的……

我要带上孩子离开。

老头子　她还是会让你付赡养费的。

老婆子　她能去哪儿？啊，去哪儿？

就算是她的亲生母亲都不要她。

亚采克　妈……

老婆子　她哪儿都去不了。

哪儿都不行。

这样的东西能去哪儿……

啊，哪儿？

她要带这些小屁孩去哪儿？

没人会要她的。没人。

她只是在逼你。

亚采克　妈……

老婆子　用她那光秃秃的屁股逼你，因为这就是她的全部。

她是赤身裸体地来的，就像上帝创造她时的那样。

亚采克　别说了。

（过了一会儿）

那要是……那到时怎么办？

老婆子　到时……

亚采克　那到时怎么办？

老婆子　到时我们就算算她的孩子值多少钱。

亚采克　天哪，妈……

老婆子　你什么都不懂……

这是给你的……

好让你活得轻松些……

亚采克　妈……

老婆子　（对老头子）你让他稍微冷静一下吧……

（老头子倒了杯伏特加）

唉……我亲爱的儿……

你很虚弱，亚采希，你啊……

你就像一根树枝……踩一脚就再也站不起来了。

亚采克　妈，你就让我再说一句吧……

就一句……

老婆子　怎么了，我的孩子？

亚采克　她……她到底怎么了？

老婆子　这不是你该烦恼的事情……

亚采克　可是……

老婆子　孩子……你这又是为的什么？为什么？

　　　　你什么都不懂？一点都不懂。

亚采克　妈……

老婆子　你想想……你就想想……

　　　　好吧？

　　　　她能生出什么好东西？

亚采克　妈……

老婆子　给我倒一杯。

　　　　她这样的泼娟根能生出什么好货色？

亚采克（*站起身*）　妈……你别这样说。

老婆子　你自己想想。

　　　　坐下。

　　亚采克站着。

老婆子　坐下。你去哪儿？

亚采克　不舒服……

　　　　我不舒服……

　（*离去*）

老婆子　你这样坐着干吗？

　　　　快看看，他去哪儿了。

老头子　就让他走吧。

　（*站在门口*）

　　　　他走了。

老婆子　去哪儿了？

老头子　去了他该去的地方咯。

老婆子　跟你一个鬼样。

　　　　你听到了吗？

　　　　还更离谱了。

　　传来了小孩的奔跑声和叫喊声。

老婆子　安静点！她人呢？

（门口处站着乌茨娅）

你说说他们呀。

我头都要爆了。

你没听见我在跟你说话吗？

乌茨娅　听见了。

老婆子　那开口啊，说说他们……

乌茨娅　那他们应该去哪儿玩？

老婆子　这……这是玩？

乌茨娅　卡夏，小皮特，你们快穿好衣服。

来，快点……

老婆子　早该这样做了。

我头都要爆了。

你是故意这么做的。

你哪儿都不会痛……

你从来就没有哪处痛。

从来没有。

但你等着吧，走着瞧。

很快该你了……

乌茨娅离开。

老头子　你又开吵了？

老婆子　开什么吵？

这又没碍着你什么事儿……

因为你就是个聋子。

像根树桩一样聋。

他们一言不发地坐着。老头子在橱柜里找着些什么。老婆子望向窗户。

老头子　在哪儿呢？

老婆子　什么？

老头子 什么？

　　　　酒瓶呀！

老婆子 你脑袋里就只会装这个了。

　　　　它就在它该在的地方咯。

（盯着窗外）

　　　　又聋又瞎。

　　　　你没看见？

老头子 没，我没看见。

老婆子 你这样坐着干吗？

老头子 那我要做什么？

老婆子 你没看见？

　　　　你没看见她带着那几个小屁孩去坐公交车了吗？

老头子 可是……

老婆子 我就看见了。

　　　　你这样站着干吗？

　　　　唉……你快去……让她瞧瞧。

老头子满脸疑惑地望着老婆子。

老婆子 好吧……

　　　　让她知道自己还落了什么。

老头子穿衣离开。

第二十一幕

公交车站。乌茨娅坐在长板凳上。

不一会儿，老头子出现了，穿着长风衣，拎着公文包，在长板凳上坐下。

他们一言不发地坐了好一会儿。

老头子 你想离开。

乌茨娅沉默不语。

老头子　想把亚采克拖进法院……

　　乌茨娅沉默不语。

老头子　那孩子们怎么办？

乌茨娅　这是我的孩子。

　　　　　他们跟我走。

老头子　法院会判的。

乌茨娅　这是我的孩子。

老头子　法院不认识你所有的孩子。

　　（把公文包放在了长板凳上）

乌茨娅（看着公文包）　这是什么？

老头子　你不认识了？你的……

乌茨娅　我的……

　　（目瞪口呆地看着公文包）

老头子　小骨头薄得似纸做的……

　　　　　剩下的则像片……羊皮纸。

　　传来了公交车渐行渐近的声音。

　　乌茨娅并没有将视线从公文包上移开。

　　老头子站起身，拎着公文包离开后，公交车停在了车站边。

　　传来了公交车渐行渐远的声音。

　　乌茨娅抱着小皮特，一动不动地坐着。

第二十二幕

　　乌茨娅和亚采克。

亚采克　你听见我在跟你说的话吗？

　　乌茨娅一言不发。

亚采克　说话呀……

乌茨娅　想知道？

　　　　　　你，想知道？
　　　　　　她没告诉你吗？她没告诉亲儿子……
　　　亚采克沉默不语。
乌茨娅　你是知道的。你必须知道。
　　　　　　没了，什么也没了。
　　　　　　没了。
亚采克　告诉我……
乌茨娅　要是有，那就一团腐肉……
　　　　　　这样的种能生出个什么好东西？
　　　　　　你来说说看？
　　　　　　啊？
亚采克　打住。
　　　　　　别这样说了。
　　　　　　一句话都不要说了。
　　　　　　听着。
　　　　　　一句话都不要说了。
　　　乌茨娅闭嘴。
　　　亚采克离开。
　　　乌茨娅独自留下，开始在谷仓里转悠，寻找着什么。她起初很平静，后来却越来越紧张。她四处张望，翻找，然后又把物品放回原位。她找不到。
　　　门开了。是老头子。
老头子　你在做什么？
乌茨娅　你知道的。
老头子　也许吧。
乌茨娅　你知道的。
老头子　你找不到的。
乌茨娅　还给我吧……
　　　老头子沉默不语。

乌茨娅　求您了。

　　　　　把他还给我吧……

　　　老头子转身。

老头子　还。

　　　　　还什么?

乌茨娅　还给我吧……我求求您了。

　　　　　你是可以还给我的。

　　　　　你听见了吗?你可以的!

　　　　　她不在。

　　　　　她也不会知道的。

　　　　　我本来可以……

老头子　什么?

　　　　　你又在想什么?

　　　　　啊?

　　　离开。

　　　留下乌茨娅独自一人。

第二十三幕

在乌茨娅的家里。奥拉和乌茨娅。

奥拉　我把律师的电话给过你的……

　　　　你本该去报警,去找医生,做法医鉴定的……

　　　　什么都行……

乌茨娅　别嚷嚷。

奥拉　我说过我会作证的。

　　　　乌茨娅……

　　　　你本可以……

　　　　你本可以离开……

然后……这一切就都不会发生了。

　　乌茨娅沉默不语。

奥拉　而你允许……允许她……

乌茨娅　你不懂……

奥拉　你本可以……

　　　　你本可以放弃他……

　　　　有那么多婚姻都……

乌茨娅　你根本就不懂。

奥拉　你生了……

　　　　小宝……

乌茨娅　他那时就死了。

奥拉　你听到了他的声音。

　　过了一会儿。

乌茨娅　什么都做不了，我当时什么都做不了……

　　　　什么都做不了。

　　　　第一次的时候还可以，但现在不行了……

奥拉　第一次的时候？

　　　你在说什么？

　　乌茨娅沉默不语。

奥拉　乌茨娅……

　　　之前就发生过了？

　　　乌茨娅？

　　　这样的事之前就发生过了？

　　　你之前就做过？

　　（奥拉突然揍了乌茨娅一拳）

　　　你怎么能？！

　　（她晃了晃乌茨娅，然后又迅速揽住她，给了她一个拥抱）

　　　对不起……天哪……

　　　　你不知道……你根本不知情……
　　　　对不起……
乌茨娅　他那时就已经死了。
　　　　她说，他那时就已经死了。
　　　　她就是这么说的。
奥拉　（抱着乌茨娅）乌茨娅。
　　（两人拥抱着躺在床上）
　　　　好了……
　　　　没事了。
　　　　奥拉像抚摸小孩一样抚摸着乌茨娅的头。
奥拉　我得走了。
　　　　我得赶公交车了。
　　　　奥拉把躺在床上的乌茨娅留下，便离开了。
　　　　天色渐晚，亚采克回来了，醉醺醺。
亚采克　你在呀，小鸡崽子……
　　　　你在等……
　　　　在等我。
　　　　你在窝里等我呢。
　　　　我工作……
　　　　工作得很辛苦……
　　　　我很想你……
　　　　什么都没吃……
　　　　只是一点点……
　　　　我只是喝了一点点……
　　　　一丁点而已……
　　　　很少。
　　　　少到跟没喝一样。
　　　　让我看看……

来吧，让我看看你的毛。

（乌茨娅蜷缩在床上）

来……

第二十四幕

乌茨娅在奥拉家里。

奥拉 又……

他又打你了？

乌茨娅一言不发。

过了一会儿。

乌茨娅 没有。

奥拉 越来越糟糕了，我看出来了。

过了一会儿。

乌茨娅 我必须离开了。

你听见了吗？

奥拉 你自己一个人？

乌茨娅 必须。

奥拉 那孩子们呢？

乌茨娅 我不能再等了。

不能。

停顿。

奥拉 乌茨娅……

过了一会儿。

乌茨娅 帮帮我吧。

求你了。

过了一会儿。

奥拉 你留下来吧。

　　　　留在这儿。

　　　　这里有房间。

　　　　有一切你需要的东西……

　　　　对吧……

　　　　你这样站着干吗？

　　（乌茨娅继续往里走，只拿着一个小包）

　　　　我在做饭。

　　　　没什么。

　　　　就是些马铃薯、豆子……荷包蛋。

　　　　坐吧……很快就有得吃了。

　　　　我给你泡杯茶。

　　　　两人一言不发。奥拉泡茶。

奥拉　这个柜子基本上是空的。

　　　　你可以往里面放自己的东西。

　　　　奥拉点了根烟。

奥拉　你想来一根吗？

　　　　乌茨娅摇头。

奥拉　好东西。

　　　　我全副身家都花在它身上了。

　　　　来吧……

乌茨娅（乌茨娅伸手拿烟）　谢谢。

奥拉　你先放它一会儿，不然你尝不出味道。

　　（乌茨娅坐在桌边，吸了一口）

　　　　怎么样？

乌茨娅　好东西。

奥拉　我一直想戒……

　　（过了一会儿）

　　　　你知道的……

你呢？

乌茨娅　我试过了。

奥拉　总有事情让我恼火，然后……我就买了一些我付不起的东西。

乌茨娅　（吸了一口）

越来越舒坦了。

奥拉　你看吧……

你怀孕时抽烟吗？

现在有很多关于这个的讨论，电视上，报纸上……

真让人恶心。

乌茨娅　怀卡夏的时候没有……直到怀小皮特和……

（停顿）

是啊，从怀小皮特时我就开始抽烟了……

（猛地捻灭了香烟）

我必须……

她想出去。奥拉抱住了她。

奥拉　已经没事了……

没关系。

我又在瞎扯……没做成晚饭了。

已经没事了。

收拾一下行李，去歇会儿吧。

第二十五幕

乌茨娅独自一人在房间里。奥拉在厨房里听广播。

乌茨娅拿起话筒，拨打电话。

乌茨娅　卡夏？

喂……卡夏？

卡夏，是我，妈妈……

　　　　对。

　　　　我在……

　　　　我在城里。

　　　　有几件事情要处理……

　　　　对，很重要。

　　　　你们都健健康康的吧？

　　　　都还好吗？

　（停顿）

　　　　那就好。

　　　　让小皮特接下电话……

　　　　小皮特……

　　　　皮特仔……亲爱的……

　　　　你听到我说话吗？

　（停顿）

　　　　皮特仔……

　　　　亲爱的……

　　　　说句话呀……

　　　　求你了……跟我说点什么呀……

　　　　小皮特……

　　乌茨娅手里攥着听筒，一动不动地坐着。

　　奥拉进来了。

奥拉　　怎么了？

乌茨娅　我不行了……

　　　　我坚持不下去了。

奥拉　　这只是开始……你有房，有工作。

　　　　你去办离婚……把孩子带在身边……

　　　　你现在就写，打电话给他们……一切都会解决的……

　　过了一会儿。

乌茨娅　我一直听见……他们的哭声，一会儿低声啜泣，一会儿号啕大哭……

我听见，很清晰……

奥拉　你在说什么？

乌茨娅　他们在呐喊，说他们不得安宁。

奥拉　我跟卡夏聊过了，她没有埋怨呀……

乌茨娅　他们把孩子们藏在某个地方了。我敢肯定。

我找过了，但没找着。

得把他们带回来……他们好冷。

你听见了吗？

奥拉　我听见了。

乌茨娅　你告诉小皮特……

他不想跟我说话……

他不想……

告诉他，我暂时还不能回家，告诉他……我们会再见面的。

再迟一点的时候……

告诉……他……

奥拉　我会告诉他的。

我当然会告诉他。

乌茨娅……

你得坚强些，健健康康的啊。

你听见了吗？

你得吃东西了。

一切都会解决的。你看着吧。

（把餐盘放在床边）

我走啦。你趁热吃。

夜幕降临。她一开始一动不动地坐着，然后解开了衬衫的扣子，露出她的乳房，好像要喂奶。

过了一段时间，奥拉回来了。

奥拉　我回来啦。

乌茨娅没有回应。

奥拉　乌茨娅……

你什么都没吃……

你得吃东西。

你听见了吗？

你必须吃。

奥拉注意到乌茨娅解开的衬衫和裸露的乳房。

乌茨娅一言不发。

奥拉　你在做什么？

乌茨娅　他们饿了。

我得给他们喂奶。

可是我没有……

奥拉　（跪在乌茨娅面前，帮她扣好了衬衫）你在说什么？

他们不饿。

健康得很。

乌茨娅……

倒是你饿了。

你又什么也没吃。

我先去洗澡……然后给你做点热乎的吃。

奥拉去了浴室。传来了水流声。

乌茨娅穿衣离开。

第二十六幕

夜晚。乌茨娅在谷仓。

乌茨娅　我知道，你们在这里。

　　　　我跟你们在一起。

　　　　我在呢。

（停顿）

　　　　没事了。

　　　　好了。

　　　　会好起来的，会暖和起来的。

（她铺开稻草，躺在里面，把稻草揽过来抱着）

　　　　没有人可以将我们分开……

　　　　没有人。

她点燃了一根火柴，盯着火焰看了一会儿，然后静静地闭上了双眼。

黑夜中传来了声响。

亚采克　　快。

　　　　快跑出去。

　　　　妈，叫醒爸。

老婆子　　他们放火了。

亚采克　　妈！

老婆子　　他们放火了。

第二十七幕

　　人们都聚在了圣像下。

女人乙　　这什么鬼天气……

　　　　我都不记得我什么时候见过太阳了。

女人甲　　自从他们把火扑灭后就一直在下雨。

女人乙　　让雨下吧……让它冲走一切……

　　　　把一切，

　　　　彻底冲走。

女人甲　　我依旧可以闻到那烧焦的味道。

雨后味更浓了。

女人乙 在大火中，除了乌茨娅的尸体外，他们还发现了两具新生儿的尸体……

科瓦勒斯卡 可想而知，他们把孩子们藏在某个地方了……

女人乙 天哪，什么可想而知？

什么？

科瓦勒斯卡 她不仅杀了那些孩子……还让活着的人痛苦不堪。

女人乙 就算……也不是她一个人干的呀……

女人甲 谁又知道真相如何呢？

女人乙 乌茨娅想离婚吗？

她离家出走了？

她去找律师了……去找了吗？

科瓦勒斯卡 可离婚就意味要分割财产、土地和一切。

这就是为什么他们藏着那些死尸，以此胁迫乌茨娅。

女人甲 唉，而这正是他们想要的。

她的孩子，她的血脉。

科瓦勒斯卡 即使死后，她也不会否认。

女人乙 天哪……

神父 为什么没有人告诉我？

无人回应。

全剧终

马莱克·普鲁赫涅夫斯基的《乌茨娅和她的孩子们》在《色情一代和其他粗俗的戏剧作品：最新波兰戏剧选集》（"绿色猫头鹰"出版社，克拉科夫，2003年）书中发表，发表版本为电视剧本。而该发行版本则是基于作者投稿时寄出的戏剧本，这部戏剧是在"戏剧实验室"项目框架下诞生的与玛雅·克莱柴夫斯卡的合作成果。

塔代乌什·斯沃博吉安耐克:《我们班》
——文化万花筒

维奥莱塔·弗罗布莱夫斯卡(Violetta Wróblewska)

黄珊 译

  2010年,塔代乌什·斯沃博吉安耐克(Tadeusz Słobodzianek),波兰当代著名剧作家,以剧本《我们班》(*Nasza klasa*,2008年出版,2010年获奖)斩获尼刻文学奖①。这部作品自问世以来,多次在波兰和世界舞台上上演,场场都收获观众们的热烈反应。戏剧于2009年在伦敦国家剧院首映②,最具争议的版本之一则是2010年欧德莱伊·斯皮沙克(Ondrej Spišak)导演在波兰华沙沃拉剧院举行的试映,获得了两极分化鲜明的评价,人们或从民族的角度,或从艺术的层面来解读它③。在第一种情况下,由于戏剧对波犹关系的呈现方式而被称为"反波戏剧",因为它并未聚焦波兰人的正面形象④。在后一种情况下——戏剧主题的重要性得到赞赏,但被指责审美薄弱,缺乏深度,为取悦

---

① 尼刻文学奖(波兰语:Nagroda Literacka Nike),是一项波兰年度文学奖,创立于1997年,创始人是波兰《选举报》(*Gazeta Wyboycza*)和"Agora"基金会。尼刻文学奖致力于促进波兰当代文学的发展,面向所有文学体裁进行。2010年,《我们班》获尼刻文学奖。这是该奖项首次授予戏剧作品。——译者注
② J. Krakowska, *Demokracja przedstawienia. Teatr publiczny 1765-2015*, Warszawa 2019, s. 466.
③ G. Nizołek, *Polski teatr Zagłady*, Warszawa 2013, s.
④ T. Stankiewicz-Podhorecka, *To zagrzewanie do nienawiści wobec Polaków*, „Nasz Dziennik" 2010, 23 października, w: J. Krakowska, *Demokracja przedstawienia*, s. 466.

观众而过度简单直白①。值得一提的是，截至 2016 年，在波兰和世界范围内，《我们班》这部戏剧已经至少 16 次被搬上舞台②。不管其被接受度如何，这部戏剧都完全称得上是一部杰作，就像一部独特的文化万花筒，在历史的、神话的和民俗的图景下被多重解读，共同呈现出一幅多元的波兰民族与犹太民族的现代悲剧画卷，或者从更宽泛的意义上来讲——一幅人类的悲剧画卷。这种解读方式同样显示出童年及其体验的重要性③，因为学校与学童无知无觉地被纠缠在历史世界与成人世界之中。在更宽泛的视角下，斯沃博吉安耐克的戏剧似乎实现了对塔代乌什·康托尔（Tadeusz Kantor）作品《死亡班级》（*Umarła klasa*，1975）的超越，与那部将近 40 年前的作品构建起联系网络④。戏剧《我们班》成为康托尔戏剧的一幕独特序曲，也成为对康托尔戏剧的一则评论。

历史图景中的戏剧⑤

在斯沃博吉安耐克的戏剧中，勾勒得最为清晰的是历史图景，展示了从 20 世纪 30 年代到现代一直纠结缠绕的波兰与犹太民族之间的关系。戏剧聚焦从两次世界大战期间到后来的波兰人民共和国和 20 世纪末的时间跨度之中所发生的故事，主要讲述位于波兰东北部小城学校里一个班级，以及班上各个学生的命运。这让人联想到杨·T·格罗斯（Jan T. Gross）的《邻居：犹太小镇的屠杀历史》（*Sąsiedzi. Historia zagłady żydowskiego miasteczka*, 2009）一书中对耶德瓦布内和 1941 年 7 月 10 日反犹迫害事件的引用⑥。这部作品成为斯沃博吉安耐克创作的主要灵感来源之一，并启发艺术家组织了围绕着对邻居

---

① M. Kościelniak, *Odrobiona lekcja*, "Tygodnik Powszechny" 2010 nr 46.
② J. Krakowska, *Demokracja przedstawienia*, s. 467.
③ 参见：M. Wróblewski, *Doświadczanie dzieciństwa. Studium z antropologii literatury*, Toruń 2019.
④ 参见：J. Kłossowicz, *Tadeusz Kantor. Teatr*, Warszawa 1991, s. 132-147; także G. Nizołek, dz. cyt., s. 539-542..
⑤ 我在《对塔代乌什·斯沃博吉安耐克〈我们班〉的人类学解读》（*Antropologiczne odczytanie „Naszej klasy" Tadeusza Słobodzianka*, „Polonistyka" 2011, nr 3, s. 26-30）一文中讨论了斯沃博吉安耐克的三大戏剧观，下文还将会对此有所提及。
⑥ J.T. Gross, *Sąsiedzi. Historia zagłady żydowskiego miasteczka*, 2000.

死亡的共同责任而展开的戏剧工作坊"对话艺术"①。工作坊的受邀主讲人中就有《邻居：犹太小镇的屠杀历史》一书的作者。

在斯沃博吉安耐克的作品中，我们跟随 14 堂"课"，了解到一个小型波兰 - 犹太学生团体中的故事，故事开始于玩耍和学习，而后经历着各种冲突、友谊和迷恋。从第五课起，这群学生的认知视角就发生了变化——我们开始观察到这一学生团体在迫近的第二次世界大战在学童世界中所激起的意外事件的影响下逐步瓦解。在第四课中，当犹太儿童与波兰儿童被正式分开时，就出现了历史的注脚：

各位同学，根据基础教育部长的指示，我们将进行一场天主教祷告，因此请各位犹太学生坐到后排去。

（拉吉尔卡，朵拉，梅纳赫姆和雅库布·卡茨换了座位）

非常感谢。

以圣父、圣子和圣灵的名义……②

由当局强加的区分群体中个别成员的方式——我们，也就是波兰人、天主教徒；他们，犹太人、非天主教徒——逐渐形成了社会隔离。其中一个犹太男孩直接对波兰同学说道：

什么样的信仰会让人抢劫犹太人的店铺？让用石头砸窗户？推倒木桶和罐子？践踏鲱鱼和酸菜？是什么样的信仰让你，弗瓦代克，向我的姐姐扔石头，砸碎她的头颅？

斯沃博吉安耐克的戏剧更深地切入民族和宗教偏见这一问题当中，试图展现宗教文化背景下仇恨机制的形成。在上述根据宗教安排学生座位（即座位安排上的"隔都"③）的背景下，人们会产生这样的印象，即小男孩对"其

---

① J. Krakowska, *Demokracja przedstawienia*, s. 462.
② T. Słobodzianek, *Nasza klasa. Historia w XIV lekcjach*, Gdańsk 2009, s. 17. 下文所引均出自这一版本，引文后标注页码。
③ 隔都：Ghetto，又译"隔坨区"，起源于中世纪城市中的犹太人聚焦区。第二次世界大战期间，纳粹德国将犹太人集中到某些地区，这些地方也被称作隔都。通常隔都条件极端恶劣，与外界相隔绝。——译者注

他"同学产生的反感反应在成人世界中是合情合理的。

随着时间的推移,社会的容忍度越大,历史动荡就越大,出现了越来越多、越来越激烈的冲突,不仅喊出了反犹的口号(*打倒犹太共产主义!波兰万岁!*)[①],还演变成极端残酷的行为。作品中通过班上以前的学生在犹太女生家中对她施加暴力的场面来对这一状态进行描摹(第八课)。而作品中至关重要的一幕,是一场震撼人心的集体屠杀,小镇上几乎所有信仰摩西的犹太人都被驱赶到谷仓,然后这座建筑被付之一炬(第九课)。废墟中被烧死的人的尸体被搬出来堆了一地,用斧头分尸,埋在谷仓外,掩去了罪恶的痕迹。遇难者和施害者两边,都有来自同一个班级的学生,然而其中一些成为牺牲者(犹太人),另一些成为刽子手(波兰人)。《我们班》这个名字原来只是某种表象上的共同体,但在人性的考验当中,当有可能拯救某个人的生命时,却发现在学校里一起同过窗的时光、同情与友谊,并不能提供建立起足够稳固社会关系的基础。

斯沃博吉安耐克写到战后各个角色的命运——他们的个人选择,编织出1945年后苏联影响下的波兰时期的社会和道德立场的全视图。在《我们班》当中,政治与历史并足同行。一些角色选择移民。在屠杀发生之前,1938年,亚伯拉姆·皮耶卡日(皮耶卡日,即"Piekarz",波兰语中意为面包师)就和父母一起去了美国上学,在那里他给自己取了一个英文的姓氏——贝克(贝克,即"Baker",英语中同样意为面包师),并组建了自己的家庭。对过去的理想化,使得亚伯拉姆在剧变后重新回到波兰时,甚至也并未发现——或者说不愿意发现——那有关少时同窗同学的残忍真相。相反,出逃以色列救了梅纳赫姆。在战争期间,他藏在一个女同学家的谷仓里躲过了其他同学,战后又作为安全警察对自己学生时期的熟人齐格蒙特施以酷刑折磨。其他剧

---

① L. Neuger, *Splot. Refleksje nad Naszą klasą Tadeusza Słobodzianka*, [w:] T. Słobodzianek, dz. cyt., s. 24. "犹太共产主义"这一概念来自苏联的宣传用语,它是"阴谋论"的造物,即用秘密团体和协议的活动来解释世界上发生的现象。就"犹太共产主义"而言,它是指ControlSystem创造和普及共产主义思想以接管世界的行为归结于犹太人。这显然没有事实依据。参见:R. 舒赫塔《波兰犹太人的1000年历史:穿越时代的旅行》,(R. Szuchta, *1000 lat historii Żydów polskich. Podróż przez wieki,* Warszawa 2015, s. 221)。

本中的角色也在试图改变身份，以逃避可能因为他们的出身而遭受的迫害。在屠杀中幸存的拉吉尔卡，成为她的同学弗瓦代克的妻子，皈依了天主教，并改名为玛丽安娜。但这条路也并不能保证一帆风顺，因为总会有人跳出来提醒她那段痛苦的过去。剧中明显有意映射了1968年的"三月事件"。在亚当·密茨凯维奇的剧作《先人祭》被禁止演出后，首先在许多高校开始了抗议活动，随后扩展到全国。犹太人因为挑衅行为而被归咎①，这导致了一场舆论谴责，最终他们大规模移民出国。在大屠杀中幸存下来的角色们的行为似乎就写在1968年"三月事件"牺牲者们的悲剧命运当中。

从作品中粗略勾勒的学生命运来看，可以说，所有戏剧参与者所共同经历的——或者更重要的——由他们所共同创造的负罪感和历史创伤，并没有为正常的、幸福的生活提供任何机会。作者表明，如果没有对悲剧的赎罪，人们就无法在废墟上建立新的道德品质。斯沃博吉安耐克的极简主义舞台设计，让人联想到塔代乌什·康托尔《死亡班级》②中的朴素诗学，有助于挖掘出普遍真理。这就揭示了该剧的另一个重要的阐释要素——神话性。

神话观

莱奥纳德·莱乌格（Leonard Neuger）在对《我们班》的评论中一针见血地指出，与古希腊神话中的命运相比，斯沃博吉安耐克作品中的角色享有选择的自由，他们不受强迫，因此"完全属于罪与罚的范畴"③。但他同时谈到了命运的诅咒，由于个人和整个群体在悲剧性历史中的纠缠而使他们的生活陷入瘫痪，他认为这与古希腊神话中的命运有某种相似性，不仅影响个人的

---

① L. Neuger, *Splot. Refleksje nad* Naszą klasą *Tadeusza Słobodzianka*, [w:] T. Słobodzianek, dz. cyt., s. 24. "犹太共产主义"这一概念来自苏联的宣传用语。它是"阴谋论"的造物，即用秘密团体和协议的活动来解释世界上发生的现象。就"犹太共产主义"而言，它是指将创造和普及共产主义思想以接管世界的行为归结于犹太人，这显然没有事实依据。参见：R. 舒赫塔《波兰犹太人的1000年历史：穿越时代的旅行》，（R. Szuchta, *1000 lat historii Żydów polskich. Podróż przez wieki,* Warszawa 2015, s. 221.

② J. Kłossowicz, *Tadeusz Kantor. Teatr*, s. 132-133.

③ L. Neuger, *Splot. Refleksje nad* Naszą klasą *Tadeusza Słobodzianka*, [w:] T. Słobodzianek, dz. cyt., s. 107.

命运，而且影响整个家庭，包括未来的几代人①。然而，这部剧中的神话性似乎也在另一个层面上得到了揭示。这不仅表明，即使在戏剧性的时刻，人性也是可以保留的，正如斯沃博吉安耐克剧中的亚伯拉姆·贝克的态度，他在大屠杀之前就去了美国，并从那里试图通过信件和经济支持来团结全班。他不指责任何人，也不根据出身或参与犯罪来区分他人。似乎到最后他都是一个利他主义者，想把幸存的玛丽安娜——也就是拉吉尔卡带到自己新的国家。然而，她甚至不看他的邀请信，而是沉溺在电视中昏昏欲睡。她整天看自然类纪录片，寻找基本问题的答案："人这一生，意义何在？"她的声明极其有力，就像是指控，"我在动物当中寻找到了答案"。

《我们班》的神话性更应该与循环和神圣的现象相结合。在第一种情况下，它是关于人类命运的某些模式的神话性重复，这保证了社会秩序的持久性，但也通过重生来焕发新生。②"没有任何事件是独一无二的，它不会只发生一次……而是曾经发生过，并将永远发生下去……"③从这个角度来讲，我们在剧中看到的不仅是犹太或波兰民族的悲剧，也是人类的悲剧，在其命运中铭刻上了死亡、屈辱和痛苦。悲剧性，抑或就是力量，因为在每一次创伤之后，都会有更新、宣泄、记忆，以遏制世界的完全毁灭。这种新秩序体现在亚伯拉姆的成就中，他建立了一个美国家庭。他探寻人类生命的深处，甚至从他所爱的人的悲惨逝去，特别是他的拉比的去世中去寻找。他以上帝的名义，嘴里念着祂的名，在神话的框架里书写关于死亡之美丽和意义的故事。这揭示了斯沃博吉安耐克戏剧中神话的神圣性。神话作为一种永恒的回归、重生的理念，受到最高力量——神或上帝的制约④。因此，整个剧中有许多宗教典故，有波兰语和犹太语的祷告片段，最重要的是有死者的灵魂存在。正是他们，像影子一样生活在活人中间，像他们一样发声，揭示了生命的回归与死亡的理念。他们证明，死亡结束了世俗层面的问题，但并没有结束身后

---

① L. Neuger, *Splot. Refleksje nad Naszą klasą Tadeusza Słobodzianka*, [w:] T. Słobodzianek, dz. cyt., s. 107.
② 参见：M. Eliade, *Sacrum. Mit. Historia*, przeł. A. Tatarkiewicz, Warszawa 1993, s. 109-124.
③ H.Ch. Puech, cyt. za: M. Eliade, dz. cyt., s. 122.
④ 同上，s. 121-122.

的、超自然层面的问题。用这种方式去理解永恒回归的理念，人类经历和命运的重复性被镌刻在神圣的领域中，与亵渎（焚烧犹太邻居）形成对比，这在下一个要素——民俗性中再度得到了强调。

民俗观

民俗的力量作为非官方文化的一个分支，包括民间的和环境的习俗，如幼儿民俗等，其重要性早在《我们班》的开头就已经强调了。在第一堂课中，开篇话语是一首简单的歌谣，从孩提时期就为每个人所熟知，"小麻雀清早就站上枝头……"。下一个场景则是一首伴随着儿童游戏的歌谣片段，"我有一条绣花手绢……"。这些所举的例子就是所谓"幼儿民俗"的体现，耶日·齐史利科夫斯基（Jerzy Cieślikowski）和多罗塔·西蒙尼德斯（Dorota Simonides）[①]等人曾写过关于这些例子的文章，它们不仅是为了强调无忧无虑的、在历史的作用下必将不可逆转地消失的童年世界。这些选段的存在，使得我们所提到的命运的重复性，以及人类的行为、游戏、伴随游戏的语言和手势的持续性，变得更加尖锐。无论何时何地，孩子们都以同样的方式玩耍，而当他们成为成年人时，也无一例外地变成了好人和坏人，走向对立面。

剧中对传统农村民俗的引用——来自民间婚礼和丰收场景的歌曲，也强调了这种神圣的、神话般的永恒秩序。这类歌曲中的第一首出现在第十课，在玛丽安娜（成为天主教徒的犹太女孩拉吉尔卡）和她的同学弗瓦代克的婚礼上。

谁在大厅里走动和敲门，
（所有人唱道）
是我们的玛丽安娜在寻找她的母亲。
她走到房间里，双手合十，
哦，我的母亲，她去了某个地方。
醒来吧，我的母亲，从黑暗的坟墓中醒来。

[①] J. Cieślikowski, *Wielka zabawa. Folklor dziecięcy. Wyobraźnia dziecka. Wiersze dla dzieci*, Wrocław-Warszawa-Kraków 1967; D. Simonides, *Współczesny folklor słowny dzieci i nastolatków*, Wrocław–Warszawa 1976.

祝福你的女儿，她要去参加她的婚礼。

我站不起来，我站不起来，我被困在墙里。

被三把锁给锁住了。

上面引用的民歌文本片段来自一个孤儿的婚礼歌曲歌词，该歌曲由新娘演唱，内容是她的母亲没能活着看到女儿结婚①。在民间的传统中，这种以母亲从坟墓中传出的祝福话语作为结束的歌曲，与其说是用来表达失去亲人的痛苦，不如说是象征性地唤起父母的形象。这样一来，用一种口头行为取代了真正的祝福行为，仪式就结束了，而其结束是一场成功仪式的本质，更广泛地说，是婚姻的本质。在斯沃博吉安耐克的戏剧中，仪式的剧本实际上并没有实现，因为本应唱歌的人没有唱歌。违反传统的后果是致命的，这对夫妇经不起时间和情感的考验。如果我们考虑到这首歌是由真正的孤儿的客人们（他们都来自"我们班"）所唱的这一事实，那么这一幕还开启了一个额外的悲剧维度，正是他们实施的对犹太人的屠杀导致她失去了父母。这个女人的得救不仅是以自我牺牲为代价的——她放弃了她的名字和她的信仰——而且还以她所爱的人的尸体作为血腥的牺牲。一首波兰民间婚礼歌曲，唱给一个为了生存而间接被迫改变宗教信仰的犹太新娘，变成了一首关于她被谋杀的母亲的歌曲，最后一句话强调了这一点。"我站不起来，我站不起来，我被困在墙里，被三把锁给锁住了"。

向新婚夫妇赠送礼物的场景完成了这一悲剧，而这些礼物竟然是从犹太人家里偷来的物品，包括新娘的家里。正是在这里，悲剧性的讽刺得到了最强烈的揭示。逃避死亡，虽然拯救了生命，但并没有带来和平，而是将事件的参与者带入另一个创伤。后来的结果是，拉吉尔卡/玛丽安娜将经历丈夫的暴力、婆婆的怨恨——婆婆准备把她交给德国人，以摆脱这个始终不被接受的儿媳，最后是周围人对她出身的诋毁。

第二首民歌叫"Bandoska"（方言，指在田间劳作的村姑），出现在戏剧

---

① 参见：M. Jonca, *Sierota w literaturze polskiej dla dzieci w XIX wieku*, Wrocław 1994, s. 33-47.

中的第九课，这是一首伴随着收获而歌唱的传统歌曲，其形式是对艰辛劳动和对人类困境漠不关心的无情自然的抱怨①：

> 落山吧，太阳，
>
> 你该落山了，
>
> 因为我们双腿疼痛，
>
> 在大地上终日行走。
>
> ……
>
> 只因你啊，太阳，
>
> 无所事事挂在高空，
>
> 太阳啊太阳，
>
> 你早该落山了。

这段话的讽刺意味还在于，就在将犹太人赶进谷仓并焚烧那幕之后，所有的戏剧参与者们再次唱起这段歌谣——这是我们从（在坟茔里头说话的）受害者们和刽子手们的当前关系中得知的。在这个地方，让人们联想到"血腥收获"一词的字面意义，而这首充满怨懑性质的民歌适用于参与这一悲剧场景的两个群体。同时，就像民间传统中的一样，对太阳诉说的悲痛话语实际上唤起了对最广泛意义上的自然的控诉，它对正在发生的悲剧没有任何反应，尽管根据农民的信仰，在暴行发生时通常会"天地为之羞惭变色"，即天空变成血色②。在农民的叙述中，上天直接干预，惩罚有罪者使其伏诛的情形并不少见。然而，在《我们班》这部剧中，自然仍是无动于衷的。

斯沃博吉安耐克在他的戏剧中引用来自不同时代和不同来源的诗歌和歌曲片段，而不局限于儿歌或民间传说。不同语言的词汇也出现了，这强调了该剧的文化多元性。尽管有名字、姓氏和生卒年月以及精确的活动地点，但

---

① O. Kolberg, *Lud*, t. 1, Warszawa 1865, s.

② J. Bartmiński, „*Niebo się wstydzi*". Wokół ludowego pojmowania ładu świata, [w:] Kultura, literatura, folklor. Prace ofiarowane Profesorowi Czesławowi Hernasowi w sześćdziesięciolecie urodzin i czterdziestolecie pracy naukowej, red. M. Graszewicz, J. Kolbuszewski, Warszawa 1988.

人物缺乏明确的个性，这使得故事可以被普遍化。同时，作者揭露了连接各个人群的明显联系。《我们班》没有天真地用单纯的教养过程来解释侵略性，而是显示了隐藏在人性层次中的持续性偏见，这也反映在古老的神话故事和对社会群体的刻板描述中，这些印象古已有之，并自 16 世纪以来就被写进了所谓的 *Descriptio gentium*①（拉丁语，意民族描述）。然而，根据神话的理念，每一次野蛮行径之后都会迎来一个和平时期，这也在戏剧的最后一句话中得到了呼应：

你将不再迷路。
你将无惧前行。
这里是北和南。
那边是东与西。

只是这段和平会维持多长时间，却是个等待被回答的问题……

塔代乌什·斯沃博吉安耐克（Tadeusz Słobodzianek, 1955—）被认为是中坚一代最有趣的剧作家、导演和戏剧评论家之一②。他出生于叶尼塞斯克（苏联），1955 年随家人回到波兰。毕业于克拉科夫的雅盖隆大学戏剧研究专业，学生时期他就用笔名扬·科涅茨波兰斯基创作戏剧评论。1980 年，他以儿童剧《乞丐和驴子的故事》（*Historia o żebraku i osiołku*）首次亮相戏剧界，两年后以导演身份在比亚韦斯托克的木偶剧院导演了比亚沃谢夫斯基和赫林的《奥斯曼德乌沙米》（*Osmędeuszami*）③。1987 年，他获得了木偶导演的校外文凭。他曾在许多剧院和比亚利斯托克的木偶学校工作。1991 年，他与彼得·托马舒克（Piotr Tomaszuk）一起创建了维尔沙林剧院协会，从波兰和白俄罗斯边境地区的文化遗产中汲取灵感。自 2012 年以来，他一直是华沙戏剧院的院长。他创作戏剧和电视剧，撰写电影和戏剧剧本，作品包括《沙皇

---

① 参见：J. Tazbir, *Stereotypów żywot twardy, [w:] Mity i stereotypy w dziejach Polski*, red. J. Tazbir, Warszawa 1991, s. 8.
② http://www.encyklopediateatru.pl/autorzy/396/tadeusz-slobodzianek（查阅时间：2021.1.20）.
③ 参见：M. Waszkiel, *Dzieje teatru lalek w Polsce 1944-2000*, Warszawa 2012, s. 171-175.

尼古拉》（*Car Mikołaj*，1985）、《公民佩克谢维奇》（*Obywatel Pekosiewicz*，1986）、《图拉伊格罗谢克》（*Turlajgroszek*，与彼得·托马舒克合著，1990）、《先知伊利娅》（*Prorok Ilja*, 1992）、《梅林》（*Merlin*，1992）、《我们班》（*Nasza klasa*，2008）。斯沃博吉安耐克的作品已被翻译成多种语言，并在波兰和国外屡获奖项，包括在爱丁堡国际艺穗节上与维尔沙林一起获得 Fringe First 奖（1993、1995 年）和《政治周刊》杂志颁发的"政治护照"奖（1993）。他的剧本在波兰文化部举办的波兰当代艺术展览竞赛中三次获得大奖。

维奥莱塔·弗罗布卢斯卡（Violetta Wróblewska，1969—）：波兰哥白尼大学文化研究系教授，主要研究方向为传统和当代民俗、文化以及儿童、青年和流行文学。她是《波兰民间故事词典》（*Słownika polskiej bajki ludowej*）的发起人和编辑（2018，网络版见 http://bajka.umk.pl/）。她撰写了140 多篇学术文章和书籍，包括《19 世纪和 20 世纪波兰文学童话的流派转变》（*Przemiany gatunkowe polskiej baśni literackiej XIX i XX wieku*，2003）、《从流行文化问题谈起》（*Z zagadnień kultury popularnej*，2007）、《民间短篇童话故事（起源—线索—惯例）》（*Ludowa bajka nowelistyczna (źródła – wątki – konwencje)*，2007）、《从怪物到空的符号：波兰儿童文学中的民间恶魔》（*"Od potworów do znaków pustych". Ludowe demony w polskiej literaturze dla dzieci*，2014），并主编或合编了十多卷合集本。最近一部是联合编辑的《波兰文学和文化中的安徒生灵感》[*Andersenowskie inspiracje w literaturze i kulturze polskiej*，与汉娜·拉图什纳（Hanna Ratuszna）、玛热娜·维什涅夫斯卡（Marzenna Wiśniewska）合编，2017]和《波兰和立陶宛民俗》（*Folklor polski i litewski*，与安杰伊·巴拉诺夫 Andrzej Baranow、雅罗斯瓦夫·瓦夫斯基 Jarosłwa Ławski 合编，2021）。

我们班

——十四堂课中的历史

塔代乌什·斯沃博吉安耐克（Tadeusz Słobodzianek）著

黄珊 译

人物

朵拉（1920—1941）

佐哈（1919—1985）

拉吉尔卡，后改名为玛丽安娜（1920—2002）

雅各布·卡茨（1919—1941）

雷谢克（1919—1942）

梅纳赫姆（1919—1975）

齐格蒙特（1918—1977）

亨利克（1919—2001）

弗瓦代克（1919—2001）

亚伯拉姆（1920—2003）

第一课

所有人 （唱）

小麻雀清早就站上枝头，
啾啾，啾啾，
你要去哪里？
我亲爱的小朋友。

小朋友抬头，
笑着回答道：
学校开学了，
我要去学校！

亚伯拉姆 我叫亚伯拉姆。
爸爸的职业——是个鞋匠。
我也想当一个鞋匠，
就像我的爸爸什洛莫一样。

亨利克 我是亨利克。
父亲的职业——农民。
我想要当消防员。

拉吉尔卡 我是拉吉尔卡。
爸爸的职业——磨坊主。
我想要成为一名医生，
就像我的摩西叔叔那样。

雅各布·卡茨 雅各布·卡茨。
爸爸的职业——商人。
我想要当个老师。

弗瓦代克 弗瓦代克。

父亲的职业——农民。

我想要当个车夫。

梅纳赫姆 梅纳赫姆。

父亲的职业——工匠。

我也想当个车夫。

齐格蒙特 齐格蒙特。

父亲——泥瓦匠。

我——想去当兵。

佐哈 我是佐哈。

妈妈的职业——女佣。

我想要当个裁缝。

朵拉 朵拉。

父亲的职业——商人。

我——电影女明星。

雷谢克 我是雷谢克。

父亲——泥瓦匠。

我——飞行员。

所有人 飞行员先生——

飞机身上破了个洞！

舱门正在打开！

乘客们掉下去啦！

第二课

所有人 （唱歌、玩耍）

我有一条绣花手绢，

它有四个角，

　　　　我爱上谁，
　　　　我喜欢谁，
　　　　就把手绢丢到他脚边。

　　　　我不爱慕他，
　　　　我不喜欢他，
　　　　我不会亲吻他。
　　　　我的绣花手绢啊——
　　　　我把它送给你。

雷谢克　我喜欢还在上学的时候，那时候发生过许多事。同学们喜欢我，而我喜欢美丽的女同学们，我尤其爱慕一位犹太姑娘，甚至在一张粉红色的纸笺上面洒上香水，剪下一颗爱心，写上诗句，放进她的书包里。

朵拉　我看到雷谢克在我的书包里翻找，吓了一跳。我小跑过去，发现了那颗心。我喜欢雷谢克，他人有些傻气，可十分英俊。就在我拿着那颗心站在那儿的时候，梅纳赫姆走了过来，大声念道：

梅纳赫姆　这颗心知道——
　　　　　　我有多爱你！

雅各布·卡茨　当时我说：Mazel tov[①]，雷谢克。

所有人　Mazel tov！

拉吉尔卡　华盖[②]！

所有人　华盖！

弗瓦代克　薄饼[③]！

所有人　薄饼！

佐哈　墓碑！

所有人　墓碑！

---

① 原文为意第绪语的波兰语音译，意为"祝你好运"，是犹太人通用的祝福语。——译者注，以下同
② 依照犹太教传统，犹太教的婚礼在男方家设置的一座结婚华盖（chuppah）下举行。
③ 薄饼：即逾越节薄饼（matzo），一种用面粉制成的、未经发酵的薄饼，也出现在犹太人的婚礼、宴会上。

亨利克　烛台！

所有人　烛台！

亚布拉姆　割礼师！

所有人　割礼师！

齐格蒙特　L'Chaim[①]! Sholem Aleichem[②]！来吧！

所有人　L'Chaim! Sholem Aleichem! 来吧！

雷谢克　班上所有人都在取笑我。所有人，波兰人和犹太人。这让我十分受伤。

朵拉　我感到抱歉。可我又能做些什么呢？

第三课

雅各布·卡茨　1935年发生的事情，改变了我们所有人的命运。每个人都哭了，特别是犹太人。为了纪念这一令人心碎的事件，我们以马尔钦·维察[③]的挽诗《元帅[④]之心》为蓝本，组织了爱国主题的学校活动。男孩们、女孩们，亲爱的我们班的同学们！让我们再从头来一遍。注意语气要优美而舒缓。明天全校都会来看我们表演！还有我们的父母，我们的老师，以及指挥家帕夫沃夫斯基先生！请吧，朵尔卡[⑤]。开始！

所有人　看啊，妈妈，是乌兰轻骑[⑥]！

[①] 原文为希伯来语/意第绪语的波兰语音译，意为"干杯"，是犹太人的祝酒词。
[②] 原文为意第绪语的波兰语音译，意为"祝你平安"，也是犹太人中流行的祝福语。
[③] 马尔钦·维察（Marcin Wicha, 1975—）：波兰当代作家，其作品《我所未曾丢弃的》（*Rzeczy, których nie wyrzuciłem*, 2017）曾获2018年度耐克文学奖和维托尔德·贡布罗维奇文学奖。马尔钦·维察也从事诗歌创作。本剧作者斯沃博吉安耐克委托他专门为《我们班》创作了诗歌《元帅之心》（*Serce Marszałka*）。
[④] 元帅：这里指波兰第二共和国时期的国家元首约瑟夫·毕苏斯基（Józef Piłsudski, 1867.12.5—1935.5.12）。毕苏斯基被认为是波兰在被瓜分123年后重新独立的功臣，被人们尊称为"第一元帅"。
[⑤] 朵尔卡：对"朵拉"的昵称。
[⑥] 乌兰轻骑（波兰语：Ułan）是装备骑枪、军刀、手枪的波兰轻骑兵，他们通常穿着双排扣夹克，佩彩色的马鞍与饰带，头戴方顶波兰骑枪兵帽，骑枪枪头下通常有小型燕尾旗。

也许他们要去参加游行？
真漂亮，跟画中人一样，
只是脸色苍白如许……

鸟儿在高处歌唱，
可今天的马儿垂头不肯跳起。
没有欢快的笑声，没有闪亮的眼睛……
妈妈，为什么人们都在哭泣？

看，汉卡，白色的灵柩，
雄鹰用翅膀覆盖着它。
整个波兰都已知晓，
元帅就在里面长憩。

那位老人，是最伟大的骑士，
尽管身着灰色军装①，
今天却躺在白色的棺材里
在克拉科夫一路穿行。

元帅夫人走来，
总统先生伴在她身边。
旁边是万达和雅戈达，
揉着她们悲伤的眼睛。

---

① 1919 年，波兰第二共和国军队开始统一装备新式军装。根据规定，军装应是卡其色的，唯一穿着非法定军装制服的人是波兰元帅约瑟夫·毕苏斯基，他的军装是灰色的。毕苏斯基元帅的灰色军装——三件制服夹克和一顶帽子，作为其标志性的遗物一直保存到今天，分别收藏在波兰陆军博物馆、克拉科夫国家博物馆和约瑟夫·毕苏斯基家族基金会。

　　　　他在许多场战役中护卫我们，
　　　　一生中经历了许多痛苦。
　　　　愿他在瓦维尔①安息，
　　　　在诸王之中长眠。

　　　　从那里，世界还会听到呼喊，
　　　　声音传至王国最遥远的疆域：
　　　　死神带走了我们的元帅，
　　　　但他的故事将永远流传下去！

亨利克　元帅阁下，用刀子做的洗礼，
　　　　喜欢金子，还娶了三位夫人，
　　　　对谁都一样抠门，
　　　　把波兰卖给了犹太人！

雅各布·卡茨　这段在诗里没有！亨利克，你在干什么？为什么要说元帅的坏话？！

所有人　谁？什么？——元帅。
　　　　谁的？什么的？——元帅的。
　　　　为谁？为什么？——为元帅。
　　　　是谁？是什么？——是元帅。
　　　　和谁？和什么？——和元帅。
　　　　关于谁？关于什么？——关于元帅。
　　　　呼格——哦！哦，元帅！②

亨利克　圣洁骑士！祭衣间！辅祭！

所有人　谁？什么？——辅祭。

---

① 瓦维尔主教座堂位于波兰克拉科夫城中的瓦维尔山，毗邻克拉科夫老城区。波兰王室和许多波兰名人都安葬在瓦维尔主教座堂。

② 此处分别对应波兰语语法中名词的7种变格：主格、属格、予格、宾格、工具格、位格和呼格。模拟学校中小学生们所做的语法练习。

　　　　谁的？什么的？——辅祭的。

　　　　为谁？为什么？——为辅祭。

　　　　是谁？是什么？——是辅祭。

　　　　和谁？和什么？——和辅祭。

　　　　关于谁？关于什么？——关于辅祭。

　　　　呼格——哦！哦，辅祭！

亨利克　吉纽奥神父！副主教大人！犹太人滚去马达加斯加[①]！

所有人　谁？什么？——马达加斯加。

　　　　谁的？什么的？——马达加斯加的。

　　　　为谁？为什么？——为马达加斯加。

　　　　是谁？是什么？——是马达加斯加。

　　　　和谁？和什么？——和马达加斯加。

　　　　关于谁？关于什么？——关于马达加斯加。

　　　　呼格——哦！哦，马达加斯加！

亚伯拉罕　嘘，安静！亲爱的我们班的同学们！亲爱的小姐们！尊敬的先生们！怀揣着巨大的悲伤，我们必须要就此告别。我要走了，但不是去马达加斯加，而是去美国上学！我们的拉比和我的祖父哈伊姆、外祖父雅各布、祖母罗斯和外祖母斐嘉已经做出决定。

雅各布·卡茨　什么？为什么？那我们的同盟怎么办？我们的邦德[②]？

　　　　（低声）我们共聚在一起，旗帜已准备就绪！[③]

正常嗓音　我们无处可去！这里有我们的……

亚伯拉罕　有我的爸爸什洛莫和我的妈妈艾斯特卡。

[①] 马达加斯加：马达加斯加计划（德语：Madagaskarplan）为纳粹德国政府早期制定的犹太人驱逐计划，意在将欧洲的犹太人全部移送至马达加斯加岛。

[②] 邦德党（Bund）：指波兰犹太劳工总同盟（波兰语：Ogólno-Żydowski Związek Robotniczy "Bund" w Polsce），政党成立于1917年，解散于1947年，起源于先前俄罗斯帝国境内的立陶宛、波兰和俄罗斯犹太劳工总同盟。

[③] 原文为意第绪语，"Tesuzamen, tesuzamen, di fon zi is greyt！"是意第绪语歌曲《誓言》（*Di Shvue*）中的一句歌词。邦德党人每次见面几乎都会唱这首歌。

雅各布·卡茨　那密茨凯维奇呢？前进吧，地球，离开你的地盘？[①]

梅纳赫姆　够了，雅各布·卡茨！亚伯拉姆能去美利坚了？那就让亚伯拉姆去美利坚好了。每个人都想要去美利坚！

雅各布·卡茨　你懂什么，你这个村夫！？你可不配去美利坚，你最多适合去基布兹[②]！去沙漠里头种仙人掌！

拉吉尔卡　嘘，犹太人，嘘！你们不要吵架！安静，梅纳赫姆！安静，雅各布·卡茨！每个人都有自己的命运。亚伯拉姆要去美利坚，这就是他的命运。真好。

所有人　三条小船，
　　　　无边大海，
　　　　克日什托夫·哥伦布，
　　　　你最好三思而后行。

　　　　不可抗拒的手
　　　　引领着哥伦布，
　　　　不惧风浪的人，
　　　　终将会寻找到新大陆。

第四课

亨利克　各位同学，根据基础教育部部长的指示，我们将进行一场天主教祷告，因此请各位犹太学生坐到后排去。

（*拉吉尔卡，朵拉，梅纳赫姆和雅各布·卡茨换了座位*）

[①] 出自波兰文学巨擘亚当·密茨凯维奇的诗歌《青春颂》："嘿！让我们肩并着肩！如同一根链条，把这个圆圆的地球缠绕。我们要把思想集中在一点上，在这点上再集中我们的灵魂！前进吧，地球！离开你的地盘，我们要把你推入新的轨道；直到你脱下那发霉的皮壳，回忆起你青春绿色的年代！"——林洪亮译

[②] 基布兹（Kubbutz）：以色列历史悠久的集体农场。

	非常感谢。
	以圣父、圣子和圣灵的名义……
波兰人	阿门。
亨利克	我信全能的天父……
波兰人	天地万物的创造者。
	我信父的唯一子，
	我们的主耶稣基督，
	祂因圣神降孕，
	由童贞玛利亚诞生……
梅纳赫姆	（悄声对朵拉）沃姆扎的"沃姆扎"电影院……
波兰人	祂在比拉多执政时蒙难，
	被钉在十字架上，死而安葬……
梅纳赫姆	（悄声对朵拉）正在上映《黑发女郎，金发女郎》……
波兰人	祂下降阴府。
	第三日自死者中复活；
	祂升了天，
	坐在天父的……
梅纳赫姆	这是部上过电影节的电影……有基布拉①出演……非常性感……我有一辆新自行车……
朵拉	（小声）你真是个傻瓜……
齐格蒙特	不好意思，梅纳赫姆同学，你打扰到大家了，叫我们还怎么祷告？
梅纳赫姆	我可没被打扰。我又不是信徒……
亨利克	可这里的我们都是信徒，梅纳赫姆同学……
雅各布·卡茨	真的吗？所有人都是？信仰什么？什么样的信仰会让人抢劫犹太人的店铺？让人用石头砸窗户？推倒罐子和木桶？践踏鲱鱼和

---

① 杨·基布拉（1902—1966），波兰歌手和演员。

酸菜？是什么样的信仰让你，弗瓦代克，向我的姐姐扔石头，砸碎她的头颅？

拉吉尔卡 弗瓦代克向女士扔石头？斯科热图斯基先生对此怎么说？

弗瓦代克 因为她尖叫起来像个非人的怪物……

（对雅各布·卡茨）

我也朝你扔了，但没砸中。

雅各布·卡茨 这是个巨大的耻辱，弗瓦代克，这会是全世界都知道的耻辱，因为我会就此写信告诉亚伯拉姆。我刚好收到了亚伯拉姆的信。

齐格蒙特 亚伯拉姆写了些什么？

亚伯拉姆 亲爱的朋友们！亲爱的同学们！我们班的全部同学们！

在信的开篇，我要告诉你们，1938年8月18日，经过"巴托里"号轮船上漫长而激动人心的旅程，我抵达了美国。当连续许多周挤在一个狭小的船舱里漂洋过海，而自由女神像终于从地平线后跃出时，我心中涌现出一种非同寻常的感受。船上的每个人都像发了疯，所有人一同欢呼雀跃。

接下来的经历是穿越埃利斯岛的边境点。我和来自世界各地的成千上万的难民一起等待。他们当中有犹太人、意大利人、爱尔兰人和亚洲人。我们排了两天队，等待关于是被遣送回去还是被允许进入新世界的决定。终于轮到我时，办事员问：

"你的姓名？"[①]

"亚伯拉姆·皮耶卡日（Abram Piekarz[②]）。"我回答。

"亚伯拉姆什么？"

"皮耶卡日，"我说，然后用英语补充道，"就是贝克（Baker）——面包师的意思。"

"好吧，"他说，并写下了，"亚伯拉姆·贝克（Abram Baker）。"

所以，我亲爱的同学们，你们的亚伯拉姆·皮耶卡日变成了亚伯拉

---

① 原文中此段对话为英语，"What's your name?"
② Piekarz：在波兰语中意为"面包师"。Baker：在英语中意为"面包师"。在两种语言中都可以作为姓氏。

姆·贝克！这说明了什么？必须学习、学习、再学习。尤其是外语，特别是英语，今天的世界需要它。一定要记住啊，我亲爱的同学和朋友们！

——你们永远的亚伯拉姆·贝克

　　PS. 愿全能的天主看顾你们！

梅纳赫姆　（对朵拉）所以呢？我们去看电影吗？坐我的新自行车？

朵拉　你知道我父亲怎么说吗？我父亲说："要是我看见你坐上了梅纳赫姆的新自行车，你就再也别回家了。"你找佐哈去看吧。

佐哈　找佐哈做什么？

朵拉　你想跟梅纳赫姆一起去看电影吗？坐他的新自行车去？

佐哈　看什么？

梅纳赫姆　（唱）

　　　　黑发女郎，金发女郎，
　　　　我要（亲吻）你们所有姑娘……

佐哈　有基布拉？我想去！

齐格蒙特　佐哈和梅纳赫姆同学要一起去看电影！坐他的新自行车，去看基布拉的电影。可我的好同学却不肯让我骑车兜兜风？就因为心疼他的新自行车？

波兰人　（对梅纳赫姆拳打脚踢）

　　　　我骑梅纳赫姆的新自行车。
　　　　你骑梅纳赫姆的新自行车。
　　　　他／她／它骑梅纳赫姆的新自行车。

　　　　我们骑梅纳赫姆的新自行车。
　　　　你们骑梅纳赫姆的新自行车。
　　　　他们／她们骑梅纳赫姆的新自行车。[①]

[①] 波兰语中的动词根据人称进行变位。此处是模拟小学生的语法练习。

雅各布·卡茨　强盗，你们会后悔的！

亨利克　同学们，我们的祷告还没有结束。这样不好。

（继续祷告）

坐在全能天父的右侧。

波兰人　将来必从那里降临，审判生者死者，

祂的国永不覆灭。

我信圣灵，

我信圣而公之教会，

我信圣徒相通，

我信罪得赦免，

我信身体复活，

我信永生。

阿门。①

第五课

雅各布·卡茨　但，取代耶稣基督来审判生者与死者的，是约瑟夫·斯大林。

亨利克　犹太人为迎接红军搭起了欢迎的拱门。

弗瓦代克　不管是犹太人还是波兰人都在屋顶挂起了红旗②！

齐格蒙特　我父亲挂了一面红白双色旗！

佐哈　他们骑着如此瘦弱的老马。

拉吉尔卡　皮包骨头，叫人看着难过。

梅纳赫姆　马儿对着我们扔过去的花束狼吞虎咽。

佐哈　而苏联人则挥鞭把这些可怜的马儿打得遍体鳞伤。

朵拉　满怀嫉恨，因为连马儿都有吃的。

---

① 本节所引祷文采用中国基督教协会版译文，略做改动。

② 红白双色是波兰国旗的颜色。

雷谢克 他们把商店洗劫一空!

弗瓦代克 军官们走来走去,口袋里塞满了香肠!

雷谢克 他们从玻璃匠那里拿走了全部的腻子。

亚伯拉姆 以为那是蜜糖?

弗瓦代克 然后这些腻子在街上糊了一地。

亨利克 他们把天主教堂改造成"曙光"电影院。

弗瓦代克 开业的那天我们班在那里相聚。

雅各布·卡茨 同志们,同志们!亲爱的同学们!我们期待已久的日子终于来到。正如伟大的列宁同志在谈及电影艺术时所说:最重要的艺术已经来到我们身边。现在,多亏伟大的斯大林同志,我们有了"欧若拉",也就是"曙光"电影院。欢迎,自由的曙光!这里的情况如何?让诗人来说说看。

梅纳赫姆装扮成马雅可夫斯基①,佐哈装扮成一匹老马。

梅纳赫姆 弗拉基米尔·马雅可夫斯基。

善待马儿

它们敲动马蹄,
仿佛在弹奏琴键:
咯哒。
咯咚。
咯吱。
咯嗒。

寒风呼啸,
路上结了冰,

---

① 弗拉基米尔·马雅可夫斯基,苏联著名诗人。

一步一打滑。

四蹄着地的马儿，
轰然在冰面滑倒，
顿时，
讥笑声四起，有声音喊着：

老马跌倒啦！
老马跌倒啦！

只有我，
没有发出咆哮和嘲笑。
我走近，
看到了，
马儿悲伤的眼睛。

"马儿啊，不必如此
听我说，我的兄弟——
为什么你以为，他们就比你强？
孩子，我们每个人身上都或多或少有马儿的影子，
每个人，都在以自己的方式负重前行。"

马儿突然开始用力，
四蹄一蹬站起，
嘶叫着，
向前迈进。
它甩动尾巴。

　　　　　　像个一头红发的小孩。

　　　　　　她欢快地跑过来，
　　　　　　重新站到马槽边，
　　　　　　她感到，
　　　　　　自己重新变回了一头小马驹，
　　　　　　值得去生活，
　　　　　　值得为之努力。

雅各布·卡茨　同志们，同志们！亲爱的同学们！生命是值得的，工作是值得的！再次致以谢意。现在，让我们在进入下一个环节——也就是茶点和舞会之前，有请"欧若拉"电影院的经理发言。

梅纳赫姆　正如卡茨同志所说，过去的天主教堂今后将会是"欧若拉"电影院。作为影院经理，我向各位同志保证，你们绝不会在这里感到无聊空虚。明天我就将邀请大家前来观看轰动世界的影视佳作：爱森斯坦主演的《十月》。下周我们将放映喜剧电影《世界哄堂大笑》《马戏团》和《淘金热》……

雷谢克　那《黑发女郎，金发女郎》……

梅纳赫姆　还会有《黑发女郎，金发女郎》……只有一个请求，希望大家能够把电影院的座位坐满，最好还能从教堂里带过来一些板凳和椅子，反正那里过不了多久肯定就会被查抄了……

　　　雷谢克走向出口。

雅各布·卡茨　你去哪儿，雷谢克？

雷谢克　打倒犹太共产主义！波兰万岁！

　　　离开。

雅各布·卡茨　真扫兴啊，同志们！让我们开心起来，来跳舞吧。关于今天的活动：每人有两瓶免费的啤酒。雷谢克的啤酒还没人动。

　　　打开留声机，响起苏联的华尔兹音乐，所有人跳起舞。

梅纳赫姆（*对朵拉*）你会跳舞吗？

朵拉 我们不会有什么好结果的，梅纳赫姆。

梅纳赫姆 会的，会的。

朵拉 我们将会有一个孩子，梅纳赫姆。

梅纳赫姆 太好了，我们结婚吧。现在结婚只需要三个卢布，不需要经过任何人的同意。

朵拉 那离婚要多少？

梅纳赫姆 离婚要五卢布。

朵拉 你是个傻瓜。

梅纳赫姆 可你那么聪明。

弗瓦代克 （对拉吉尔卡）你跳舞吗，拉吉尔卡？

（两人结伴起舞）

我告诉你，拉吉尔卡！我甚至喜欢这个联盟，没有穷人和富人，没有那些清规戒律。犹太人和波兰人可以一起喝啤酒，还可以跳舞，谁都不会来打扰。我讨厌那些穿长袍的小偷，都是因为他们。

拉吉尔卡 弗瓦代克，你还是好好跳舞吧。

亨利克和齐格蒙特走近佐哈。

齐格蒙特 你疯了吗，佐哈？那是在干什么？

亨利克 那匹老马，佐哈！

佐哈 那不是老马！

齐格蒙特和亨利克 那又是什么，佐哈？

佐哈 是波兰。

齐格蒙特和亨利克 跳舞吗？

佐哈 跟两个人一起？

齐格蒙特 你想要和谁跳？

佐哈 你们俩都是一样的蠢货，不过亨利克要更英俊一些。

（和亨利克跳舞）

齐格蒙特走近雅各布·卡茨。

齐格蒙特 干杯！

雅各布·卡茨　干杯！

（*两人碰了碰酒瓶*）

我跟你说，齐格蒙特，做人留一线，日后好相见。过去的都过去了，也不会被登记在册。我们是同学，对不对？

（*向所有人*）

让我们跳舞吧，同志们，一、二、三！一、二、三！

（*对齐格蒙特*）

雷谢克他一个人都在想些什么？就他是英雄好汉？

（*对所有人*）

现在，让我们唱起歌！

（*起调*）

　　　　　　我们的祖国多么辽阔广大……①

　　　　　　所有人一同唱了起来。

第六课

雷谢克　我并不想成为一个英雄，我只是不能够看着我们波兰人被羞辱。

齐格蒙特　他们立刻把我父亲带走了，就因为那面红白双色旗。我从来没有理解过他，他整天揍我，还打妈妈。她现在不得不躲起来，我也是。我想，我还要这样躲多久呢？一辈子吗？

弗瓦代克　我不再喜欢联盟了，我认为，必须要战斗，要准备起义，要收集武器，毕竟我是个波兰人。我把这告诉了母亲。她拿出一把斧子，叫我先用这斧头杀了她，再拿着它去参加起义。

亨利克　我们成立了地下组织"白鹰"。

齐格蒙特　他们下发了苏联的宪法，有一次我拿到并通读了一遍，我找到了

---

① 原文为俄语的波兰语音译，歌词出自《祖国进行曲》。这是一首苏联著名爱国歌曲，1936年首次出现在经典苏联电影《马戏团》当中。

我想要的东西。在苏联，儿子不需要为父亲的过错受到牵连。我向一位神父借了信纸，给斯大林写了一封信。

雅各布·卡茨 亚伯拉姆的信来了。

亚伯拉姆 亲爱的朋友们！可爱的同学们！我们班的所有同学们！

你们有什么好消息吗？坏的部分全世界都知道了，而我，你们的亚伯拉姆，想要知道拉吉尔卡和朵拉，还有佐哈怎么样了？她们结婚了吗？丈夫们都勤劳善良吗？特别是拉吉尔卡，我年轻时候曾经爱过的姑娘？还有你，雅各布·卡茨，你怎么样？我们的大帅哥梅纳赫姆又在忙什么呢？是不是现在姑娘们还都爱着他？最后，四个火枪手——齐格蒙特、雷谢克、亨利克和弗瓦代克都怎么样了？

我一路学习、深造，学业上进展顺利。我有了妻子，黛博拉，现在正在等待我们第一个孩子的降生。

请不要忘记我。

——你们永远的亚伯拉姆

拉吉尔卡 难以置信！亚伯拉姆年轻时候爱过我！我该怎样面对这个好消息？

佐哈 好吧，让我想想。没什么好说的。我嫁给了奥莱什，他是个老家伙。他什么都不要，母亲还跟他约好，在他死后把农庄写到我的名下。不值什么钱，但总归能落到点财产。我又能指望些什么呢？

齐格蒙特 我成功了。他们从莫斯科给我们的内务人民委员会（NKVD）[①]发了一封信，并通知我，我的案子将被审查，我应该去申诉。我去了，少校亲自接待了我，递给我一支烟并用波兰语对我说："很高兴认识您，齐格蒙特先生。"他问我，怎么看待"欧若拉"电影院

[①] 内务人民委员部（NKVD，俄语：Наро́дный комиссариа́т вну́тренних дел）是斯大林时期苏联的警察机构。在苏联全境，内务人民委员会直接或通过各共和国的内务委员会（如波兰人民共和国内务人民委员会）运作，这些下属的内务委员会是其分支机构。

的活动，怎么看雷谢克，怎么看《波兰永不灭亡》①——少校凭着记忆唱出了所有歌词。我们讨论了很久，关于为什么犹太人那么容易屈服于外国模式，而波兰人却都是这样狂热的爱国分子。他向我推荐了"波波夫"这个假名。

雷谢克 我们决定从暗杀内务部的一名少校开始。我不记得是谁的主意了，也许是我的。我们准备好了一切：藏身地、武器。为防万一我没有在家里过夜，晚上我和齐格蒙特和亨利克一起喝了一杯。

亨利克 我们喝了很多。齐格蒙特带来了私酒，配上干李子，风味相当不错。我们唱起马泰乌什神父《反犹主义》歌集中的歌曲，都哭了。

波兰人 （一齐唱）

主啊，这么多世纪以来不断

在瑞典人、土耳其人和鞑靼人面前保卫波兰的主啊，

将波兰从德国人的手中解放出来的主啊，

让卡扎尔和沙皇化为齑粉的主啊，

我们在你的祭坛前恳求你，

主啊，请把波兰从犹太人手中解放出来……

雷谢克 我醉得厉害，甚至不知道齐格蒙特和亨利克是什么时候走的。

雅各布·卡茨 他们在夜里登门，来自内务部，命令我穿好衣服，不要带任何东西。我以为，他们要把我带去枪毙。他们一言不发，浑身散发着酒气，大衣闻起来刺鼻又恶心。那是冬天，雪下得很大。他们命令我坐在雪橇上，我们驶进了森林。我在寒冷和恐惧中打着摆子，而他们给了我一条旧毯子。上帝啊！为什么？因为我没有在电影院开幕那天的报告中写上雷谢克的那句叫喊"波兰永不灭亡"？上帝啊！还是因为亚伯拉姆从美利坚寄过来的那封信？我们来到了一间林务员的小屋。他们把雷谢克从里面带了出来，问我："他是谁？"

---

① 波兰语：Mazurek Dąbrowskiego，直译为"东布罗夫斯基玛祖卡"，也译为《波兰永不灭亡》，1797 年由约瑟夫·维比茨基创作，后来成为波兰的国歌。

我说这是雷谢克。我能说什么呢？雷谢克看着我，说了些什么，但我没有听到。我只看到其中一个内务部军官用卡宾枪的枪托抽在雷谢克的脸上，溅起了鲜血。

雷谢克　他们把我带到办公室，问我："你叫什么名字？"我一一回答了。他们说："你在撒谎，你姓艾希，是非法恐怖组织'白鹰'的头子。"我就回道："那你们又是谁？"这时一个人从炉子后面拿起一根榛木棍，把我扔到地上，用我自己的帽子堵上我的嘴，一个人坐到我的腿上，另一个人抓住我的头，第三个人开始打我，打到后来帽子几乎被我咬成了碎布。然后他们让我坐在墙边的凳子上，抓住我的头发往墙上撞，以至于我以为我的脑仁都被撞了出来。他们拽掉我整块的头发，一直让我交代，让我告诉他们还有谁是我们的人。我想，如果我说了，他们也会这样痛打其他人，我最好还是独自承受这拷打。我都不知道原来人类竟可以忍受这样多的痛楚。

齐格蒙特　我必须要牺牲一个人，亨利克是靠不住的，更不用说弗瓦代克了，而雷谢克总是很坚忍。

亨利克　我很走运。当我们从林务员的小屋回来时，齐格蒙特告诉我们不要在家里过夜。以防万一，我没有留在家中。雷谢克被带走之后，我再也不在家里过夜了。我去了乡下，住在不同的神父那里。东奔西走，到处漂泊。我在教堂里帮忙，在祭衣间，在神父的住所，直到德国人来了。

弗瓦代克　在雷谢克事发、齐格蒙特和亨利克不得不躲藏起来之后，我承认母亲是对的。我想，或许我们还没有等到起义爆发的时机。我也躲了一阵子，以防万一。

拉吉尔卡　他们从父亲手中夺走了磨坊，进行了国有化。他们让一个来自第三阶级的苏维埃人来当磨坊的主管。大约一个月后，磨坊停止了运转。他们找来父亲一看，原来是涡轮机坏了。那是瑞士货，弗朗西斯牌的。1937年父亲亲自从苏黎世买回来，花的价钱比一辆全新的奔驰轿车还要高，整整5000美元，那是我们最大的财产。

父亲受不了这个打击，他消瘦了下去，脸色发黑，开始生病，几周之后就死了，仿佛消失在了空气里。我开始学习德语。

梅纳赫姆 我开始讨厌这种放映电影的方式，不能向中央要新的片子。我常去比亚韦斯托克出差，有一次去了维尔纽斯，还有一次是去利沃夫。这很愉快：晚餐、酒店、电影爱好者们，还有女影迷。但你又能看《世界哄堂大笑》《战舰》乃至卓别林多少次呢？世界上没有任何力量能够迫使一个人，为了同一部电影而第二次走进电影院里。

朵拉 我很害怕，我越来越害怕。梅纳赫姆回来得越来越晚了，而且总是烂醉如泥。我们争吵，因为孩子一直在生病。你又喝醉了，你这个该死的白痴！

梅纳赫姆 闭嘴，宝贝，不然我就跟你离婚！

朵拉 那就离婚，去找你那些相好的妓女！

雷谢克 一天晚上，大约是在三四月份，因为地面已经解冻。那三个人把我带上马车，赶到森林里，给了我一把铲子，叫我挖个洞。"你会留在这里"，他们说。我开始挖土，一言不发。其间我抬头看了看天空，繁星密布。有那么一瞬间我看到了北斗七星和北极星。这让我无比遗憾，尤其是对我自己，我将不得不在如此年轻的年纪死去。因为谁？我们班的同学，雅各布·卡茨。我挖好了坑，告诉他们说我挖好了。"好的，"中尉说："今天我们不对你开枪。你再好好想想，老实交代吧。如果你认罪，就能回家了。要是继续嘴硬，我们还会把你带回到这里。坑已经准备好了，正在等着你。"

雅各布·卡茨 一切都变得令人难以忍受，不停地有人被逮捕和流放，所有东西都需要排队，面包、谷子、土豆、盐、汽油，一切。大概是疯了吧。只有电影院里是空的。我想，如果天堂就是这样，我宁愿这是最后一次。

齐格蒙特 我不知道父亲怎么样了，也不知道关于雷谢克的事。他们还在沃姆扎的切得沃尼亚克吗？还是被流放到了西伯利亚？或者已经被枪毙了？很多人消失得无声无息。有一次少校打电话给我问事情，我生气地指责他不守信用，没有放雷谢克和我父亲走，我也不会再为他们工作了，让他们找别人去。少校笑着说道："波波夫，你以为我们非你不可吗？你以为你是唯一一个告密者吗？"

所有人 柯斯丘什科司令①，

发动了起义，

衣衫褴褛地，

朝莫斯科佬进军。

他冲锋在前，

柯西涅日②紧随其后。

上帝将会奖励那些

信仰祖国的人。

第七课

雅各布·卡茨 夜里我做了一个奇怪的梦。一个可怕的噩梦。我走出房门，来到门廊，在梦里。目之所及，栅栏边，敞开的大门口，都站着黑狼，龇着獠牙。上帝啊，我想，是谁给它们打开了大门？我关上房门，于是它们出现在窗口，愤怒地跳起来，用头撞着玻璃。我抓起火钳，抽打这些饿狼的脑袋，但毫无用处。我醒了过来，有人在敲门，我的心脏因为恐惧而怦怦直跳。我打开门，是带着行李箱的梅纳赫姆。

梅纳赫姆 雅各布，躲起来，直到这一切结束。

---

① 塔代乌什·柯斯丘什科（Tadeusz Kościuszko）：波兰军队领导人，曾作为大陆军上校参加美国独立战争，后来回到波兰，作为国家武装部队最高司令领导了反抗俄罗斯帝国和普鲁士王国的柯斯丘什科起义。

② 在群众动员的基础上形成的志愿军和民兵编队的士兵，通常指的是柯斯丘什科起义时期具有游击队和起义军性质的士兵。

雅各布·卡茨　我能躲到哪里去？

梅纳赫姆　我不知道！

朵拉　那我呢？孩子呢？梅纳赫姆，我们要怎么办？

梅纳赫姆　朵拉，他们不会对你们做什么的。不要走出家门，不要出现在别人眼前。等一切都风平浪静，我就会回来的。

朵拉　唉，梅纳赫姆，我告诉过你的，不要去没必要的地方。

雅各布·卡茨　我想告诉他亚伯拉姆来信了，但他转身走了。我刮了胡子，洗了澡，喷过香水，换上干净的内衣、节日穿的衬衫和黑色西装，擦亮我的鞋子，把证件、一些钱和亚伯拉姆的信放进口袋。我走出家门。街上人不多，欢迎的拱门矗立着，上面有一个用松果摆出来的"卐"字符号，显得如此寒酸。两年前我们的大门还装饰着镰刀与锤子。我这样想着，继续往前走。我看到了他们，还跟从学校里放学出来时候一样。他们，也就是弗瓦代克、亨利克、雷谢克和齐格蒙特。雷谢克看起来很可怕，面色发青。

弗瓦代克　我第一个看到了他。哦，雅各布，我说。

亨利克　哪个雅各布？

齐格蒙特　雅各布·卡茨。

雅各布·卡茨　他们在我面前大概十步远停了下来，看着我。我想要告诉他们，亚伯拉姆又来信了，就在我的口袋里。可他们那样看着我，让我掉头开始逃跑。

雷谢克　站住！

齐格蒙特　别跑！

弗瓦代克　抓住他！

亨利克　我追上他，伸出了一条腿！

雅各布·卡茨　我被绊倒了，跌在地上。他们开始踢打我。

弗瓦代克　我没有踢他。

齐格蒙特　你也有这一天啊，雅各布·卡茨！

雷谢克　婊子养的！

亨利克　臭老鼠！

雅各布·卡茨　我应该告诉他们些什么呢？一切都不是他们想的那样？问他们到底发生了什么？我想要护住我的头，我的肚子，我的生殖器。我感到我的肋骨被打断了。很难，我想，这很难痊愈。这是对愚蠢的惩罚。突然他们停止了对我的惩罚。现在我要告诉他们一些事情，我想。但我要对他们说什么呢？一些黏稠的液体在我的嘴里聚积。我把它吐到手上，发现那是血。

梅纳赫姆　我藏在佩契诺维奇家的醋栗丛里，就在他们家门前，那伙人正在殴打雅各布·卡茨。透过栏杆我看到他们是怎样踢他，又是怎样突然停下。他们粗重地喘息着，像电影里的马拉松选手。我看到雅各布·卡茨慢慢地站起来，开始挪动，像个醉鬼一样跌跌撞撞。

弗瓦代克　够了，我说，饶了他吧。

雅各布·卡茨　走吧，我想，走得越远越好。然后他们就会放过我了。只要走掉就好了。阳光灿烂，马车旁的马儿看着我，农民给它套上了马粮袋，这将是漫长的一程，我想。尤里卡①！阿基米德定律！阿基米德定律是什么来着？

齐格蒙特　我走到佩契诺维奇家的篱笆前，伸手去拔那些木篱。

亨利克　我拆下了佩契诺维奇家的篱笆。

梅纳赫姆　他们几乎在我的面前拆下篱笆，却没有看到我。因为他们的情绪如此高涨狂热。我躲在醋栗丛里，退到佩契诺维奇家花园的另一端。我想我要穿过森林去找佐哈，也许她会把我藏起来？那里什么人都没有，我躲进猪圈。过了一会儿，我看到佐哈拿着一个木桶走向小猪们！佐哈，我叫她。

佐哈　哦，耶稣，你在这里做什么，梅纳赫姆？

梅纳赫姆　把我藏起来吧，佐哈，他们在找我……

---

① 尤里卡（Eureka）是古希腊语音译，意思是"我找到了"。相传，阿基米德在发现了浮力原理（阿基米德原理或阿基米德定律）时兴奋地喊出这句话。

佐哈　谁在找你？

梅纳赫姆　齐格蒙特、雷谢克、亨利克和弗瓦代克！他们用篱笆打倒了雅各布·卡茨。

佐哈　你藏到谷仓的阁楼里去，奥莱什从不去查看那里。

雷谢克　我拔出最粗的一根木篱，当卡茨走到广场时，我追上他并打在他的头上。他踉跄了几步，在自己家门前摔倒了。

亨利克　我用木棍打了他几下，然后棍子断了，是根烂掉的篱笆。

齐格蒙特　人群围了过来，我告诉他们这是一个狗娘养的家伙，他向苏联人告发了雷谢克，害我父亲死在西伯利亚，还害了许多许多其他的波兰人。然后我接着用棍子揍他。

弗瓦代克　他们用棍子打他，直到棍子断成碎片。"他已经受得够多了，"我说！但人群中有个女人说"也许还不够"，所有人都站在那里冷眼旁观。卡茨用他的指甲剐蹭着地面上的鹅卵石。

雅各布·卡茨　我痛到丧失知觉。我想，这一切是多么的可笑。我的物理很好，化学和数学也是，但我不记得阿基米德定律了。我正在自己的家门口步向死亡。

雷谢克　他大概是累了，他不会死的。我为他感到遗憾。那扇门旁的鹅卵石有些松动。我拎起一块石头，目测大约有10公斤重，或者15公斤。我用尽全身力气，从高处，把石头扔到他的头上。一阵咕噜声响过后，一些温热的东西溅上了我的脸，我把它抹到手指上。那是卡茨的脑浆。

弗瓦代克　雷谢克舔了舔手指，上面有卡茨的鲜血和脑浆。

亨利克　我吐了出来。

齐格蒙特　越来越多的人开始围过来。我说："先生们，我们的城里还有很多卡茨这样的人！"

雷谢克　那个电影院老板梅纳赫姆哪儿去了？

弗瓦代克　我必须回妈妈那里去，我跟妈妈保证过，妈妈还在等我回去。然后我走了，但不是去找妈妈，而是去找拉吉尔卡。我告诉她："快找地方躲起来！他们在广场上杀了雅各布·卡茨。"

拉吉尔卡　谁杀了卡茨？弗瓦代克，我要躲到哪里去？

弗瓦代克　我会把你藏起来的，拉吉尔卡。

雷谢克　我在广场的水泵下冲了个澡。

齐格蒙特　我们要去找电影院老板了。我检查了卡茨的口袋，里面有他的护照，10卢布，一块干净的手帕和那封来自亚伯拉姆的信。

亚伯拉姆　我亲爱的同学雅各布·卡茨！

　　我完成了学业，已经作为一位年轻的未来拉比，宰杀了我的第一头小牛。下午，我们所有人，整个犹太教会，都去了炮台公园。那里举办了一场帆船比赛，从河岸边可以看到自由岛上面的自由女神像。我想整个纽约都是来欣赏这些帆船的。它们是多么优美：苗条的，笨重的，小的，长的，短的，三桅、双桅和单桅的，它们在波浪上飞翔。我记得那场比赛的最终胜利者是一艘漂亮的双桅船。如你所见，我没有忘记波兰语，尽管现在我的语言是英语。

　　你怎么样？我们班怎么样？为什么没有人给我写信？我深深地祝福你们。

——你们永远的亚伯拉姆·贝克

　　PS. 我时常思念你们所有人。

第八课

朵拉　我对梅纳赫姆很气愤，每一次，但凡是需要他的时候，他总是不在。孩子得了肠绞痛，我给他喝了莳萝茶。有人敲门。是谁？

齐格蒙特　波兰军队——我开玩笑说。

亨利克　梅纳赫姆在哪里？

朵拉　我不知道，出门鬼混去了吧，他向来不着家。他收拾了一个手提箱，就走了。

雷谢克　他跟着苏联人跑了？

齐格蒙特　他抖得很厉害，让他去睡觉。我们需要谈谈，朵拉。

朵拉　他发抖是因为得了肠绞痛。

齐格蒙特　你给他吃了莳萝了吗？给我看看。

（把孩子抱在怀里，小声哼唱）

> 枪林弹雨当中，
>
> 谁顾得上向上帝祈祷，
>
> 战士们开枪，
>
> 战士们开枪，
>
> 子弹会射向何方，只有上帝才知道。

（孩子平静了下来，齐格蒙特把他带到厨房）

> 会好起来的。
>
> 你说，朵拉，那个婊子养的梅纳赫姆跟着苏联人一起逃跑了。他对波兰人做尽了坏事，然后跑了。

朵拉　他什么坏事都没做，他能做什么？你知道那是怎么回事，是雅各布·卡茨开始的。

雷谢克　卡茨再也不会开口了，他躺在广场上，旁边是他自己的脑浆。

朵拉　我越来越热了。

雷谢克　哦，这是怎么了，朵拉！

（展示伤疤）

齐格蒙特　你呢，朵拉，你也有苏联留下的伤疤吗？

朵拉　你干了什么，齐格蒙特？我感觉，我整个人都在发红……

雷谢克　我感到我的生殖器在变硬，甚至发痛。我很高兴，因为之前我甚至担心苏联人已经永远废掉它了。

齐格蒙特　让我们看看，用在你身上会怎么样。

朵拉　他抓住我的头，把我拉到床上。雷谢克撕掉了我的上衣和裙子。当时我在家里，我下面什么都没穿。我用力挣扎，试图踢蹬双腿，但有人抓住了我的腿。

亨利克　是我抓住的。

朵拉　我尖叫着，但感到自己变得越来越潮湿。

齐格蒙特　她用犹太人的语言尖叫。

朵拉　Nein①, nein, nein……

齐格蒙特　我对雷谢克说：Mazel tov，雷谢克！

雷谢克　我和亨利克分开了她的双腿。我压在她身上，她尖叫着，我更兴奋了……

朵拉　为什么我却感受到一种从未体会过的快乐？

亨利克　光是看着就叫我射在了裤子里。

齐格蒙特　当雷谢克从她身上下来时，我说："抱住她"，然后我压到她身上，进入了她。她疯狂挣扎，但同伴们用力地抱住她。我射了出来，对亨利克说："来，我来抱住她，亨利克，你过来抓着她，骑她。"

亨利克　闭嘴，我说……

齐格蒙特　喏，朵拉，你看到了，雷谢克有苏联人留下的伤疤，而你没有。

朵拉　我什么都没有说，免得触怒他们。整个过程中我都想用床单盖住自己，但我没有，因为我害怕会惹得他们发怒。我赤身裸体地躺在那里，到处都在疼，但我什么也没有说。

雷谢克　我打开了橱柜，酒壶里盛着一些五光十色的伏特加。我把酒水倒进精致的水晶杯，我们一起喝了起来，一杯，两杯，三杯，我和齐格蒙特碰杯，因为亨利克不喝。

亨利克　我胃不舒服。

齐格蒙特　好了，先生们，我们进城吧，让我们看看发生了什么。

朵拉　就这样，他们平平淡淡地走了，关上门走了。最糟糕的是，我感觉到处都在痛，而这种痛是令人愉悦的。我被一群野兽强奸了，然后呢？我却从中感受到快乐，这让我受伤，我是个什么玩意？除此之外，我忘不了雷谢克的眼睛，一种野性的残酷。上帝啊！沉默击中了我。我听不见孩子的声音，齐格蒙特对他做了什么？我起身跑到厨房，伊戈莱克坐在摇篮里，大声吮吸着一个奶嘴，微笑着。

---

① 意第绪语，"不"。

所有人　巴黎的沙龙
富丽堂皇，
肖邦在心中奏响
乡间的小提琴曲。

玛祖卡① 和奥贝雷克②，
马佐夫舍的柳树下，
因为他从孩提时开始
就热爱波兰的旋律。

第九课

梅纳赫姆　我坐在那个谷仓里，热得要发疯。楼下有一桶水，因此每隔一段时间我就会从那个阁楼上下来喝水。佐哈来了。

佐哈　你在做什么，梅纳赫姆？为什么不好好待在阁楼里？我要进城了，去看看情况。

梅纳赫姆　去看看吧，佐哈，求你了，去看看朵拉和伊戈莱克怎么样？这里热得可怕。

佐哈　快躲起来吧，梅纳赫姆，算我求你了，要是被奥莱什看到……

齐格蒙特　我去了广场 10 号，看看是否有 NKVD 留下的任何文件，特别是看看能不能找到我给斯大林写的那封信。这是我最害怕的事情。只有这封信是以我自己的名义署名的，其他所有都是以"波波夫"的名义。但宪兵已经在那里了，而且没有留下 NKVD 和任何文件的踪影。一位新的市长把我介绍给阿姆斯科门丹特，他说，苏联人谋杀了我的父亲，说可以信任我。阿姆斯科门丹特是一个优雅

---

① 玛祖卡，原为波兰一种民间舞蹈，其形式现仍保留在许多芭蕾舞舞剧中，其音乐经过肖邦等人的发展后，已成为古典音乐中的一种经典舞曲。

② 奥贝雷克，是一种活泼的波兰民间舞蹈形式，也指伴随着这种舞蹈而演奏的节奏欢快的音乐。

	的老家伙，估计是个奥地利人，穿着熨烫考究的制服，戴着白丝巾，看着我用波兰语说：Gutt①，你要协助处理犹太人。
弗瓦代克	我把拉吉尔卡藏在阁楼里，就连妈妈都不知道她在那儿，毕竟她已经爬不动楼梯了。
拉吉尔卡	我像老鼠一样坐在寂静里，不敢呼吸。酷热叫人难以忍受。
弗瓦代克	我飞奔到城里。犹太人在广场上用勺子挖鹅卵石间隙中的杂草，周围站满了手持棍棒的男人，他们身后是一群妇女和孩子，就像在集市上一样。年轻的犹太人用猪圈的门板抬着斯大林雕像的碎片绕着广场走，他们唱着苏联歌曲《我的祖国多么辽阔广大》。打头的是拉比，帽子挂在他的手杖上，他几乎无法行走，几近虚脱中暑。汗水从每个人身上滚落，那些搬运瓦砾的人虽然奄奄一息，但还是带着热忱走着，唱着。音乐家为他们和声，还用单簧管为他们伴奏。我不忍心看。要是哪个犹太人掉队了，就会有一个男孩用棍子或者橡胶棒抽他。亨利克不知道从哪里冒了出来，他跌跌撞撞走过来，手里还拿着一根粗大的榛木棒。
亨利克	你站在那里干什么？弗瓦代克！挑上根好棍子，帮助埋葬斯大林同志。
弗瓦代克	"好的，"我说，"我会带上根好棍子去帮忙的。"但我去了广场的另一头，只是看着。我看到了齐格蒙特，用橡胶棍殴打艾鲁斯裁缝。
齐格蒙特	你想逃跑吗，猪猡？丢下家人自己跑了？这是男人的做法？这就是他们的做法？真不是个男人。难道你没有听到阿姆斯科门丹特先生的命令吗？你要坐在这里，好好清理干净被你污染的地面，听懂了吗？
弗瓦代克	天啊，我想，到底发生了什么？我回到家，爬上阁楼，对拉吉尔卡说："拉吉尔卡，待在这里，不要去任何地方。可怕的事情正在发生，也许会有屠杀。"
拉吉尔卡	妈妈呢？丽贝卡呢？罗丝呢？

---

① Gutt：来源于 Grüß Gott，意思是"上帝保佑（你）"，是德国南部和奥地利地区通用的问候语。

弗瓦代克　他们在广场上除草。

拉吉尔卡　弗瓦代克，帮帮他们，求求你了。

弗瓦代克　好吧，我去看看，我去试试。但我甚至没有尝试，因为你怎么能够拯救得了所有人？

亨利克　我们把他们带到了犹太墓园附近的一个谷仓，男孩们允许他们坐到地上。他们都像死人一样瘫倒下去，大口大口地呼吸。管弦乐队正在演奏《上个礼拜天》。我看向谷仓，在一间仓房里有一个新挖好的坑，那里有谢拉瓦·哈尔齐克、斯塔谢克·库特诺嘉、塔尔那茨基、屠夫瓦西莱夫斯基、奥莱什——佐哈的丈夫、老瓦维克和雷谢克。他们拿着斧头和长柄屠刀，那是杀猪的工具。瓦维克有一个铁匠的锤子。上帝啊，我想。

雷谢克　最先被带过来的是拉比和艾鲁斯裁缝，谢拉瓦命令他们脱掉衣服，拉比浑身发抖。我们开始因为他发抖的样子而哄堂大笑，拉比因为我们的笑声也笑了。这时谢拉瓦走到他身后，用斧子砍向他的头。拉比跳了起来，然后倒了下去。谢拉瓦将斧头插入地面，迅速从腰带上取下一把刀，抓住拉比的下巴，一刀就割断了他的喉咙，从一边耳朵划拉到另一边耳朵。血涌了出来。"学着点，儿子，"他说，并在沙子上擦了擦刀。我们抓住拉比的胳膊和腿，把他扔进坑里。裁缝这时候已经晕过去了，所以处理起他来并不麻烦。接着，谢拉瓦进行了分工。我们中的六个人要去剥掉犹太人的衣服，然后抓住他们。三个人抓一个，两个人抓手，一个人抓脚，布罗内科用斧头压制住他，瓦维克用锤子，而谢拉瓦和屠夫负责割开喉咙以及肚皮，为了之后能省点力气。"他们就庆幸吧"，谢拉瓦说，"我们是用基督教的方式宰的他们，而不是用他们宰杀牛犊的方法，让小牛自己血流干了才死。我需要抓住他们的腿。要是我累了，你就来代替我，你先看着。"

亨利克　我看不下去了，又回到了广场上。

朵拉　我在广场上，用勺子刮着鹅卵石间隙之间的杂草。周围站了一群人，都是熟悉的面孔，是我的邻居们，他们围观着我们，开着玩笑。最坏的是那群十二三岁的孩子，他们朝我们扔石头，用棍子抽打我们，还试图强奸我们，老妇人们都在哄笑。此外酷热也叫人受不了，孩子在哭叫着想要水喝，我也渴得厉害。我在人群中看到了佐哈，我朝她挥手，她走了过来。佐哈，给我点水喝！

佐哈 水？

朵拉 水，什么都好。佐哈，会发生什么？

佐哈 能怎么样呢？他们会抓住你们，带你们走。

朵拉 佐哈，带伊戈莱克走，把他藏起来，我害怕，梅纳赫姆会回来的。

佐哈 要我把伊戈莱克藏起来，朵拉？奥莱什会怎么说呢？别担心，一切都会好起来的。

朵拉 雷谢克、齐格蒙特和亨利克强奸了我，佐哈……

佐哈 我想我快晕倒了。我一阵晕眩，于是走到一边，回家了。

朵拉 她甚至都没有给我一滴水，我的同学！

佐哈 在路上我左思右想。该怎么办？别人的孩子！我还没有孩子，要是奥莱什给我带回来一个犹太崽子可怎么办！我回到了村子里，梅纳赫姆还藏在谷仓里等我。

梅纳赫姆 那里怎么样，佐哈？

佐哈 能怎么样？殴打，强奸，折磨。

梅纳赫姆 你见到朵拉了吗？

佐哈 我上哪儿找她去？

朵拉 齐格蒙特走过来，告诉我们要排成两队。

齐格蒙特 阿姆斯科门丹特先生和市长先生出于对你们安全的考虑，下令把你们关进谷仓。明天你们就要启程去沃姆扎的犹太人区。你们自己看得到，人们对苏联的狗腿子有多愤恨。服从命令。如果不服从，你们自己看得到会发生什么。你们会后悔的。

朵拉 我们温顺地两两排好队，就像在学校时出门去郊游一样。我们温顺地走向那个谷仓。围着我们的是我们的邻居！还有邻居家的女人们！他们大喊:"你们罪有应得!弑神者!恶魔!"这到底是怎么回事。不过齐格蒙特说了,会把我们带到沃姆扎的犹太人区。在墓园的角落里站着雷谢克,脏兮兮的,眼里满是疯狂。我喊道:"雷谢克!"他走过来,用橡胶棍打得我差点抱不住手里的孩子。

雷谢克 我能怎么办?所有人都在看着,我为她难过,她真的很美。

朵拉 要怎么把所有人都塞进那个谷仓?

梅纳赫姆 整个镇子的人都在那里!

亚伯拉姆 上帝啊!1600个孩子、女人和老人……

齐格蒙特 1600?怎么可能?就算是像鲱鱼一样,一个叠在另一个身上也装不下啊!

亨利克 甚至不到1000,最多700。也许更少。

朵拉 他们一边拳打脚踢,一边把我们塞进那个谷仓。

雷谢克 当中有些人拼命反抗。

朵拉 地面上的土好像刚被翻过一遍,散落着黄沙和稻草。

雷谢克 我们把那些被杀掉的犹太人埋在那里,还有一座纪念碑。

朵拉 里头闷得要命,热得像在地狱。女人们纷纷晕了过去,孩子们在尖叫。我们要如何挨过这个夜晚?

亨利克 我们用钉子钉死了门,在门口堆了石头,可以说是巨大的石块。

朵拉 我们闻到了汽油的味道,人们安静了下来,有人说,这是在消毒。

齐格蒙特 瓦西莱夫斯基倒的汽油,他是个小个子,动作敏捷,像个猴子一样在屋顶跑来跑去。我们只给了他几罐子。当他倒完汽油时,我开了个玩笑,把梯子悄悄挪开。瓦西莱夫斯基看到梯子不见了,而火把已经被点燃时,就开始尖叫:"你们把梯子给我。"啊—啊—啊!他尖叫得像个空中的怪物,最后莫名其妙从那个屋顶上跳了下来。我们笑得直打滚。

亨利克 所有人都离开了,我们从四面点燃了谷仓!

雷谢克 火光冲天!你知道的,夏天,干燥的稻草屋顶。

佐哈 尖叫声令人无法忘记。上帝啊!

弗瓦代克　方圆十公里之内都能看得到那烟柱。

朵拉　烟熏得人睁不开眼，哭声响了起来，还有尖叫声，然后是咳嗽声。为什么？齐格蒙特不是说，明天我们就要去犹太区了。骗子！有人抓住我的头发撕扯，我失去了我的孩子。有人打我，我打了回去。那个雷谢克，又是为什么？我感觉踩到了别人身上，也有人踩到了我身上。而梅纳赫姆大概正坐在某个妓女的屋子里。我开始咳嗽，喘不上气，呕吐，最后失禁。这就是人生吗？

所有人　（唱）

　　落山吧，太阳，

　　你该落山了，

　　因为我们双腿疼痛，

　　在大地上终日行走。

　　只因你啊，太阳，

　　无所事事挂在高空，

　　太阳啊太阳，

　　你早该落山了。

第十课

弗瓦代克　当一切平静下来过后，我们把犹太人埋在谷仓附近。这是一件很不舒服的工作，但没办法，活总得有人干，尤其是阿姆斯科门丹特先生说了，犹太人都被你们杀完了，谁还能帮你们清理？我们带着铁锹、干草叉、斧头和铁镐聚集在一起，因为只有外圈的犹太人被烧焦了，中间的更多是被闷死的，还像虬结的树根一样纠缠在一起。他们中间大多是女人和孩子，紧紧拥抱着，互相依偎着，所以我们不得不把他们剁成块，再把这些尸块扔进坑里。简直是令人发指。此外还伴随着诡异的恶臭，是焦煳味和排泄物气味的混合。我吐了两次。最难受的是，我发现了我的同学朵拉和她的孩子，孩子紧紧抱着她。我忍不住哭了起来，没让别人把他们剁碎，就这样把他们掩埋起来。有人试图寻找金子，也就是金牙，但后来他们得到了一个惊喜，因为一切结束后，阿姆斯科门丹特先生命令每个人翻出口袋，脱光衣服。要是被他找着了些什么，就会挨顿痛打。 这些事情结束后，我回到家里，洗漱完毕，换上干净的衣服，拿出酒，与齐格蒙特、亨利克和雷谢克见面。我对他们说了很多，我们是班上同学，过去的都过去了。现在的问题是，我救了拉吉尔卡，我想要娶她。

齐格蒙特 好吧，弗瓦吉①，你想娶她，这是你的事。遵从本心好了。但你必须首先给她举行洗礼，然后在教堂里正常结婚。

亨利克 这样，人们就不会多嘴了。我会和主教谈谈的，只是教义问答将会非常苛刻，需要好好准备。

雷谢克 婚礼是婚礼，洗礼是洗礼。

齐格蒙特 亨利克会跟神父谈谈。弗瓦代克坠入爱河，必须得帮他。弗瓦代克是我们班的同学，同学就像家人一样，甚至可能比家人更重要。留着这瓶酒，弗瓦代克，我们会在婚宴上喝掉它。

弗瓦代克 我去找我母亲，告诉她拉吉尔卡将接受洗礼，将成为一名天主教徒，我会跟她举行婚礼。在教堂里。妈妈什么都没有说，只是开始哭泣。对此我也什么都没有说，只是上楼去找拉吉尔卡，告诉她事情的进展。她又是怎么说的？

拉吉尔卡 受洗？婚礼？在教堂里？我？

弗瓦代克 拉吉尔卡！这都是为了你能够得救。你待在这里不知道外面发生了什么。按照现在的情形，我们这里已经没有任何一个犹太人了，所有人都被杀光了。洗礼是唯一的机会，你只需要好好准备教义问答。我听从了伙伴们的建议，他们也答应帮忙。齐格蒙特、雷

---

① 弗瓦吉：对弗瓦代克的昵称。

谢克和亨利克。

拉吉尔卡　那些刽子手？

弗瓦代克　拉吉尔卡，那是我们的同学。

拉吉尔卡　你有教义书吗？

弗瓦代克　当然。我把她带到楼下，告诉妈妈："从今天开始拉吉尔卡将跟我们一起住在楼下。"她没有说什么。我把教义书递给拉吉尔卡，她坐在花园边的窗户前，开始阅读。傍晚时分，亨利克来了。

亨利克　（对拉吉尔卡）

《教堂篇》第四条？

拉吉尔卡　每年至少去忏悔一次，并在复活节领受圣餐。

亨利克　很好。《圣礼篇》第七条？

拉吉尔卡　婚姻。

亨利克　（对拉吉尔卡）

很好。忏悔的第三步？

拉吉尔卡　定心改过。

亨利克　很好。第五诫？

拉吉尔卡　应孝敬你的父与母。

亨利克　错了！不可杀人！好好学习，拉吉尔卡，如果不学习，神父就不会给你洗礼。

（对弗瓦代克）

教区神父想要六石①的黑麦。

弗瓦代克　我上哪儿给他弄去？

亨利克　好了，好了，弗瓦代克。你知道这是怎么回事，主教从不开玩笑。我离开了，因为这个弗瓦代克已经开始有点让我生气了。他的妈妈在哭，那女人什么也不会，他还倔成这样。

拉吉尔卡　弗瓦代克，拿着这个。

---

① 石：口语中表示重量的量词，波兰的一（公）石等于100公斤。

弗瓦代克　这是什么，拉吉尔卡？

拉吉尔卡　结婚戒指。妈妈的，外祖母的，还有曾祖母的。

弗瓦代克　我弄到黑麦后拿给主教，他甚至懒得出来，通过管家命令我把东西搬到他住所的阁楼上去。当我把粮食倒出来的时候，我看到，宽敞的阁楼上堆满了被象鼻虫啃食的粮食，我的黑麦只够那些虫子吃上三个小时。母亲仍然一言不发，但给拉吉尔卡带来了自己的婚纱和手套。我们乘着马车去参加婚礼。拉吉尔卡、我、佐哈——她同意当教母和见证人，齐格蒙特——教父，雷谢克——同样是见证人。还有亨利克，去教堂的一路上都在考问拉吉尔卡教义书的内容。气氛甚至称得上欢快，只有在提起要给拉吉尔卡取什么教名的时候，我们才起了点争执。

齐格蒙特　我们该给拉吉尔卡起个什么教名呢？

弗瓦代克　玛利亚。

佐哈　很美的名字。

亨利克　你疯了吗，弗瓦代克？你想给一个犹太女人取圣母玛利亚的名字？

弗瓦代克　圣母玛利亚怎么了？

拉吉尔卡　就叫玛丽安娜好了。

亨利克　玛丽安娜？

齐格蒙特　更好了。好多了。

雷谢克　可以是玛丽安娜。

佐哈　也挺好的。

拉吉尔卡　就这样，我成了玛丽安娜。我坐在那辆马车里，穿过不再有任何一个犹太人的镇子，在犹太人的房子里，窗户里，在门口和门廊上，新的主人用仇恨的目光看着我。我甚至不用闭上眼睛就能看到他们旁边原先的住户。那是我第一次认为，我活着，是没有意义的。一切都重复着，一遍又一遍。我没有参加教义的考试，主教压根没出现。一个年轻的神父给我洗礼并主持婚礼，他很善良。当我们回去时，街道上已经空无一人。只有在索库尔斯卡街上，有个女人朝我们吐口水。

弗瓦代克　万幸！

玛丽安娜　弗瓦代克的母亲摆好了桌子，香肠、猪杂肠、酸菜炖肉、伏特加和糖渍果子，然后就去邻居家了。

弗瓦代克　但我们班的同学们在这里，几乎全班都在。

齐格蒙特　我在。

雷谢克　还有我。

亨利克　还有我。

佐哈　我也在。

朵拉　我也是。

雅各布·卡茨　我也是。

亚伯拉姆　在某种程度上，我也是。

梅纳赫姆　我不在场，但佐哈全部都告诉了我。

齐格蒙特　亲爱的玛丽安娜，亲爱的弗瓦迪斯瓦夫——弗瓦代克！我祝愿你们在新的、艰难的人生道路上一帆风顺，祝愿你们的爱情永远长存。现在，让我们一起为恰好是孤儿的新娘唱起我们的孤儿婚礼之歌！让她永远记住，我们记得一切！不过首先，让我们为健康干杯！Mazel tov！

所有人　Mazel tov！

佐哈　（起调）

谁在大厅里走动和敲门？

所有人　（唱）

是我们的玛丽安娜在寻找她的母亲。

她走到房间里，双手合十，
哦，我的母亲，她去了某个地方。

醒来吧，我的母亲，从黑暗的坟墓中醒来。

祝福你的女儿，她要去参加她的婚礼。

我站不起来，我站不起来，我被困在墙里。
被三把锁给锁住了。

第一道锁——三块木板。
第二道锁——一抔黄沙。
第三道锁——碧草茵茵。
哦，我的小女儿，独自去参加婚礼。

去吧，女儿，独自一人，愿上帝指引你。
愿最圣洁的玛利亚保佑你。

齐格蒙特 唔，然后她寻找她的爸爸、小妹妹、小兄弟之类的！干杯！Mazel tov! L'Chaim!

所有人 干杯！Mazel tov! L'Chaim!

弗瓦代克 谢谢，我的同学们。我感谢你们！我和玛丽安卡①非常高兴你们能和我们一起在这里相聚。不要客气，吃好喝好！菜肴酒水管够！妈妈都准备好了！这并不容易，但没有酸菜炖肉还叫什么婚礼！？猪杂肠、火腿和培根还有猪排！玛丽安卡，作为一个基督徒，现在你必须学会用我们的方式来吃喝了！好了，同学们，L'Chaim!

所有人 L'Chaim!

齐格蒙特 现在，新人们，我有礼物送上！银质烛台！喜欢吗？

雅各布·卡茨 这是谁的？

朵拉 是我的！

亚伯拉姆 上帝！

---

① 玛丽安卡：对玛丽安娜的昵称。

梅纳赫姆　妈的!

弗瓦代克　谢谢。

玛丽安娜　真漂亮。

亨利克　我的礼物是个托盘,银的!

朵拉　谁的?

亚伯拉姆　我的。

雅各布·卡茨　上帝。

梅纳赫姆　妈的!

弗瓦代克　谢谢。

玛丽安娜　真漂亮。

雷谢克　我的是一个糖罐,银的!

亚伯拉姆　谁的?

雅各布·卡茨　我的。

朵拉　上帝。

梅纳赫姆　妈的。

弗瓦代克　谢谢。

玛丽安娜　真漂亮。

佐哈　桌布,还有餐巾。

朵拉　谁的?

拉吉尔卡　我的?

佐哈　是吗?奥莱什带回来的……

亚伯拉姆　上帝!

梅纳赫姆　妈的!

玛丽安娜　真漂亮。

弗瓦代克　Lachaim!还有"米隆加探戈",所有人成双成对地跳舞!

所有人　Lachaim!

　　一边唱一边跳起了"米隆加探戈"。

齐格蒙特　跳舞吗,佐哈?

佐哈　齐格蒙特，和你的话，随时可以！

齐格蒙特　村里怎么样？那个老家伙呢？

佐哈　除了呻吟和抱怨，没别的话。

齐格蒙特　那么过不了多久那你就会成为一个有钱的寡妇了。你还会需要一个男人！别忘了我！

佐哈　别说了，齐格蒙特！

朵拉　跳舞吗，雷谢克？

雷谢克　我什么都做不了，朵拉。我想要帮你，但我不能够！所有人都在看着。我爱你，可你却嫁给了梅纳赫姆！而我爱你！走吧，朵拉！走！

（掏出手枪，开枪）

别烦我！滚！砰！

梅纳赫姆　伙计，你这是在干什么！把枪放下！你喝醉了吗？回家去！

齐格蒙特　这里，该死的，到底发生了什么！？

雅各布·卡茨　齐格蒙特，你以为，雷谢克永远不会知道是谁向苏联人告发了他吗？纸是包不住火的。

齐格蒙特　什么意思，该死的？谁在这里？

亨利克　同学们！亲爱的我们班的同学们！我想要告诉你们我最大的秘密，也是我已经实现的梦想。主教已经同意了，我要去沃姆扎！去学习当一个神父！

弗瓦代克　我太为你高兴了！Lachaim!

（喝酒）

所有人　（喝酒）Lachaim!

玛丽安娜　去睡觉，弗瓦代克！够了！

所有人　甲虫走到了阳光下，
　　　　穿着绿色大衣的它。
　　　　不要抓住我的翅膀，
　　　　我可爱的小男孩。

不要抓住我的翅膀，

因为我有一件新大衣，

两只瓢虫为我缝制，

猫头鹰替我剪裁它。

第十一课

玛丽安娜　醉鬼倒下睡觉了，我脱掉他的鞋子，裤子没法管。我在他身边躺下，迟迟无法入眠。

佐哈　齐格蒙特和雷谢克把我带回了家里。我害怕梅纳赫姆会闯进来，所以故意大声说话，假装喝醉了，笑得像个傻瓜。

齐格蒙特　为什么我们不一起等到老家伙醒过来呢？

佐哈　那我们在哪里等，齐格蒙特？

齐格蒙特　在谷仓的甘草上，齐格蒙特！

佐哈　老东西经常醒，齐格蒙特！

齐格蒙特　那等你成了寡妇时呢，齐格蒙特？

佐哈　停下，齐格蒙特。

齐格蒙特　我们离开了，因为我想和雷谢克聊聊。

雷谢克　在外头我们俩都清醒了过来。

齐格蒙特　只要没有证人。

雷谢克　什么证人？梅纳赫姆？我们总会抓到那个电影院老板的！

齐格蒙特　我没说他，他什么都不知道，就算他还活着。

雷谢克　那是说谁？

齐格蒙特　你知道在说谁。

梅纳赫姆　要是他们知道，他们就在我两米开外交谈，或者要是我手里有把手枪，有把好斧头，这两个恶棍就再也不会来折磨人们了。但我不得不全部听完，并保持沉默。他们离开后，佐哈来了。

佐哈　我身上散发着伏特加的酒臭，但我不得不喝。婚礼上怎么能不喝酒？

天啊，梅纳赫姆，太可怕了。可怜的拉吉尔卡！等待着她的将会是怎样的日子！等待我们的又会是什么？上帝啊，上帝啊……

梅纳赫姆　我紧紧抱住她。我们开始做爱。

佐哈　小心点！

梅纳赫姆　我会当心的！

佐哈　这是我们唯一需要做的！所有人都知道，老东西已经老了。

梅纳赫姆　佐哈……

玛丽安娜　弗瓦代克把我弄醒，一言不发地分开我的腿，进入了我。很痛。那是我的第一次。他的眼底充血，闻起来像伏特加和酸菜炖肉。他结束得很快，在我身旁躺下，点燃了一支烟，说：

弗瓦代克　妈妈把一切都打扫干净了。真的是第一次？他们说，犹太女人就是妓女。

玛丽安娜　我能说什么呢？我想到了已经发生的一切。想到了妈妈、蕾贝卡和罗斯，她们都被波兰人烧死在谷仓里。想到了爸爸，因为心脏病发作而死，因为他不能眼睁睁看着苏联人糟蹋他的磨坊。想到，我一个人被留下，跟一个愚蠢的波兰人和他愚蠢的母亲在一起，她对我还不如一条狗，至少她还会跟狗说话。我想过拿根绳子，去谷仓那里把自己吊死。但我转念一想，他固然是很愚蠢，但却又救了我。站在他母亲、同学和整个世界的对面，那么勇敢，那么固执。或许他真的爱我。他是否会伤害我们的孩子？孩子！最要紧的是孩子！而不是犹太人留下的那些东西。我穿上羊毛裙和衬衫，用一条手帕把头发绑起来，就像农妇那样。我说："我要怎么做，弗瓦代克？"

弗瓦代克　我甚至喜欢这样。我亲吻了她然后说："来吧，我们先吃早餐，然后我带你看看农场。让我们看看现在你能做些什么。"

梅纳赫姆　这样的躲藏令人无法忍受。佐哈有一本《圣经》和一本沃尔科夫与拉伊斯特合写的教科书《收割机与农妇》，可以读着打发时间。一开始我看不下去《圣经》，白痴的黑暗童话故事。但随着时间的推移，在这样那样的事情过后，这样的碎片就留在了脑海中：你眼不可顾惜，要以命偿命，以眼还眼，以牙还牙，以手还手，以脚还脚①。老头离开屋子的次数越来越少，在冬天几乎没有下过床，都是佐哈在料理一切。几乎每天她都能陪我一会儿，这是我唯一拥有的，作为人的部分。

佐哈　小心点，梅纳赫姆。

梅纳赫姆　我会当心的，佐哈……

玛丽安娜　我学会了农民的俚语：走嘞，干嘞，吃嘞，但这并没有什么用。弗瓦代克的妈妈觉得我在嘲笑她，所以一言不发。我说：以上帝的名义，赞美耶稣基督，上帝保佑。她回以怒气冲冲。最后，我怀孕了。事情就是在那时发生的。

弗瓦代克　我去森林里砍柴。

雷谢克　那时我已经是个民兵了。我有一辆自行车，一支步枪，一套制服和一顶帽子。当然，那不过是个幌子。事实上我在为一个地下组织工作，不是德国人的。

齐格蒙特　是我说服他这样做的。

雷谢克　那个时候命令来了，让把所有犹太人——如果什么地方还残留着的话，送到沃姆扎的犹太人区，但毕竟我们这里已经没有什么犹太人了。

齐格蒙特　玛丽安卡②呢？

雷谢克　玛丽安卡？

齐格蒙特　命令就是命令，雷谢克。她还活着这件事可能会是个麻烦。弗瓦代克还年轻，还能再找一个新妻子。

雷谢克　我看到弗瓦代克赶着车出了门，于是我拿上我的卡宾枪，骑上我的自行车，去到他家里。

弗瓦代克　我本打算去森林里干上一整天。

---

① 《圣经·申命记》第19章第21节。
② 玛丽安娜的昵称。

玛丽安娜　　我透过窗户，看到来了一个宪兵，我躲了起来。

雷谢克　　弗瓦代克的妈妈开的门。我说明来意，她很高兴地把拉吉尔卡叫了出来。她在哭泣。

玛丽安娜　　雷谢克，行行好吧！我怀孕了。他没有回答。反而是我的婆婆开口："这就是命令，他也没办法。"

雷谢克　　我用绳子绑住她的双手，告诉她如果她想逃，我就开枪打死她。

弗瓦代克　　一定是天意的安排。在森林里，我发现我忘记带上我磨斧头的磨刀石。如果我没有忘，那一切就都完了。我回到了家里，妈妈说："有一个宪兵带走了玛丽安娜。"他把她带到哪儿去了？"去犹太人区！"我给马解开缰绳，套上马鞍，把我从苏联人那得来的纳甘左轮手枪放进口袋里。母亲尖叫起来："你为什么非得要这个犹太女人！？""闭嘴，"我对她说，"你再这么说我就要给你好看！"

雷谢克　　我看到有人骑着马来了，立刻就认出是他。

玛丽安娜　　他骑马冲过来，就像是斯科热图斯基先生来拯救奥兰卡小姐①。

弗瓦代克　　我老远就看见了他们，雷谢克骑着他的自行车，她跟在后头跑。她还怀着孕。我感到一阵怒火上涌，在口袋里拉开了左轮手枪的保险。

雷谢克　　我停了下来，从背上取下卡宾枪，拉开枪栓。我说："怎么了，弗瓦代克？"

弗瓦代克　　"怎么了，雷谢克？"我试图尽可能地靠近他，"发生了什么？"

雷谢克　　我在思考他是否有枪。"所有犹太人都应该去犹太人区。"也许他有一把。"不要靠近，否则我就开枪了。"

弗瓦代克　　"我们谈谈吧，雷谢克，"我说，"我们聊聊，毕竟我们是一个班上的同学。"然后我从口袋里向他的肚子开了一枪。

雷谢克　　弗瓦代克，你在干什么？朝着同班同学开枪？

---

① 斯科热图斯基先生、奥兰卡小姐都是波兰文学巨匠亨利克·显克维奇的历史小说三部曲《火与剑》《洪流》《伏沃迪约夫斯基先生》）中的人物。

玛丽安娜　他松开步枪,和自行车一起倒下,我也倒下了。他大概非常痛苦,因为他开始痛哭流涕。

弗瓦代克　你想在树林里枪毙她,混蛋,这样就不会再有人知道你们做了什么了,对吗?

雷谢克　齐格蒙特下的命令,弗瓦吉①,再给我一枪吧,该死的,我痛得受不了了,哦耶稣,怎么会这么痛,朵拉……

弗瓦代克　我对着他的耳朵开了一枪,就像同学间会做的那样。

雷谢克　我们要去哪里,朵拉?

朵拉　哪里也不去,雷谢克,我们就待在这里。

玛丽安娜　我们干了什么,弗瓦代克?

弗瓦代克　我能怎么办?让你去死吗?像你们那些犹太人一样?

玛丽安娜　现在会怎么样?

弗瓦代克　会怎么样?游击队员杀了宪兵,我们得躲起来。

玛丽安娜　带着孩子?

弗瓦代克　我们会挺过去的。我把他剥得只剩裤子,拖进森林,把他的自行车和制服扔进了纳尔瓦河,把他的鞋子和步枪藏到了一棵树上。当我们回到家,母亲看到玛丽安卡时,她甚至没有说一句话。我也没理她。我把马儿套上车,带上些衣服、被褥、毛毯,拿了些吃的东西和钱。我们在佐哈那里住了一晚。

佐哈　发生了什么?

弗瓦代克　我告诉她发生的事,让她收留我们几天,之后我会去远房亲戚那里找点事做。

梅纳赫姆　我看到了他们,听到了他们说的话,但没有出现在他们视线当中。

齐格蒙特　雷谢克是在两天后被发现的,狐狸咬断了他的胳膊和腿,还有脸。有传言说,是游击队杀了他。但宪兵们枪决了弗瓦代克的母亲,并烧毁了茅屋。

---

① 弗瓦代克的昵称。

弗瓦代克　我没去参加葬礼，我怎么能够去？我去找我在科诺普基的姨妈。她一看到玛丽安卡，甚至没有让我们过夜。叔叔可能想留我们住一晚，但他的儿子是村长，说他要对整个村庄负责。我几乎在整个家族里转了一圈，远亲近亲找了个遍，没有人，真的没有任何人，愿意伸出一只手。

玛丽安娜　我们睡在树林里，睡在山谷里，跟老鼠一起挤在地堡里。每个洗澡的日子都成了节日。

弗瓦代克　最重要的是，我们没有挨饿。我们随身带了些书本，我会大声朗读。

玛丽安娜　他有显克维奇的"三部曲"。读完一遍，就又从头开始。他总在同样的地方大笑，在同样的地方哭泣！上帝啊，我以为我会疯掉！我恳请，我乞求！过来，弗瓦吉，我们还有时间！我来教你英语，或者记账的法子。毕竟，战争总会结束的。

弗瓦代克　这主意不错，英语，战后我们会去美国。

　　　　　　I speak English.

　　　　　　You speak English.

　　　　　　He speaks English……

玛丽安娜　20分钟后他就睡着了。

弗瓦代克　我没什么语言天赋。

佐哈　　　奥莱什坚持要我给他一些洋葱和芦柑，那放倒了他，他死了。有些风言风语说，是我给他下了毒。

梅纳赫姆　我从猪圈搬到了小屋里藏身，那是种什么样的感觉啊！

玛丽安娜　我在地堡里临产。

弗瓦代克　我在接生。上帝！我不知道要怎么做！

玛丽安娜　我在分娩时指挥着他要怎样做，但我自己也什么都不知道。

弗瓦代克　我做了我能做的，但孩子还是死了。

玛丽安娜　那是一个女孩，很漂亮，又健康。

弗瓦代克　几个小时后她就死了。或许这样更好，毕竟我们三个人要怎样才

	能活下来。带着一个小小的婴孩？怎么可能办得到。
玛丽安娜	我想，是他在我睡着的时候闷死了她。
弗瓦代克	我们把她埋在树林里。
玛丽安娜	以多罗特卡的名字下葬。
弗瓦代克	战争结束后，我们回到了磨坊，我的房子被德国人烧毁了。
玛丽安娜	所有东西都被洗劫一空，被损毁，被摔碎，甚至连果园里的树都被挖走。
弗瓦代克	我们设法重新开起了磨坊。真是个奇迹。它不像战前那样依靠那台瑞士涡轮机运转，但有了一台俄式的。有一次齐格蒙特来了，带了一瓶伏特加。
齐格蒙特	和好吧。
弗瓦代克	作为同班同学，我们一起喝了一杯，然后和解了。
齐格蒙特	我们还定下了各种规矩和原则，例如什么是秘密，什么是神圣的。
弗瓦代克	最重要的是保证玛丽安卡的安全，对吗，齐格蒙特？
齐格蒙特	怎么会不是呢？弗瓦吉，她不能受到任何伤害！任何！
弗瓦代克	第二天我对玛丽安卡说，战争已经结束，如果她愿意，她可以去她喜欢的地方。但玛丽安卡发誓说，她哪儿也不去，因为在上帝和法律面前，她都是我的妻子。就这样。
玛丽安卡	但我们再也没有别的孩子了。
所有人	当你看着星星的时候
	骄傲充斥着你的心脏。
	你是波兰人，
	哥白尼的子孙。
	蔚蓝色的维斯瓦河边，
	托伦老城还在沉睡。
	一个波兰人抓住了太阳，
	并撬动了整个地球。

第十二课

佐哈　我不知道齐格蒙特是怎么想到梅纳赫姆躲在我这里的。

齐格蒙特　说吧，佐哈，放松点。我们知道你在整个战争期间都把他藏了起来。你用蘑菇毒死了奥莱什，好拔了心头这根刺。我，我这个笨蛋，居然没想到。

佐哈　"你在说什么，齐格蒙特？什么梅纳赫姆？"他在我脸上打了一拳。

齐格蒙特　我让和我一起来的男孩们在外面等。

梅纳赫姆　我全都听到了，但我能做什么？

佐哈　事实上，我几乎就要屈服了。要是他不是在找梅纳赫姆就好了。我知道如果他们搜得彻底，总会找到的。

齐格蒙特　记住，母猪，我们可不是什么强盗，而是波兰军队。如果没有找到这个可恶的布尔什维克，我们就回到这里，再来和你聊聊，然后以共和国的名义枪毙你！

梅纳赫姆　他们走之后，我从躲藏的地方走了出来。

佐哈　我们必须离开这里。

梅纳赫姆　我们得去美国。我们必须逃跑，必须忘记一切，开始新的生活。他们会在这里杀了我们的。我们必须放弃复仇，因为这会浪费自己的生命。

齐格蒙特　有一天我振作起来，给亚伯拉姆写信。

亲爱的亚伯拉姆同学！

我在信的开头就要告诉你一个不幸的消息，我们的同学雅各布·卡茨、朵拉与她的孩子以及我们镇上所有的犹太人都死了，他们被纳粹的野兽杀害，女人和孩子在谷仓里被活活烧死。你的全家都惨遭谋杀，拉比也死掉了。我们的朋友雷谢克也死了，被凶手杀掉了。我们的祖国波兰遭受了什么？我们受难的民族遭受了什么？我们班遭受了什么？简直罄竹难书。

上帝啊，我们为什么要遭受这么多苦难？

致以最美好的祝愿——齐格蒙特

亚伯拉姆　亲爱的齐格蒙特：

　　你的来信让我心如刀绞，我为之日夜哭泣，就连在祷告中也寻求不到安慰。我们的雅各布·卡茨已经不在人世了？还有朵拉，以及我们的朋友雷谢克？

　　我记得在我离开的那天，我们全家人聚集在一起，送我一起走了一程，这样我就可以向犹太教堂和墓园里的坟茔告别了。我记得我母亲的弟弟贝内克叔叔一路上都在吹单簧管，而我可怜的母亲一直在哭，一直在哭，仿佛她预感到了些什么。但这个可怜的女人大概是在想关于我的事，想在我身上可能会发生什么，而不是在想她自己的命运，不会想到那些残忍的罪犯会把她关在谷仓里，活活烧死，和我们镇上的其他犹太人一起。在整个大家庭之中，我是唯一活下来的人。

　　我写不下去了，亲爱的齐格蒙特，因为眼泪不再是潺潺溪水，而是已经流淌成河。如果你需要些什么，就尽管写信来吧。

——你的亚伯拉姆

　　PS. 祝你健康，愿全能的上帝看顾你。

齐格蒙特　亲爱的亚伯拉姆！

　　我什么都不需要，在这里我们日子还过得下去，正如他们所说的——赤脚但套着马镫。我们希望纪念这一可怕的事件，并建起一个纪念碑。如果您能捐助一小笔钱，我们将永远心存感激。

致以问候——齐格蒙特

　　PS. 我的妻子海伦卡，你还不认识她，她也向您问好。

佐哈　我带上了我能卖掉的所有财产，我们去了罗兹。

梅纳赫姆　我在那里有一些朋友，是来自维尔纽斯的动画师，他们帮助我们找到工作。我开始在剧院里做电工，佐哈在衣帽间当管理员。这时我们发现，她已经怀孕了。

佐哈　我必须要把孩子打掉。

梅纳赫姆　为什么？

佐哈　我不知道这是谁的孩子。你的还是他的？我不知道，我不知道，我不知道。上帝，我们到底要怎么办？为什么从来都不肯放过我们？他们会杀了你，也杀了我。答应我，我们会离开的！答应我！

梅纳赫姆 我答应了。但在那次打胎过后，我们之间开始出现问题。

佐哈 你保证过我们会离开！什么时候？

梅纳赫姆 我们会离开的，宝贝，我保证！

佐哈 你又喝醉了，该死的！你去哪里了？去了"演员"，对吗？

梅纳赫姆 宝贝，我得为离开攒下钱来！你知道的，而且我做到了，我从一个女演员那里弄来的，一个 NKVD 上校的情妇，她从维尔纽斯犹太人区里面带出来一些犹太人留下的东西。我给佐哈买了一张票，陪她坐火车去维也纳。

佐哈 你会来吗？

梅纳赫姆 我会尽快来的，小家伙。她站在车窗前，身体向外探出倾斜，我以为她会掉下去。

佐哈 他站在那个月台上，穿着浅色西装。我以为我会悲痛欲绝，就好像，我预感到这会是我最后一次见到他。

梅纳赫姆 我有一个简单的目标，就是赚点钱然后离开这个国家。一个哥们儿建议我，赚钱的最好方式是当个官方的强盗。哪里的官方强盗最多？安全局里。

佐哈 在纽约，亚伯拉姆帮了我很多，在我找到房间和工作之前，我和他住在一起。他住在一间简陋的房子里，有一群孩子。他的妻子似乎很喜欢我，我们连着好几个小时交谈。亚伯拉姆想知道一切，了解每一个细节。当我告诉他到底是谁烧了犹太人时，他不相信。他给我看了齐格蒙特的信，我开始发笑。

亚伯拉姆 我以为自己要疯了。我居然还给这个无赖寄了钱。于是我写下了这封信，寄给波兰政府。

我，亚伯拉姆·贝克，在 1937 年去了美国。

我的祖父哈伊姆和外祖父雅各布、祖母罗斯和外祖母斐嘉留在波兰。

我的爸爸什洛莫和我的妈妈艾斯特卡。

我的兄弟哈伊梅克、伊佐和库贝克。

还有我的姐妹们：莱伊达、弗伦拉和法尼亚。

我的舅舅们：门德尔、约瑟夫、沙奥勒、拉杰尔、大卫和斯穆尔。

还有我的姨妈们：查拉、萨拉、辛达、德波拉、莫利和兹兹。

我的叔叔们：伊萨克、阿基瓦、亚沙、泽利格、贝内克和希蒙。

我的姑姑们：拉吉、莱亚、米莉亚、泽尔达、吉特尔和霍德尔。

我的堂兄弟们：什穆莱克、莫涅克、亚耐克、大卫、乌莱克、维乌什、阿达什和艾莱克。

还有我的堂姊妹们：祖霞、查伊卡、弗莱姆卡、伊特卡、泰拉、吉尼亚、马尔西亚、索尼娅、雅佳和杜尼娅。

他们都被波兰人烧死在谷仓里。杀死我的全家、侵占我的房屋、抢走我的财产、掠夺我的一切的人，现在就住在这些房子里头。这些强盗和小偷还能够安然入睡吗？你们的神父怎么说？教会怎么说？波兰政府又怎么说？

所有人　显克维奇

　　教会祖国的儿郎们，

　　昨日的荣光

　　将召唤明日的行动。

第十三课

梅纳赫姆　1948年，大约在夏末，是的，因为我正在亚斯塔尔尼亚度假，我被上校召见，并被告知有一项关于调查波兰人在占领初期参与谋杀犹太人的命令，人民政府决定让我以乔莱瓦·兹基斯瓦夫的假名参加调查。他还说："梅纳赫姆，让那些强奸和谋杀你妻子的混蛋们见鬼去吧，但要以法律的名义，让人民政府面子上过得去。"等等。

佐哈　我的爱人！你为什么不来？我想你，而你却不知道。

梅纳赫姆　我给她写信说我开始进行一项重要的工作，我不能再给她写信了。

佐哈　当时我工作的家庭是个书香门第。一家子教授，都是犹太人，都说波兰语。当朋友来找他们时，他们介绍我说："这是战争期间拯救犹太人的佐西亚①。"而他们的朋友们只是点点头。这怎么可能呢？毕竟，波兰人都是反犹主义者。后来，梅纳赫姆写信说，由于他负责的工作，他将无法再写信。我气坏了，我说："美国人在战争期间为犹太人做了什么？"我"砰"的一声关上门，离开了房子。我上了地铁，漫无目的地坐了几个小时，最后在波兰区下了车。我听到一个男孩对一个女孩说："我爱你，他妈的，你却在睡觉。"我坐在长椅上，哭了起来。上帝啊，我已经30岁了，我该怎么办？这个混蛋写道，他甚至不会再写信来了。铁幕之下，我无处可去。我的生活还有什么出路？没有男人，没有孩子，没有学历。我应该在我的余生中都当一个仆人吗？给犹太人当差？这时雅努什向我走来说："小姐，您为什么要哭泣呢？这样一双眼睛，用来流泪是一种浪费。"就这样，两周后，我们就结婚了。

亚伯拉姆撕扯着自己的头发

亚伯拉姆　你在做什么啊，姑娘！你怎么能在认识仅仅两个星期后就结婚呢，佐哈？梅纳赫姆呢？你接受过的教育呢？你英语还说不利索呢！你的工作呢？那些被你善待过的高贵的犹太人，他们在战争期间能做什么？我又能做什么？有任何办法吗？不要大惊小怪，他们是好人，是教授。如果你想参加高中考试，他们会帮助你的。你也可以去读大学。

佐哈　够了，亚伯拉姆。我读什么大学？我就要结婚了？提都别跟我提梅纳赫姆，他就是一头猪，他终于摆脱掉我了。

齐格蒙特　他们一大早就找上我，当着我妻子和孩子的面，给我戴上手铐，用吉普车把我带到沃姆扎的安全办公室。

亨利克　他们来到神父的办公室，那条狗像发了疯似的狂吠着，所以他们朝它开枪。他们给我戴上手铐，把我带到安全办公室。

---

① 佐西亚：对"佐哈"的昵称。

弗瓦代克　他们来到工厂，用手铐把我铐进了监狱。

齐格蒙特　他们把我带进某个房间，让我坐在一个凳子上。尽管有太阳，窗户上还是拉起了窗帘。一盏强光灯照在我脸上，桌子后面坐着梅纳赫姆。

梅纳赫姆　我是乔勒瓦·兹基斯瓦夫中尉，我将主持审讯。你叫什么名字？

齐格蒙特　梅纳赫姆，你怎么？

梅纳赫姆　我从我的桌子边站了起来。

齐格蒙特　他从他的桌子边站了起来。

梅纳赫姆　我走近他。

齐格蒙特　他走到我的面前。

梅纳赫姆　我一拳揍在他脸上。

齐格蒙特　他一扬手打了我的鼻子。他手上大概戴了一个指虎，我听到有东西嘎吱作响。我从凳子上摔下来，失去了知觉。

梅纳赫姆　胡说八道。什么指虎？当我看到那个强奸我妻子、烧死我的孩子、殴打我的朋友的混蛋的笑容时，我有点忘乎所以。更不用说其他那一千多人了。

齐格蒙特　他们用水泼我，我醒了过来，鼻子肿了起来，眼睛几乎看不见。我该怎么办？我该告诉谁？他们为什么要抓我？谁能帮帮我？

梅纳赫姆　我希望你叫我中尉，明白了吗？

齐格蒙特　是的，长官，中尉。

梅纳赫姆　我想那些常规问题是在浪费时间。我知道你的一切，狗娘养的。我知道你住的房子属于你在谷仓里烧死的拉比。你的妻子和孩子知不知道这件事？我知道，在1945年的时候，你同时是强盗的线人和公社委员会的主席，你把民兵送到土匪手里，把土匪送到民兵手里，多适合你。没有证人，妈的，我想。

齐格蒙特　那你就找出证人来啊，妈的，我想。

梅纳赫姆　但我现在只对一件事感兴趣。1941年6月24日，你和雅各布·卡茨在普尔齐图尔斯卡路和新广场路的拐角做了什么？

齐格蒙特　事情是这样的，我不知道中尉在说什么。据我所知，6月24日，雅各布·卡茨被德国人杀害……

梅纳赫姆　我不想动手揍他，我只是召来了手底下的小伙子们，把他交给他们处理。

齐格蒙特　他们用棍子打我，用水泼我，接着继续打，医生来看了看我，说："还可以继续。"于是他们就继续打。刚才那个混蛋进来，问是谁，什么时候，杀了雅各布·卡茨。上帝啊！但我知道该怎么做。

亨利克　他们把我带进一个黑暗的房间，让我坐在一个凳子上，一盏灯照着我的脸，在桌子后面——是梅纳赫姆。

梅纳赫姆　我是乔勒瓦·兹基斯瓦夫中尉，我将负责审讯神父。神父，你的名字？

亨利克　如果你，梅纳赫姆，是乔勒瓦，那我就是一个土耳其圣人。

梅纳赫姆　我站了起来。

亨利克　他站了起来。

梅纳赫姆　我走了过去。

亨利克　他走了过来。

梅纳赫姆　我打了他的嘴巴。

亨利克　他用尽全身力气抽我的脸。我说："上帝会原谅你的，我的兄弟。"然后把另一边脸转向他。

梅纳赫姆　我打了他另一个耳光，他又把脸转了回来。我很生气，把小伙子们叫了过来。"让他记起来，是谁杀了雅各布·卡茨，"我说。然后我把他交给他们处理。

亨利克　他们用棍子打我，用水泼我，接着继续打，医生过来说："还可以继续。"于是他们就继续打，还问我关于雅各布·卡茨的事。

梅纳赫姆　他们从部里打来电话。"你在做什么，梅纳赫姆？你为什么要折磨这个神父？你他妈的为什么要向教会开战？你想要一个殉道者？"妈的，在这个国家你什么都做不了！神父们总是能在任何地方找到办法。

弗瓦代克　他们把我从地窖带到一个明亮的、有阳光的房间，我的眼睛几乎无法适应阳光。他们让我在一张椅子上坐下，我一看，梅纳赫姆进来了。我非常高兴。

梅纳赫姆　嗨，弗瓦吉①，很高兴又见到你。

弗瓦代克　梅纳赫姆，很久没有见面了。我太高兴了！佐哈呢？

梅纳赫姆　佐哈在美国，但没有来信。你知道是怎么一回事，弗瓦吉。

弗瓦代克　我知道，梅纳赫姆。他们把我关起来是为了什么？玛丽安卡独自在磨坊里，你知道那里都是些什么活计。她干不来的。

梅纳赫姆　好的。你只要告诉我，谁杀了雅各布·卡茨？

弗瓦代克　好吧，梅纳赫姆。

梅纳赫姆　一切都串联起来了。齐格蒙特终于承认了，亨利克没有，但有弗瓦代克的供词，还有其他人的佐证，看起来像模像样。审讯开始了。

齐格蒙特　我不认罪。供词是在乔勒瓦中尉的殴打和酷刑下被逼问出来的。

亨利克　我不认罪，供词是被胁迫的。那天我根本不在中央广场，据我所知，雅各布·卡茨是被德国人杀死的。

弗瓦代克　我没有看到被告们那天在做什么，因为我那天不在城里。

玛丽安娜　我想为我丈夫作证。那天他不在那里，因为他正忙着救我的命。我想补充的是，我是一名受洗者，在我受洗时担任教父的齐格蒙特和组织一切的亨利克神父为拯救我的生命做出了巨大贡献。我从未经历过来自于他们的反犹迫害。

梅纳赫姆　我简直不敢相信。为什么，拉吉尔卡？

玛丽安娜　你不明白吗？你已经走过来了，还要接着走下去。复仇？以眼还眼？你还记得阿基米德定律吗？还有康德关于星星的故事。你还记得吗？

所有人　不要和我打希腊人的哑谜。

---

① 弗瓦吉：对弗瓦代克的昵称。

这个尤里卡是个什么东西？

你为什么赤身裸体飞来飞去？

阿基米德，回到学校去！

那里会让你的头脑清醒。

每个孩子都会告诉你：

浴缸里泼出去的水，

就和你的体重一样多！

第十四课

梅纳赫姆 我回到了华沙，被授予了人民波兰建设者勋章。我来到了一个新单位，在莫科托夫 70 号。还有最糟糕的工作，在地下。

齐格蒙特 我被判了 15 年。海伦卡被单独留在哈尼亚、马尔戈西娅和尤里克身边。一个没有父亲的男孩将如何成长？在拉维奇，我想：我不会让自己就这样下去的，我还有什么是可以失去的？

梅纳赫姆 我开始酗酒，喝很多很多。这一切就像一场噩梦，殴打、尖叫、流血，然后是酒精、舞蹈和妓女，之后又是殴打。

齐格蒙特 我写信给总统，他没有回应。写信给部长，石沉大海。我又接着写，仍然是一无所获。直到他们把我叫到首长面前，在这里，我看到一个平民坐在那，不是犹太人。

梅纳赫姆 斯大林死后我从这个梦中醒来，当时我被逮捕了，被指责为"使用法律禁止的调查方法"。他妈的！一群正在做着同样事情的人指责我。证人全是一些杀人犯，还有齐格蒙特。

齐格蒙特 我想确认的是，被告在审讯中使用了四十种酷刑，包括用门夹手指，将针头刺入指甲，用警棍敲打生殖器，把裸露的肛门硌在椅子腿上。

梅纳赫姆 你他妈的在说什么，混蛋，我什么时候夹你手指了？你的屁股上还有第二个洞，是吗？我向他扑了上去，但我们被分别带走了！

我被判了十年。还有一个选项，我要么蹲监狱，要么就他妈的离开波兰。

齐格蒙特　我回到了家。找到了海伦卡、哈尼亚、马尔戈西娅和尤里克。尤里克不愿离开我半步，他牵着我的裤腿，亦步亦趋地跟在我身后。

梅纳赫姆　我去了以色列。在"蜜蜂"集体农庄里，我开始做农机修理工。沃尔科夫和拉伊斯特的苏联作品《收割机与农妇》派上了用场。

齐格蒙特　1956年，我加入了波兰统一工人党。

亨利克　我做了很长时间的神父，最终我获得了我的第一个教区。那是在比亚韦斯托克的一个破旧的村庄里，连那儿的天主教徒都说哈赫瓦奇方言①。但正如他们所说：聊胜于无吧。

梅纳赫姆　我给亚伯拉姆写信。我想知道佐哈怎么样了。

亚伯拉姆　佐哈怎么样了？梅纳赫姆，你一生中招来的眼泪够多了吧？尤其是女人的眼泪？佐哈已经结婚并有了孩子。别管她了。

佐哈　当斯坦上了学、露西上了幼儿园之后，我就可以开始做裁缝了。生活不知不觉地继续下去。

梅纳赫姆　我娶了露丝，一个塞法迪犹太人，她有着美丽的眼睛和双腿，跟朵拉一样。雅各布出生了，他看起来像一个真正的萨布拉②。我离开了基布兹，借了一笔钱，成立了自己的工作室。我建起了一栋房子。

齐格蒙特　60年代是美好的时光。

亨利克　最后，上帝让我最大的梦想成真。当祂把我的前任神父召唤到自己身边时，主教指派我担任我们镇上的教区神父。我的一位同学在其中扮演了重要角色。

齐格蒙特　同志们，亨利克神父是本地人，是我的同学。我们知道他的美德，如果我可以这么说，也知道他的罪过。他也了解我们镇子的特殊

---

① 哈赫瓦奇方言：乌克兰语方言的一种，特点是乌克兰语与波兰语、俄语的混杂。
② 萨布拉（Sabra）：专指出生在以色列的犹太人。

性，他在这里出生，他认识所有人，所有人也认识他。我认为我们需要说服主教支持亨利克神父成为教区神父的候选人。

亨利克 只有在你自己的子民当中，你才能施展开自己的羽翼，特别是作为一个神父。

齐格蒙特 我把我的两个女儿都嫁了出去。哈尼亚嫁给了一名医生，戈西娅嫁给了一位检察官。尤里克通过了华沙理工学院建筑系的考试。当所谓的"三月事件"爆发时，他没有像其他学生一样屈服于犹太人的挑衅，而是更加勤奋地学习。我与亨利克的合作很愉快。作为同学，我们相互信任，相互帮助，共同解决有争议的问题。有一次他喝多了以后说：

亨利克 我知道，齐格蒙特，当时是你向苏联人告发了雷谢克，而不是那个可怜的雅各布·卡茨。我一直知道。

齐格蒙特 够了，亨利克，我必须提醒你，当我们强奸朵拉时，你抱着她的哪条腿？你的裤子怎么了？

亨利克 我们再也没有触及这个话题。

齐格蒙特 我们也没有忘记我们的其他同学。我安排弗瓦代克成为"国际义人"，但由于不幸的婚姻，原本应该让他成为百万富翁的磨坊也走向衰落，他成天酗酒，很难帮到他。

弗瓦代克 齐格蒙特，借我 100 块，我没有钱来付……

齐格蒙特 给你，弗瓦吉，但别喝那么多了，妈的！

弗瓦代克 齐格蒙特，我晚上睡不着觉……雅各布·卡茨来找我，还有雷谢克，齐格蒙特，还有朵拉与伊戈尔，你睡得着吗，齐格蒙特，告诉我，你睡得着吗？

齐格蒙特 把 100 块还我，你这个蠢货！

弗瓦代克 不，齐格蒙特，没事的，妈的，好好睡吧。

佐哈 露西上学的时候，我们贷款在新泽西州买了一套房子。然后不幸的事情发生了。不知怎么回事，亚伯拉姆找到了我。

亚伯拉姆 佐哈，这是文件，签了吧，会有好处的，也许能拿到些钱。这是

	"国际义人"的奖章，梅纳赫姆在以色列安排的。你看，并不是所有的犹太人都完全是坏人，有些人一直记得，甚至可以做些好事。
佐哈	可是他发现了！报纸上写道，我在战争期间藏匿了犹太人，于是开始了。你救了犹太人吗？你在集会上做了什么？你和他上床了吗？你这个犹太妓女！？甚至当他在医院里奄奄一息时，他也拒绝接受我。在葬礼上，我发现他的父亲是犹太人，死在特雷布林卡①。那是我真正失去理智的时候。
梅纳赫姆	1967年，我应召入伍，被任命为机械和维修基地的指挥官，享有上尉军衔。
齐格蒙特	60年代末，通过退伍军人组织，我要求引渡梅纳赫姆。然而，没有任何结果，因为事实证明，以色列不引渡自己的公民。所以这个秘密警察的刽子手就可以逃脱他应得的惩罚了？
梅纳赫姆	1970年5月22日，我的儿子雅各布在早餐时说，他们今天将在学校进行一次考试，主题是：我的父亲是谁？"你到底是谁，爸爸？"他问。我回答他："像每一个犹太人那样，今天我是一名军人。""好，"他说，"等我长大了，我也会像每一个犹太人一样。"7点45分，露丝把雅各布送到校车上，校车每天把孩子们从我们的别墅接走。
齐格蒙特	尤里克成绩优异，会两门外语：英语和法语。在理工学院里教授们都对他非常满意。当他还是个学生时，他就在大体育馆中赢过一场比赛。6月初，他提前通过了学位答辩，赫里尼维茨基教授给他提供了一个在他实验室里工作的职位。我为他骄傲，并打算资助他去法国、意大利和希腊玩两个月，从7月到8月。6月底，他先和朋友们一起去维格利湖进行了为期一周的帆船之旅。
梅纳赫姆	上午8点10分，在阿尔维姆，校车被一发装甲车的炮弹击中。校车爆炸了。9名学生和两名教师被杀，24名学生受重伤。恐怖分

---

① 特雷布林卡：第二次世界大战期间纳粹德国在德占波兰建立的一座灭绝营。

子向试图在燃烧的校车中自救的儿童开枪。我 10 岁的儿子在搭救他的朋友时被击中。

齐格蒙特 6 月 24 日中午，一场风暴在维格利上空肆虐，大概并没有持续太久，也就是十多分钟的事。尤里克和他的朋友们所乘坐的帆船被风浪打翻，沉没了。朋友们被湖水推到了岸边。尤里克却并没有。

亚伯拉姆 6 月 24 日中午？上帝啊！这是齐格蒙特、亨利克和雷谢克在市场广场上谋杀雅各布·卡茨的 30 年后。

亨利克 那是一场动人的、值得纪念的葬礼，我做了一生中最好的一次布道，关于亚伯拉罕和以撒。主啊，你没有送来羊羔，以撒已经死去。你为什么要用你的怒气来折磨我们？为什么我们的心脏会颤抖？这么好的一个孩子！一个建筑师！有学历，有规划，有梦想。他父母的希望！他本要去欣赏罗马的斗兽场！巴黎的卢浮宫！雅典的卫城！主啊，你没有派来一只羊羔，但我们记得曾有一只羊羔来到我们身边。而你就是那只羔羊。

玛丽安娜 这太可怕了，简直惨不忍睹，我听不下去了。

弗瓦代克 棺材被焊上了。显然，鳗鱼已经吃掉了他的脸。

梅纳赫姆 葬礼结束后，露丝说我身上有诅咒，然后她离开了。

弗瓦代克 齐格蒙特的妻子最后被送进了乔罗什的一家精神病院。

梅纳赫姆 我请一位朋友帮我与情报部门联系。一位中校收留了我，我告诉他我是谁，我在波兰做了什么，我也想对杀害我儿子的恐怖分子做同样的事。他回答说，他非常清楚我在波兰做过什么，因为他的抽屉里有 10 份引渡请求。他们确实需要专业人员，但不是变态。我应该继续做我擅长的工作，也就是修理坦克。除非我更愿意回到拖拉机上。

亨利克 齐格蒙特在尤里克死后就像变了个人一样。这位总是戴着白色丝巾的优雅人士退出了公共视野，退休了。他会在我的客厅里一连坐上几个小时，沉默不语，看着某处。天知道他在看哪里。他只是一根接一根地抽着烟。有一次他说：

齐格蒙特　我们把自己的生活搞得一团糟，亨利克，上帝到底在哪里？

梅纳赫姆　与此同时，赎罪日战争①开始了，Eretz lsrael②几乎不复存在。这是一场关于技术的战争，我的坦克在苏联和美国的新式导弹面前成了老古董。最终局势缓和，宣布休战。我回到了家中，突然意识到，我已经55岁了，我的生命中再也不会泛起任何波澜。我洗了个澡，刮了胡子，换上干净的制服，仔细关上家门，坐进汽车，在基地里给车加了些高辛烷值的汽油，向着马萨达③的方向驶去。车开得飞快。

亚伯拉罕　《新消息报》④上写道，一辆栗色福特野马轿车在超速行驶途中，冲出了高速公路，轿车转弯过猛，撞上了一棵树，轿车被弹开并发生爆炸。车内有一具被烧焦的尸体，还有一块融化的属于"梅纳赫姆"的金表。仅此而已，而那棵千年树龄的橄榄树仍安然无恙。

亨利克　当我得知齐格蒙特中风了，我立刻去医院看望他。他被照顾得很好。他的女婿想尽一切办法来挽救他的生命！而我和他的女儿们日夜守护在他身边。

弗瓦代克　是的，守着他，为了确保他临死之前不会乱说什么胡话。

玛丽安娜　你已经什么都知道了。

亨利克　临死前他身上发生了些奇怪的事，他开始颤抖，不受控制地在床上大幅挣动，眼眶中滚落热泪。

弗瓦代克　他们一定是把抢来的犹太人的黄金都花在了黑色大理石的墓碑上了。

玛丽安娜　你嫉妒了？

亨利克　齐格蒙特的死给我带来了深深的触动。Memento mori⑤。这句箴言可

---

① 赎罪日战争：第四次中东战争，又称斋月战争、十月战争，发生于1973年10月6日至10月26日。起源于埃及与叙利亚分别攻击6年前被以色列占领的西奈半岛和戈兰高地。

② Eretz Israel：希伯来语，意为"以色列之地"，最早出现在《圣经·旧约》中，被视为犹太人的应许之地，后来也曾成为以色列国家的官方名称。

③ 马萨达：字面意思为"城堡"，是位于以色列的一处天然堡垒和旅游景点，世界遗产之一。

④ 《新消息报》是一份在以色列特拉维夫出版的全国性日报，于1939年成立，是以色列销量和发行量最大的报纸。

⑤ Memento mori：拉丁文，意为"人终有一死"。

以概括我的反思。我明白，在死亡面前，我们的一切都是渺小的，归根结底，只有那些伟大的东西才最重要：祖国，荣耀和信仰。仿佛是为了证实我的思考，上帝给我们派来了波兰的教皇和团结工会。我想，我的机会来了。我组织起宗教性质的夏令营、集会、退修会。那并不是一些枯燥无味的谈话。我就像与我同龄的圣父一样，和年轻人一起在山间、在船上或者在漫长的夜话中寻找上帝的身影。

佐哈 1981 年，在团结工会运动期间，我订购了一趟去波兰的旅行。我从 Champion① 买了一些像样的衣服，然后飞了过去。天啊，那是一个多么自由的波兰啊！醋和洋葱。我们有几天的假期，所以我决定去看一看旧日的废墟。我与一位出租车司机约定，只要花 20 美元就可以载我去任何地方。我坐着车去了磨坊，来到玛丽安娜和弗瓦代克家。他们看起来像某种野蛮人，吵吵嚷嚷，喋喋不休。当玛丽安娜出来的时候，弗瓦代克说：

弗瓦代克 你看到这个犹太式的混乱场面了吗？如果不是有我，我们就会被垃圾堆埋起来。

佐哈 磨坊呢？

弗瓦代克 入不敷出，我们把它交出去换了养老金。

佐哈 当弗瓦代克离开……

玛丽安娜 我告诉你，佐哈，如果我早知道生活会是什么样，我就会和大家一起去那个谷仓。

佐哈 我给了弗瓦代克一些美元，他买来了伏特加、香肠和咸菜。我们坐了下来聊了聊，开始回忆过去。亨利克怎么样了？

弗瓦代克 自打那个波兰人成为教皇，不带棍子就别去找他了！赌棍！小偷！基佬！

玛丽安娜 够了，弗瓦代克，你怎么能这样说一位神父呢？

佐哈 最后弗瓦代克喝多了，上床睡觉。我问玛丽安娜，是否愿意和我一起

---

① Champion 是美国一家服装制造商，以生产和销售运动服装为特色。

去墓园？

玛丽安娜　你说什么呢，佐哈，会被人看到的！

佐哈　我给了她一些美元，和她说了再见，然后自己走了。在谷仓的原址上有一块石头，上面刻有铭文："宪兵和纳粹党人在此烧死了1600名犹太人"。墓地里长满了榛子树，我走进公墓，一眼就看到了齐格蒙特的坟墓。黑色大理石，哭泣的天使像，上面写着："正义的法官，审判我们的灵魂！"我没有找到奥莱什和母亲的坟墓。当我离开时，我在教堂附近碰到了亨利克。赞美耶稣基督。

亨利克　几百年没见了吧……佐哈？

佐哈　佐哈。

亨利克　是什么风把你给吹来了？

佐哈　我想去看看奥莱什和母亲的坟墓。

亨利克　我带你去。于是我带她去了。

佐哈　两座坟墓都得到了很好的维护，很整洁。谁会这样惦记着它们？

亨利克　我的小童子军们。

佐哈　我被感动了。神父不愧是神父，我想。我给了他50美元，为奥莱什和母亲的灵魂做了一次弥撒。

亨利克　你的同学们呢？雷谢克、齐格蒙特、朵拉、雅各布和梅纳赫姆？

佐哈　所有人？

亨利克　为什么不呢，佐哈？

佐哈　我心情轻快地上了一辆出租车，去到华沙，然后回到纽约。我不能指望孩子们。有一次，露西对我说，说我杀了她的父亲。所以我决定不去做无用功。我卖掉了未还清贷款的房子，为自己在"圣德肋撒老人之家"买了一个房位。这是一种慰藉。一个带卫生间的漂亮房间，从窗户里可以看到一个美妙的公园。一天五顿饭，味道不错。配有一位医生，一位美发师，每天都有弥撒。与我一起祷告、看电视和打扑克的老太太们都很好，但她们不喜欢犹太人。有一次，当斯坦和露西来看我时，他们问我是否是犹太人，因为我的孩子看起来像是犹太人。"当然不是，"我说。为了让斯坦和露西来看我，我打算付给他们50美元，外加报销差旅费用。但后来我与他们达成协议，每月付给他们50美元，让他们不要来看我。这对我来说很有好处，因为旅行费用没有了。我可以打扑克，看电视，和老太太们一起做祷告。就这样，生命得到了消磨。

亚伯拉姆　佐哈在吃了一些药后没有醒过来。斯坦和露西怀疑她是被谋杀、被毒死的，因为所有的遗产都被赠给了修女，不过验尸结果显示没有这回事。不过在20世纪90年代进行了一些调查，到底有人进了监狱。

亨利克　我的工作和奉献却叫我吃尽了苦头。曾经我喜欢打桥牌，我拿到过王牌，不过总是低级花色的梅花。20世纪80年代的我遭受了什么？一个在扑克牌上输光了教徒们的钱的赌徒。到了90年代，波兰的媒体又反过来攻讦我"偏爱害羞的辅祭男孩"。当这个谎言也化为乌有，证人收回了他们的证词，主教任命我为总铎时，出现了关于我涉嫌与安全部门合作的谣言，说我曾向团结工会告密，换取房产。说我！2000年爆发了另一场挑衅。这一次，我们镇上的居民被指控犯下屠杀。我犹豫了一阵子，要求与主教会面，并寻求他的建议，或许可以部分地承认这一罪行？主教痛骂了我一顿："总铎神父是得了失心疯吗？！"

弗瓦代克　我始终相信，真相最终会获得胜利，而我在临死前仍将扮演某种角色。当媒体找上我时，我决心，我要为真相作证。

玛丽安娜　为什么，老伙计？他们会杀了我们的，你这辈子到底能不能听我的一次。

弗瓦代克　我说出了事情的真相。包括哪些人，怎样，从中获益。我也没有遗漏我自己扮演的角色。

玛丽安娜　他让我们成为罗密欧和朱丽叶，而他自己则是所多玛和蛾摩拉中唯一的义人。

亨利克　我发现，我们的敌人的消息来源是玛丽安娜和弗瓦代克。晚饭后我去找他们，我问他们："你们到底打算胡说些什么？"

弗瓦代克　这毕竟是真相，亨利克。

亨利克　那真相又是什么，弗瓦代克？谁的真相，出于什么目的的真相？你想过吗？都这把年纪了，难道你们还在渴望名声？难道你们没有想过，你们死后也将会躺在这里，在这些你们现在唾弃的人中间，和他们一起接受审判日的到来？难道你们不想被埋葬在中央大道两旁？而是在灌木丛中的某个地方？

弗瓦代克　他已经进行了两次化疗，据说又发生了转移。我说："没有人知道，谁是第一个跳下堤岸的人，亨利克！"他"砰"的一声摔上门，离开了。几天后，"不明袭击者"砸破了我们的窗户。

玛丽安娜　那块石头外面包了一张纸，上面写着：如果你们不闭上嘴巴，我们将会完成我们未竟的事业。

弗瓦代克　我必须得说，患难才能见真情……

亨利克　一辆挂着拖车的华沙牌照的德国汽车在夜里来到他们家，他们借着夜色离开了！像小偷一样！

弗瓦代克　我们住在华沙附近的"金秋"旅馆，没有人知道我们在这里。我们有医疗服务、早餐、午餐、晚餐、一部电话和一台有56个频道的电视……

玛丽安娜　最重要的是，我们有一个浴室，浴缸和淋浴分开，就像摩西叔叔在战前时候的家一样。这是60年来我第一次解下农妇的围裙和头巾，好好洗了个澡。

弗瓦代克　我们为遥控器争论不休。

玛丽安娜　弗瓦代克想看自己的录像或者什么枪战片……

弗瓦代克　玛丽安卡总是在看纪录片或自然电影，还都是英语的，无聊得要命……

玛丽安娜　幸运的是，他开始去看医生了。

弗瓦代克　是肺癌。

玛丽安娜　我告诉过他不要抽那么多烟。

弗瓦代克　专家对我进行了检查，都是些教授，但什么也做不了。我决心一定要撑到60周年纪念日和新纪念碑的揭幕。

亨利克　我在电视上看到，弗瓦代克出现在镇上庆祝纪念碑揭幕的仪式上，但我和我的教友们都没有参加这个尴尬的场面。

弗瓦代克　我坐在第一排，我旁边是总统、大使、市长、众议员、参议员、艺术家。

亨利克　但我遇到了我很久以前的一个朋友，他是纽约的拉比，亚伯拉姆·贝克，现在是贝克。

亚伯拉姆　我来到教堂里他的住处看望他。

亨利克　我热情地接待了他，波兰人有热情待客的古老传统。我准备了自家烘焙的蛋糕、姜饼、馅饼、酒、咖啡和茶。别客气，就跟自己家一样。

亚伯拉姆　我没有吃东西，因为糖尿病。

亨利克　我们非常愉快地聊起了往日时光。关于战前，波兰人和犹太人如何一起学习、工作和玩耍，以及神父和拉比如何解决所有争端……

弗瓦代克　是的，犹太人必须为建造教堂付出多少代价，才能避免在圣周五[①]受到迫害！

玛丽安娜　真的够了！过去的都过去了，都没有被记录在案！

亚伯拉姆　告诉我，亨利克，当德国人和那些波兰叛徒把犹太人赶进谷仓的时候，我们的拉比真的手持《摩西五经》走在人群的最前面吗？他有祝福每个人——每个受害者、执行者和见证者吗？在谷仓里，当他们点起火时，他真的唱诵着圣名吗？

亨利克　是真的，亚伯拉姆。

弗瓦代克　我很高兴能见到亚伯拉姆，在66年后。他根本没认出我来，但他热情地迎接了我。很遗憾，亨利克不想见我。不然那将是一次怎

---

① 圣周五：天主教和基督教的宗教节日，天主教也称之为"主受难日"，是用以纪念主耶稣基督在各各他被钉死受难的纪念日。

样的聚会啊?！一个班上的三个同学——拉比、神父和我。

亚伯拉姆 在这个集市广场上，年迈的拉比又饿又渴地站了好几个小时，和他的子民站在一起，亲眼看着人们如何在大街上惨遭虐待。女人们被剥夺了名节，孩子们被残忍杀害。最后，他被命令和人们一起，去搬运列宁雕像的碎片，雕像上还刻着：他信仰共产主义。上帝保佑！在生命的最后光景中，他被干草叉和钉在一起的棍子推搡着，被关进谷仓。在那里，他维持着全然的清醒——记住这一点——准备举行祝福，唱诵圣名。他在祷告中唱着："你要尽心、尽性、尽力爱你的上帝。"这就是这一出惨剧中发出的对波兰和整个世界的布道。愿天父保佑所有来到这里的人。阿门。

亨利克 在电视上观看时，我的心情很复杂。

弗瓦代克 那是一次庄严的布道，每个人都在落泪，我也是。

玛丽安娜 当我在 TVN[①] 上看到这一切时，我禁不住潸然泪下，但后来当白发苍苍的亚伯拉姆开始侃侃谈论谷仓里的老拉比，仿佛他曾亲临现场一样的时候，我迅速转到了《动物星球》，那里正在播放一部关于企鹅的精彩影片。

弗瓦代克 9月，情况开始变得更糟。

玛丽安娜 当救护车把他带走时，他紧紧抓住我的手，握了很久。他什么也没有说，我也什么都没有说。毕竟，有什么可说的呢？

弗瓦代克 他们给我注射越来越多的吗啡。

亨利克 我谦逊而有尊严地接受了病痛复发的事实，拒绝服用止痛药。我为主而活，我受苦，现在我想为他而死。但是当真正的痛苦来临时，我发现我无法承受。我想，但我做不到。他们开始给我注射一种药物。我做过醒着的梦，噩梦。犹太人像胶水一样，雅各布·卡茨。艾鲁斯裁缝。朵拉与伊戈莱克。有时齐格蒙特会来。他站在那里，什么也没说。无处可逃。没有上帝！

[①] TVN：波兰的一家免费电视台，可通过卫星、有线和数字电视观看，拥有超十个频道。

弗瓦代克　有一次，我不知道我是清醒着还是在做梦，雷谢克来了。我想说：雷谢克，我很抱歉，但我不想让这句话滑出我的喉咙，因为道歉又有什么用呢。我想，我必须自己扛起这个负担，自己忍受，我只叫了一声："雷谢克！"他什么也没说，只是走到我身边，拥抱了我。我哭得不能自已，不断抽噎。然后我看到我的母亲走向我，怀里抱着小多罗塔。"妈妈，"我喊道，并且哭得更厉害了。接着我看到，又有人来了，是亨利克。

玛丽安娜　人们在同一天埋葬了他们俩。亨利克被安葬在中央大道旁边，葬礼规模浩大。有一位主教出席，为他举行了弥撒。一小时后，弗瓦代克被葬在灌木丛里，在他的母亲旁边。我没有去，我已经没有力气了。反正这两个葬礼都在 TVN 直播。我没有多想弗瓦代克的事，该和他一起经历的事情，我都经历过了。他无疑是一个典型的波兰人。一场英雄的拯救，然后是经年的屈辱。但我又怎能忘记他骑着马发疯似的冲过来救下我时的场景呢？

亚伯拉罕　亲爱的拉吉尔卡·费什曼同学！

我，亚伯拉罕，你以前的同学，正在给你写信。我在波兰参加遇难者周年纪念活动时发现了你的地址。我和弗瓦代克谈过，他是你的丈夫。现在我得知，弗瓦代克死了，而你被一个人留在这个世界上。我在希伯伦山公墓的墓穴也已经准备好。这就是我们的命运。很快，我们都将离开这个世界。我写信给你，是为了让你在这个荒谬的世界上不感到孤独。

——你的同学亚伯拉罕·贝克

P.S. 我看了你和弗瓦代克一起出现的那部电影，我也出现在里面，你一点都没变，我的变化大吗？让我给你一些犹太人的好建议。永远不要同意低于 200 美元的采访。记住，如果他们想要采访你，他们总是会给的。亚伯拉罕。

玛丽安娜　独自面对一台有 50 多个频道的电视机是我生命中最快乐的时光。自由，这个词最能描述我的感觉。事实证明，我仍然能够听懂英语、德语和法语。小时候学到的东西你能记一辈子。我几乎什么都看。电视剧、问答节目、剧情片和纪录片。最喜欢的频道？探索频道，《地球脉动》，BBC。

亚伯拉姆　亲爱的拉吉尔卡同学，你收到我的信了吗？

我现在经常想起你。你还记得我举行成人礼的时候吗？我第一次戴上高帽和头巾，朗读我的《托拉》，并宣讲我对它的解读。那是关于亚伯拉罕和以撒在摩利亚地的故事。我知道，当时你就在会堂里的女人们中间，但你从来没有说起过这件事。

那时候，我们的许多同学失去了信仰，远离了上帝，我的朋友雅各布·卡茨——我经常在夜里和他一起，坐在你房间的窗户下，等待灯光熄灭——当时甚至不去会堂。关于他，我想说，信仰是掌握万事万物的开端和结局的那一位赐给我们的最好礼物。发生在亚伯拉罕、以撒和撒拉身上的事情是如此可怕，只有强大的信仰才能让人从那样的事情当中幸存下来。如果我们如此愚蠢地放弃了信仰，那么无论当时我们的生活是怎样的，都毫无意义。

祝你平安，写信告诉我你的近况。

——亚伯拉姆

P.S. 我们的生活是多么的奇怪。

玛丽安娜　我只在吃饭时下床，还有一天一次的散步。虽然我并不情愿，特别是在一次散步时，一位老妇人问我是否是"那个"犹太女人。我当即决定再也不去散步了。我也不去读那些信件，只有一次我想要看看亚伯拉姆的信，但字迹又小又潦草，跟涂鸦一样，于是我就放弃了。再说，电视上有这么多东西。我最喜欢的是关于动物的电影。我想我是在寻找问题的答案：人这一生，意义何在？我苦苦求索，在人类当中没有找到，却在动物中间寻找到了答案。

亚伯拉姆　亲爱的拉吉，我遭遇了不幸。我的妻子黛博拉病倒了，去世了。

上周日，我们把她埋葬在希伯伦山。我的全部家人，主赐给我的家人。

我亲爱的儿子伊扎克、雅各布、大卫和萨姆。

还有我心爱的女儿们：朵拉、提勒和汉娜。

我优秀的儿媳妇们：达里尔、塞尔达、吉娜和朱迪。

还有我出色的女婿们：乔、米奇和亚当。

我可爱的孙子们：亚伯拉姆、珀西、托马斯、戴夫、雅克、约瑟夫、约翰、本、西蒙、萨姆、艾泽拉、伊利亚、泽里格、巴斯特、阿尔、阿兰、摩西、杰克、马茨、德克、加里、埃利奥特、迪克、汤姆、诺埃尔、戈登、拉里、泰迪和比尔。

还有我乖巧的孙女黛比、丽亚、米里安、莫利、艾娃、戴安娜、多萝西、索尼娅、艾斯特、费伊、安、阿黛拉、丽塔、琳达、希拉和朵拉。

我亲爱的曾孙们：亚伯拉姆、雅各布、莱斯特、伊万和奥马尔，双胞胎周和程，和心爱的女孩们：萨拉、莉莉、朵拉、安、索尼娅和李。

还有那个最最可爱的小混蛋贝内克，为他的祖母吹奏单簧管，就像他叔祖父贝内克（主的裁决多么不可捉摸）在我离开镇子时为我吹奏的那样。

今天我坐下来给你写了一封信，因为我突然想到，或许我们还能见上一面？也许你能来纽约一趟？

你见过我的整个家庭，对他们来说，你该是一个英雄吧？我去不了波兰，因为我已经不能下床了。

你还好吗？给我写点什么吧。

——你忠实的同学亚伯拉姆·皮耶卡日。

PS. 我发自内心地祝福你。

所有人　只有一颗星星
　　　　　从未想过去流浪。
　　　　　北极星一动不动地
　　　　　悬在天上。

迷失在黑暗中的人
可以很容易地找到她：
在北斗七星中
连接后面的两个轮子，

延伸出五倍的长度
闪耀着光芒：那就是她！
看着这颗星，你就会分辨出
哪里是北方。

向右看，
无疑就是东方。
那个太阳明天
会每天升起的地方。

你将不再迷路，
你将无惧前行。
这里是北和南，
那边是东与西。

全剧终

《黑暗森林》中发生了什么？

雅采克·考普钦斯基（Jacek Kopciński）

黄珊 译

    安杰伊·斯塔舒克（Andrzej Stasiuk）——优秀的散文家、剧作家与诗人，波兰文学"想象地图"的缔造者。作为天生的旅者，他从社会文化的"读物、故纸堆和集体想象"当中汲取养分，运用想象力，在自己的作品之中真切地修复现实①。在他的一部准报告文学作品中，斯塔舒克将德国称为"Dojczland"（波兰语，意为"目的地"，译者注），即是援引了向德国与波兰西部边境相邻地之外移民的波兰人的口语称呼。"Dojczland"在斯塔舒克的文中"并不象征一片真实的空间，而是叙述者的某种精神状态，交杂着波德之间根深蒂固的刻板印象、固有认知、旅行映射，以及对中欧的幻想和文化、历史与癔症的纠缠。"②在斯塔舒克的想象地图当中，德国是西方的幻影，而俄罗斯、蒙古乃至亚洲则扮演着其对立面——东方的角色。在这两极中间，上演着悲喜剧《黑暗森林》中一幕幕荒诞的情节。这一戏剧名称，则源于德国西南部山脉 Schwarzwald（黑森林）在波兰语中的名字。

---

① E. Rybicka, *Wschód wyobrażony. Wokół najnowszej prozy Andrzeja Stasiuka*, „Przegląd Humanistyczny" 2015 nr 4, s. 95.

② A. Kalin, *Słowiańsko-germańska tragifarsa literacka – post (-) kolonialna konfrontacja Wschodu i Zachodu*, „Porównania", s. 124.

语境中的现在

《黑暗森林》中的"现在"是 2007 年，当时，大规模的波兰经济移民不断前往西欧。在当时的波兰物质欲望和消费能力之间的矛盾导致了集体挫败感的产生。返回国内则标志着移民者的个人失败，说明其未能成功在一个更加富有的社会扎下根来。斯塔舒克作品中的主角们从事着辛苦且报酬微薄的工作，这符合所有外来劳工的工作特征，也就是说他们是作为廉价劳动力被雇佣的。对普通波兰人来讲，为了谋生而移民德国意味着进工厂干活，而斯塔舒克将自己的戏剧背景安置于乡村，并向他的角色们手里塞进了锯子和斧头。这表明，他曾在波兰的西部邻国生活过不少时光，并相当了解移民们的工作条件（尽管他自己在那里从事文字工作）。如果说在展示主角们的移民世界时斯塔舒克使用了刻板印象，那他也是有意为之，是为了怪诞地夸张波兰人和德国人的精神状态。

"哪一个工业部门对德国经济发展而言最为重要？" 2005 年，在一个向波兰读者科普德国知识的网站上，一篇文章的作者这样发问。"汽车？不，正确答案令许多人大吃一惊，是木材工业。明斯特大学研究团队进行的研究显示，德国木材工业拥有 130 万名工人，打败了其他所有工业部门。"[①] 诚然，自 20 世纪 50 年代以来德国就从欧洲和世界各地招募工人（最初是意大利和西班牙的移民，之后是南斯拉夫和希腊，再是土耳其），但最近几十年主要是波兰人、乌克兰人和亚洲人来到这里工作。移民们一波又一波地蜂拥而至，这种迁徙运动符合世界经济的规律，即富裕的国家越来越多地吸收新的工人。

剧本的第一幕描绘了一个伐木场，三个男人"以规律的、均匀的、怪诞的节奏"锯开、搬运或是滚动原木。工人们的工作是单调的，斯塔舒克强调，"他们中的每个人都在干不同的活"，但"一种相同的节奏和韵律将他们联系在一起"。[②] 伐木工作将他们变成了人形机器，这让人们不由想起波

[①] A. Iwicki, *Przemysł drzewny w natarciu*, https://www.dw.com/pl/przemys%C5%82-drzewny-w-natarciu/a-2692734.

[②] A. Stasiuk, *Ciemny las, w: Transformacja. Dramat polski po 1989 roku*, t. II, wyb. I wstęp J. Kopciński, Warszawa 2013. Wszystkie cytaty z tego wydania.

兰现代戏剧奠基人斯塔尼斯瓦夫·伊格纳西·维特凯维奇（Stanisław Ignacy Witkiewicz）的剧作《鞋匠》中的人物。维特凯维奇的作品创作于20世纪30年代，是对当时发生在西方社会的激烈社会变革的荒诞映射。《鞋匠》的主人公是鞋匠师父萨耶坦·坦佩和两个刚入行的学徒。这三个人都是工匠，他们成天做梦想要逃离自己讨厌的工作，但同时又不相信命运会有任何改变：

萨耶坦

而最糟糕的是，工作永远不会停滞，因为这社会机器，他娘的，它不会倒退。唯一的安慰是所有人都将整齐划一地，以一种不自觉的狂热投入到劳作当中，甚至不会有任何一个闲汉……①

而与此同时，资产阶级检察官"坏胚"在法西斯民兵的帮助下，将鞋匠们投入监狱，并判处他们……无所事事，结果这比工作还要糟糕。在叛乱中，他们重新获得了自己的生产工具，并以疯狂的速度缝制了一只巨大的鞋——这是革命的怪异象征，革命的牺牲品是"坏胚"和万人迷伊琳娜公主。鞋匠们暂时取代了上层阶级的位置，但之后又屈服于超级机器人的攻击——机器人进行了一场技术革命，而新的政要则接管了社会的统治权。在斯塔舒克的剧作中也发生了阶级起义，并最终以革命性的地位变换而结束。

老头、秃子和年轻人是普通的经济移民，他们从事的是"物质劳动"②，即在国外最为辛苦的体力劳动。作者给他们起的绰号通常是社会底层人民（或年轻人）所使用的。剧中角色对待工作的态度根据其年龄而区分，具体来说，老头代表着传统道德观，而秃子是玩世不恭的实用主义，年轻人的态度则是天真的浪漫主义。老头在工作时，准时准点，尽职尽责；秃子是用尽一切机会偷懒耍滑少干活；年轻人则准备尽可能地多干活，多挣钱以与他的爱人一起生活，他冒险进入一个森林"迷宫"，在一次意外中丧生——被一棵大树重重地压倒。角色们对劳动的认识也各有不同。劳动没有尽头，没有停顿，没

---

① St. I. Witkiewicz, *Szewcy*, Warszawa 1972, s. 515.
② J. Dukaj, *Szczęśliwi uprawiacze nudy, w: Po piśmie*, Kraków 2020, s. 64.

有意义，也就是各派哲学家谈到的劳动的无形价值意义，即劳动的创造性、合理性、伦理性、主体性和尊严感①。利润将劳动异化为商品，将工人异化为机器。就伐木工人而言，这个利润是每小时7.5块（应该是欧元），相对于波兰的工资标准来说，这已经很高，但与黑暗森林主人的收入相比，却微不足道。

历史与未来

黑暗森林的历史，是记录林场所有者——母亲与父亲——记忆中的第二次世界大战的历史，也是保存在他们儿子使用的计算机内存中的历史。父亲记得那些用牛车从东部直接运送到他们镇上的工人，这些人是被强迫的劳动者，是纳粹在东欧施行的种族灭绝的受害者，他们从城市和乡村的道路上被绑架到被迫收容他们的德国农庄，拒绝劳动或逃跑的惩罚是被送进集中营。父亲记得那些斯拉夫人留着长胡子，这就是为什么他命令老头、秃头和年轻人也粘上类似的胡子，这使得他就像在占领期间、"秩序"井然时那样感觉良好。现在，尽管来自东方的工人是自愿前来的，但在东西方的经济不平等面前，自愿是一种幻觉。

"胡子"的意象很怪诞，但其意义是讽刺性的，也是完全现代的。2015年，德国庆祝首次从意大利招募客籍劳工（gastarbeiter）60周年，而意大利在战争期间属于纳粹阵营。"我们真诚地感谢大家为我们的国家所做的一切，"德国总理默克尔（Angela Merkel）说，"来自那里的工人不仅帮助了我们，还为德国的'经济奇迹'做出了贡献"②，她补充道。招募意大利劳工发生在1955年，而在那之前的15年，德国人在他们的土地上"接待"了来自被征服的波兰的工人（"gastarbeiter"字面意思是"做客的工人"），总理却没有提到这一点。在接待第一批意大利工人的同一仪式上，德国联邦政府内阁全权代

---

① Por. ks. J. Gocko SDB, *Słownik społeczny*, Kraków 2004, hasło „Praca" ss. 942-959.
② M. Metzke, *Gastarbeiterzy są w Niemczech od 60 lat. „Przyczynili się do niemieckiego cudu gospodarczego"*, https://www.dw.com/pl/gastarbeiterzy-s%C4%85-w-niemczech-od-60-lat-przyczynili-si%C4%99-do-niemieckiego-cudu-gospodarczego/a-18900328.

表艾丹·奥佐格（Aydan Özoğuz）表示："难民对德国来说是一个机会。我们今天已经缺乏年轻人，未来数百万工人将退休，我们将会缺乏劳动力。"

在斯塔舒克的戏剧中，情况就更加复杂了，因为退休的林场主人们个个长寿，父亲、母亲都年岁过百，他们的儿子已经78岁了，但举止还像个年轻人。数学演算表明，黑暗森林中的场面发生在不久的将来，属于科幻文学的派别（有趣的是，中国作家刘慈欣在2008年创作的一部科幻小说有着相同的题目，并在10年后被翻译成了波兰语）。东方工人来到的世界，是富裕老头们的世界，由于无所事事和高度发达的医学，他们的寿命比其贫穷的邻居要长得多；而得益于现代化的经济结构，他们只从事所谓的第三产业活动：服务、创意、科学和娱乐。在斯塔舒克的戏剧中，即便是更年轻的德国公民也不必工作，他们只是打发时间，而从事物质劳动（第一产业）的则只有外乡人（或者机器人）。"对于我们的曾孙来说，我们必须努力以生存的世界似乎是一场反乌托邦的噩梦"[1]，波兰科幻小说作家亚采克·杜卡伊（Jacek Dukaj）写道。

父亲给他的工人们穿戴上历史性的假面，随后看着他们一连工作几个小时。儿子则靠嗑药来忍受无所事事的煎熬，他同样沉迷于在"装置"中娱乐，虽然母亲更希望他成为她孙子的父亲……尽管有潜在的情色含义，但《黑暗森林》中的"装置"一词指代的是计算机虚拟现实模拟器。"基本上可以通过它来模拟一整个这样的世界"——儿子向惊讶的老头解释道。使用"装置"，儿子模拟了对黑暗森林的空袭，笃信躲在树丛中的人是他游戏中的角色。儿子在模拟器中以"Bundeswehr"，即德国联邦国防军的角色出现。在森林里，他除了假面伪装，还会定期监视这群雇佣工人，他们在这里被当作猎物。

幻象

为什么工人们允许自己被这样对待？因为他们别无选择。如果他们从森林里逃出，立刻就会有新的东方人取代他们的位置，对波兰人来说他们是竞

---

[1] J. Dukaj, dz. cyt. s. 61.

争者。"就应该是七块五。不该有轰炸的。去轰炸那些亚洲人吧"——秃子暴怒道。亚洲人准备好了接受三分之一的薪水,另外没人见过他们,因为他们像危险的幽灵一样藏在森林深处。他们的隐秘存在让斯拉夫工人感到恐惧。亚洲人是这里的幻影——一个失去自我身份甚至是无意识的半童话式人物。被剥离了个性的亚洲人来自四面八方,并融合为一个整体:纪律严明、意志坚定。外加文化上的异类,这又由德国人进行了强调,他们的目标并非个体移民者的福祉,而是"东方集体主义和国家中心主义"对"西方个人主义和商业中心主义"的胜利。①

在波兰文学当中,对亚洲的恐惧出现在斯塔尼斯瓦夫·伊格纳西·维特凯维奇的反乌托邦小说《永不餍足》(1930)中。"小说用一定篇幅描述了对(令人战栗的)(能够团结起人民的)力量到来的期望——这是一种无法抗拒的力量。"② 在斯塔舒克的戏剧中,伐木工人同样这样看待亚洲人,认为他们的出现预示着欧洲文明的终结,他们被当作是劳动机器和猎物,在远东的外乡人身上看到了自己的后继者。在另一幕中秃子把亚洲人称作"市场经济下的变种人",他们"大肆倾销",不遵守"资本主义的公平竞争精神"。与此同时,《黑暗森林》中的角色们就像被"第一世界"③ 经济体编好了程序的机器人一样,专门为那些根本不劳动的人而工作。

死亡与哀悼

在书写一部有关被剥削者的戏剧时,斯塔舒克选择了这一主题下作品的经典母题——工人的意外死亡。发生在工作场所的死亡会引发工人的愤怒进而导致叛乱,但这并非一次突然的起义,老头和秃子从"伐木场"离开,将事故通知他们的雇主,并要求为年轻人举行葬礼。波兰人的出现在德国人的家中引发了一场小小的革命,他们第一次面对面地相遇,儿子感到震惊,父亲则感到惊讶。这里出现了一个戏剧性的相认时刻,他们认出了这些身着奇

---

① J. Dukaj, dz. cyt. s. 87.
② U. Dobrzańska, *Mechanizacja po chińsku*, polona.pl/2014/03/mechanizacja-po-chinsku.
③ 第一世界:指美国、欧洲发达国家等。

装异服的、真实存在的人，而来人则反过来确认了自己的雇主到底是什么人。儿子向老头和秃子解释"装置"的工作原理，而恶魔般的"声音"背后，原来是一张七十多岁还在啃老的、尚未发育成熟的瘾君子的脸……双方都对彼此很感兴趣，仿佛是与什么异域文明的代表在父亲的宅中相遇。一个共同的问题很快让他们彼此贴近，并立刻将他们与黑暗森林的神秘居民区分开来：

父亲

我就应该雇亚洲人来，他们什么都自己处理妥当，从没人见过死掉的亚洲人。

而死掉的波兰人对德国人而言却是战时司空见惯的场景。

老头的倔强击垮了父亲的反抗，男人们从森林里拖出了年轻人的尸体，然后"像放上灵柩台一样"把它放到桌子上，在尸体旁"守灵"。戏剧的世界开始被过去的氛围笼罩，因为传统的守灵作为一种社会活动在现代社会中被摒弃已久，死亡会被医疗化，只有最年迈的人还记得这个仪式[①]。母亲念诵为死者祈祷的传统祷文："主啊，赐予他永恒的安息吧"，因为她想起，东方人曾经在这栋房子里祷告。祷告声汇聚成的溪流快速流淌过斯塔舒克的戏剧，将德国人和波兰人中最年迈的一代联系起来。母亲与老头一起祈祷，大声吟唱死者的歌谣。与他们的哀号形成讽刺的是无知无觉的儿子在抗议，父亲和秃子在为时薪争论不休，他们时而妥协时而争吵，最终形成了一个毫不虚伪掩饰的群体，被一种边缘性的共同经历联系在一起。

爱神与女人

当生者与死者亲密接触的时间结束时，在斯塔舒克的戏剧中出现了年轻人的妻子，以便对现有世界的结果做出切实的改变。妻子是一位年轻的护士，而"德国的工作市场对波兰护士很有吸引力——不仅是在医院中的工作，也包括在看护机构的工作"（援引 helphoo 网站上的介绍）。黑暗森林的老一代

---

① Por. P. Ariès, *Człowiek i śmierć*, tł. E. Bąkowska, rozdział „Śmierć na opak", Warszawa 1989, s. 553.

主人立刻对来自波兰的护士产生兴趣,但妻子是受到年轻人对西方世界理想化图景的鼓舞,为了爱情前来寻找她的丈夫。她带着全然的信任、乐观和天然的善良,像天使一样出现在死者的房子,而天使不仅象征着爱情,也象征着智慧!

起初发蒙的妻子很快察觉到她的女性力量对儿子的影响。在斯塔舒克的戏剧中,爱欲成为主宰,荒诞的情节母题成倍增加:父亲一听到"罢工"这个词就两眼一翻,只有复杂的医疗器械才能维持住他的性命;林场工人在农庄中安装摄像头,从这一刻起一切尽在眼中;妻子怂恿儿子断开了父亲的连接,父亲已死。为了维持庄园的运转,他们试图雇佣"老头"充当"父亲",雇佣"秃子"充当"儿子",这样一来原有的家庭和权力结构没有改变,而"儿子"可以和"妻子"离开去做想做的事情了……妻子还计划与儿子一起旅行,这样儿子也许最终能够成熟,并诞育后代。狂欢化的场所变化在《黑暗森林》中具有更深的含义,因为按照计划,老头将教会母亲祷告,而秃子则负责监视新的工人,亚洲人——他们在戏剧的末尾终于出现在了森林中。他们并不是任何"变种人",只不过懂得埋葬死者,这让他们与在这种情况下不知所措的西方人区分开来。

《黑暗森林》闹剧般的结构隐藏了死亡与复活的真正奥秘,在剧中通过巧妙戏仿福音派主题表现出来。当妻子问及年轻人时,男人们迅速编造了一个关于他的出差的故事,说他"三天后"就会回来。这当然不会发生,但如果不是年轻人的死,妻子也不会把一切掌握在自己手中!她的效率是值得羡慕的。在斯塔舒克的戏剧中,真正的革命由一个普通的护士开始。最终,妻子从森林中带出了令人恐惧的亚洲人,命令他们准备丈夫的葬礼。就这样,来自东方的外来者不但接管了雇主的财产和地位,还有他们实际上相当于皇权的权威。在斯塔舒克的悲喜剧当中,东方以智慧、狡猾、敏感和活力战胜了西方。而一切都要归功于一位年轻的女人,她为社会经济剥削下毫无生机的男性世界注入新的活力,并成为其中的王。而这,就是黑暗森林中发生的故事。

安杰伊·斯塔舒克（Andrzej Stasiuk，出生于 1960 年）处女作是短篇小说集《希伯伦之墙》（*Mury Hebronu*，1992），两年后出版诗集《爱与非的诗篇》（*Wiersze miłosne i nie*，1994）。他的第一部长篇小说是《白乌鸦》（*Biały kruk*，1995），此后还出版了《加利西亚故事集》（*Opowieści galicyjskie*）、《杜克拉》（*Duklę*）、《九》（*Dziewięć*）、《到巴巴达格去》（*Jadąc do Babadag*）、《法朵》（*Fado*）、《如此》（*Taksim*）、《后书的日记》（*Dziennik pisany później*）、《格罗霍夫》（*Grochów*）、《黄土路旁没有高速公路》（*Nie ma ekspresów przy żółtych drogach*）和其他数部作品。斯塔舒克的戏剧作品绝大多数都由《对话》杂志社出版，包括《两部关于死亡的（电视）戏剧[独奏，五重奏]》(*Dwie sztuki (telewizyjne) o śmierci [Solo, Kwintet]*，1997)，《苍蝇》（*Muchy*，电视戏剧，2000）,《夜晚，或斯拉夫-日耳曼的医疗悲剧》（*Noc czyli słowiańsko-germańska tragifarsa medyczna*，2005），《黑暗森林》（*Ciemny las*，2007），《等待土耳其人》（*Czekając na Turka*，2009）。斯塔舒克的作品被翻译成几乎所有欧洲语言和韩语。作者本人也是数项文学奖的获奖人和波兰最受欢迎的作家之一。

雅采克·考普钦斯基（Jacek Kopciński）——文学史学家，戏剧批评家，《戏剧》（*Teatr*）月刊主编，在波兰作协文学研究机构担任波兰当代戏剧研究中心主任，出版专著《语法与神秘主义：米龙·比亚沃谢夫斯基的戏剧人格导读》（*Gramatyka i mistyka. Wprowadzenie w teatralną osobność Mirona Białoszewskiego*，华沙，1997）和《聆听：兹比格涅夫·赫贝特声音中的艺术》（*Nasłuchiwanie. Sztuki na głosy Zbigniewa Herberta*，华沙，2008），两卷戏剧小品《何处离开？》（*Którędy do wyjścia?* 华沙，2002）和《"先人祭"的回归》（*Powrót "Dziadów"*，华沙，2016）。最近出版了波兰现代戏剧解读《唤醒》（*Wybudzanie*，华沙，2018）。2012—2013 年间，他编选了两卷选集《转型：1989 年后的波兰戏剧》（*Transformacja. Dramat polski po 1989 roku*）。他同时也是《波兰戏剧·复苏》（*Dramat Polski. Reaktywacja*）系列的创始人和学术编辑。

黑暗森林

安杰伊·斯塔舒克（Andrzej Stasiuk）著

黄珊 译

人物

老头——约50岁，身材健壮，富于行动力，行动间自然流露出威严感。肩膀宽厚，头发灰白。身穿灰色"工人"制服，头戴护耳帽。蓄着略显夸张的黑色小胡子，这个胡子可以随时取下，然后再粘上去。

秃子——约40岁，矮小肥胖，但行动敏捷，是个秃头。穿着某种工作服，但很邋遢，不修边幅。胸口的衣服底下藏着一条闪闪发光的金链子，不时从衣服中冒出来，秃子不得不把它塞回去。他也留着胡须，但没有老头的那么浓密，胡子也可以随意拆下和粘上。

年轻人——20多岁，精干瘦小，像个小男孩，手脚麻利，但有些莽撞、懵懂而害羞，同时也很机灵，并非是个无能的家伙。他的衣服也是工作服，但没有穿全套，可以穿牛仔裤，或者在灰色粗斜纹布的工作服底下露出一截衬衫领子。头戴工人的防护头盔。也有小胡子，但是最不明显的一个，可以根据需要粘上和撕下。

父亲——约60岁，老态龙钟，但并不能确定其具体年纪。头发花白，胡子刮得很干净，中等身材，仪态挺拔，有些军人的气质。身穿一套介于林务员制服和猎装之间的衣服。

母亲——约60岁，同样不能确定其具体年纪。头发花白，梳成一个髻，戴着眼镜。她的装束有点老气，带着些"乡土气息"，形象总能让人联想起祖母。

儿子——约40岁，吊儿郎当，金色头发。衣着带有明显的"时髦感"，与其他人格格不入，但并不显得过分夸张。他看起来最为"现代"。

年轻人的妻子——约25岁，金发女郎，长发飘逸，精致美丽。穿着简单朴素，甚至略显寒酸。深色连衣裙，深色长大衣。肩上背着一只旅行包。

"声音"——男性的声音，坚定、有力、冷漠，有些扭曲失真。

四个亚洲人——就是四个亚洲人。可以穿着典型的亚洲衣服，也可以戴着一样的帽子。要是四个人都一模一样就更好了，他们更像是符号而非人物，他们的"东方性"只能通过妆发和服装来体现。

第一幕

森林。舞台上立着几棵——但不超过10棵——粗壮的大树，构成了一个森林迷宫。这些树可以由简化的几何图形构成，但不能是平面的，树干是打实的圆柱体。这是一个伐木场。老头、秃子和年轻人都在工作。他们锯木头、扛木头、滚木头，步伐缓慢，看上去昏昏欲睡，但动作间又遵循着一种规律的、均匀的、怪诞的节奏。即使每个人都在干着不同的活，他们也拥有相同的节奏、相同的韵律。在某个时刻，秃子停下了手头的工作，坐了下来。老头和年轻人的动作于是停在了半路。

老头　怎么了？

秃子　没事。

老头　那这是怎么了？

秃子　休息。

老头　已经休息过了。

秃子　可结束了。但我需要休息，需要越来越多的休息。

老头　我们正在工作……

秃子　我们在工作，我们一直在工作，我们工作得越来越多，也应该休息得越来越多。

老头　这没有意义。

秃子　没错，需要去适应。

秃子掏出一包烟。

秃子　年轻人，过来，抽根烟。

年轻人　我不想抽。

秃子　过来。我不喜欢一个人抽。

年轻人最终还是坐了过来，两人点燃了香烟。

老头　要是继续这么着，我们就永远干不完活了。

秃子　你说得对，我们干不完，我们永远也干不完活。这就是问题所在：这些工作永远没有尽头，每天都重新开始。我们一早起来，然后从头开始，从头开始，又从头开始，我们永远也干不完，因为又到了早上，又要从头再来。

老头　过去也总是一样。

秃子　过去不总是这样，过去活总有干完的时候，然后你就能回家了。你总能知道，什么时候工作会结束。你总能知道，意义是什么……过去是这样的，但那段日子结束了。现在工作没有了尽头，只剩下睡觉的空档。

年轻人　我不明白……

秃子　你不必明白。

年轻人　可我想……

秃子　我们带你来可不是干这个的。

老头　他们会知道的。

秃子　他们知道个屁。一个个赚得盆满钵满，生怕少赚一毛钱。他们光知道这个。我想来点啤酒。

老头　我们在工作。

秃子　我们在等死。我要去喝啤酒了。你走吗，年轻人？

年轻人　我有点怕……

老头　我们在工作……

秃子　我们只是休息一会。

年轻人　我不知道……我有点害怕，秃子大哥。您知道的，我的妻子过几天就要来看我了。我不想出岔子。

秃子　她来又怎么了？要我滚蛋？

年轻人　不，秃子大哥，不是这样的，可……

秃子　把你的胡子摘下来，年轻人，摘下来，你就能偷偷溜过去了。

老头　他胡子太短了，基本看不出来，摘了跟没摘一个样。

秃子　要命，真是的，要命，现在有点晚了。谁他妈发明的，最年轻的胡子最短？谁，我去问问他。

年轻人　他们，是他们，秃子大哥，是他们发明出来的。

秃子　老头，你的胡子最大。如果你把胡子撕下来，就完全变了个人，变得完全认不出来了。那就不再是你，是另一个人，你看起来就会像……像……像是个从没来过森林里的人，像是个眼睛里从没见过森林的人。来试试！

老头　我们在工作，这是合同规定的。

秃子　就这么一会儿，过去再回来，然后你再自己粘上。

老头　你什么都不懂，这是规则……

秃子　好吧，好吧……（妥协）我请客，别担心，没事的，渴了就喝……（把手伸进口袋）。

老头　你什么都不懂，因为你太蠢了。

秃子　年轻人，年轻人，你听到了吗？你听到了吗？秃子我太蠢了……要不是秃子，你们会……

年轻人　秃子大哥，嘘……你们听到了吗？

秃子　什么？

年轻人　这种声响。

秃子　这个？

年轻人　对，这个。

老头　又出现了，我的主啊，我们可是正在工作啊……

从遥远的高处传来一阵声响：不是飞机也不是直升机的嗡鸣，而是一种机械的噪音。声响越来越近，音量越来越大。机械的噪音与古典音乐的片段交织在一起，旋律经过扭曲变形，但能够听出是瓦格纳的片段，又或者是某种完全不同的东西？

老头、秃子和年轻人屏气聆听着，等待着，朝上看去。当声音离得足够近时，他们藏进森林，躲在树干后面。树干足够粗壮，以至于完全看不到后面的藏身者。

当音量达到最大的时候，灯光暗了下去。一束刺眼的光线射向舞台，明亮耀眼的光圈在森林里逡巡，照亮一个个树桩，搜索、寻找。

一个"声音"响起。这个"声音"十分洪亮，但同时也冰冷而机械，是一个没有感情的人类或者一个试图模仿人类的机器的声音。

"声音"　所有人听着：出来！没有居留权的人不得留下，必须离开。要是你们继续待在那里，你们将不会拥有任何权利。出来！！！一个接一个，举起双手，滚出来。我们的燃料即将耗尽，我们不能永远在这里飞行。出来，然后站着别动，汽车会来接你们，汽车会把你们送回边境。这是规则。你们违反了规则，我们就得捍卫它。出来！！！我们知道你们在那里。出来，不然我们就派轰炸机来。举起双手出来，一个一个出来，出来，你们不能待在那里。你们不能待在那里，天就要黑了，未经许可任何人都不能在黑暗中逗留。出来，快点、快点、快点出来，没有人会一直等着你们，所以快点、快点、快点出来……

"声音"慢慢远离，逐渐减弱。

老头、秃子和年轻人在树木后交谈。看不见人，只能够听见他们的声音。

秃子　轰炸机……你们听到了吗？轰炸机……会有炸弹……不，我听不了这个，越战都是70年前的事情了……

老头　这不正常，毕竟我们在工作，这不正常。

年轻人　我不明白。每小时七块五，不会有任何风险……你们是这么说的，您就是这么说的，秃子大哥，不会有任何风险。

秃子　之前并没有过。天主啊,并没有过,到目前为止都没有过。至少在这里,就应该是七块五。不该有轰炸的,去轰炸那些亚洲人吧。

　　声音完全消失了。秃子、老头和年轻人犹犹豫豫地从树后走出来,警惕地四下打量。

年轻人　您刚才说亚洲人?这里有亚洲人?

秃子　大概是有的,人们是这样说的。他们还继续待在这里,在森林深处,永远也不会出来。他们拿着两块五的工钱,没有任何人见过他们。人们也不清楚他们到底是谁,但只拿两块五,这个谁都知道。

老头　两块五……不可能,两块五……

年轻人　没有任何人见过他们,因为他们压根不出来。难以置信。

第二幕

　　屋内。这是一个带有乡村特色的宽敞房间,可以是厨房与客厅连通的结构。屋内装潢简朴,有一座燃烧的壁炉,壁炉旁堆着的木柴就是秃子等人正在森林里砍伐的那些树木。墙上挂着鹿角、野猪头之类的装饰。其中一面墙上挂着一块平滑的、现代感十足的电视屏幕。离屏幕不远,立着一个类似讲台的装置,上面伸出来一支麦克风。装置的一侧装有一根弯曲的操纵杆,控制台上有警笛一样的按钮和灯光。装置底部安有滑轮。房间的正中央有一张结实的桌子和四把椅子。房间深处有一扇门。桌旁坐着母亲和父亲,母亲正在缝缝补补,父亲在玩蜘蛛纸牌。桌上有一把酒壶,里面盛着五颜六色的酒水。一派田园气息。

母亲　他出来了?

父亲　我还不知道。

母亲　你在用什么押注?

父亲　就平常的那些。

母亲　什么?

父亲　什么都押。

母亲　也押上未来吗？

父亲　也许。

母亲　也押上我们拥有的一切？

父亲　理论上来讲是的。

母亲　你不怕赢不了吗？

父亲　我怕，我当然害怕，但总得做点什么。

母亲　押点别的。

父亲　别的什么？

母亲　比如……比如什么祝福啊……梦想啊……跟以前那样。

父亲　哈，哈！梦想！祝福！或者其他的狗屎玩意！哈，哈！

母亲　够了！别在餐桌上说这种话！如果你非得讲那些下流话，至少站起来到一边去！

父亲　好吧，好吧……（*站起身，大步走向房间深处，走向壁炉的方向*）我怎么了？……啊哈！狗屎！什么梦想，都是狗屎！狗屎，早就不是从前了。这是最狗屎的！特别是这个。从前、从前……从前是可以讲的，从前人们都这么讲话，但那都是从前的事了……（*大步走回桌边，妥协地坐下*）我不说了。我坐回来，不会再说那种话了。（*给自己倒上酒*）

母亲　你自己得记住，你得记住，不要再说那些脏话了。记住，记住，我喜欢你记住。不要生气。过去是多么美好的时光，啊……连衣裙和宽檐帽，无可挑剔，鞠躬，行礼，短发的绅士们，胡子刮得干干净净，那么优雅……

房间深处的门打开，儿子站在门口，他走进房间，迟疑不定地站住了。

母亲　怎么了，儿子？

儿子　啊——我不知道，妈咪……

母亲　你是不是无聊了，儿子？

儿子　我也不知道，妈咪，大概是吧。

母亲　或许，我的儿子，你想去哪里走走？

儿子　可我刚刚才回来呀，妈咪。

母亲　啊，是的……我忘记了。你老是来来去去的，儿子。这一回——你上哪儿去了？

儿子　去了巴尔内纳里，妈咪，整整两周。

母亲　你没有休息一下吗，儿子？

　　儿子走到桌边，重重地坐到椅子上。

儿子　我不知道，妈咪，我不知道。

父亲　（更严厉的口吻）也许你应该去工作，儿子？

儿子　爸爸，可我们不必工作。

父亲　我们不必，但有时候我们应该。有些时候，哪怕是为了我们自己好，我们也应该去工作。工作是有益的，儿子。

母亲　也许你应该多去去俱乐部，儿子？

儿子　妈咪，我去得够多了。没用。

　　儿子从口袋里掏出些什么，放到桌子上，进行了某种细小精微的操作，然后又把手伸进口袋里翻找，但没有找到。

儿子　爸爸？

父亲　怎么了，儿子。

儿子　爸爸有钱吗？

　　父亲掏出钱包，郑重其事地打开它，查看内部。

父亲　500够吗？

儿子　1000更好，爸爸。

　　父亲抽出几张大钞递给儿子。儿子接过钞票，用力抚平，然后将它们搓成纸卷，他把纸卷插进鼻孔，靠在桌面上，通过纸卷吸进"条状"毒品。非常长，长得夸张的一条药剂，足足有半米长。他揉了揉鼻子，把头向后仰。等待。

母亲　真的没有害处吗，儿子？

儿子　（鼻音）已经不会了，妈咪，早就不会了。所有过去曾经是有害的东西，现在都生产出了无害的版本。

母亲　（沉思）我跟不上了……这世界变化太快了。在我们的年代有那么多不健康的东西，还有那么多被禁止的……

父亲　回到工作的问题上来，儿子……

儿子　待会儿，爸爸，好吗？再过一小会儿……

儿子揉了揉鼻子，深深吸了口气。

儿子　再稍等片刻，就一会儿，一分钟……

最后，儿子的脸上浮现出一个大大的、愉悦的微笑。儿子展开被卷起的钞票，仔细地把它抚平，然后递给父亲。

儿子　谢谢你，爸爸。

父亲　不客气，儿子。让我们回到工作的问题，我认为，你应该时不时地工作一阵子。这与是否必须无关，在你这个年纪，你应该有些事情做。

儿子　可在我的年纪没人工作，爸爸，完全没人工作。

父亲　你错了，儿子，你缺少知识和经验。

父亲从桌上拿起类似电视遥控器的东西，冲着墙上的大屏幕按下。大屏幕上出现了老头、秃子和年轻人的身影。可以通过某种方式在屏幕上重现上一幕中的场景，但并不一定要完全一致。重要的是，他们以相似的方式和相似的衣着出现。屏幕上每次会出现关于他们的一小段影像，他们蹲坐、交谈、抽烟、大笑、逗趣、从同一个瓶子里头喝酒。这些片段没有任何时间和地点上的统一性。

父亲、母亲和儿子盯着屏幕看了很久。

儿子　说实话，他们看起来并不忙。

母亲　可怜人，他们也得休息休息。

儿子　说实话，这看起来不像是休息，就是在喝酒。

母亲　这些东方来的人总是这样休息。我记得很清楚。

儿子　他们来自东方？真的吗？

母亲　千真万确，亲爱的儿子。

父亲从桌边站起来，走向装置，拿出藏在后面的头盔，戴到头上。

母亲　不要发火，不要发火……

父亲转动装置使其正对屏幕。他开始旋转操纵杆。手动警报器的声音增

大。他打开了控制台上的几个按钮，灯光开始闪烁。然后他按下其他按钮，响起了飞机接近的声音。他一直在转动那根弯曲的操纵杆。他开始对着麦克风说话。

父亲　起来！起来！起来！快点！快点！快点！去干活！你们还没学会工作，就已经想要休息了！起来工作！干完了再坐下休息。只有干到最后才能拿到工钱。起来！醉汉！懒货！穷鬼！就知道躺着！给我起来！（为了强调他的话，他点击控制台上的按钮，然后彩色的灯光闪烁了起来，同时铃声大作，就像电动台球游戏中那样）你们来到这里就是为了工作，为了提升自己。起来！你们来到这里，就是为了看看这个世界到底应该是什么样。快点！从你们那个没通电的村庄出来。起来！带着你们自己的那些迷信思想。快点！用你们的6根脚趾头爬起来。起来！带着你们的陀思妥耶夫斯基！快点！带着你们的帕拉斯·普舍普申科。起来！带着那什么杨·盖维乌！快点！用上你们的伎俩，起来！踩上你们的油门，快点！带着你们的帐篷和马奶酒，起来！起来，否则我就叫亚洲人来了！

母亲　（站起来，走向父亲）好了好了，已经够了，去吧，去吧……

第三幕

　　同第一幕：森林。老头、秃子和年轻人正在快速、紧张而混乱地工作。他们搬木头，滚木头，劈木头，砍木头。没有秩序，没有规划。如果他们放下什么东西，东西就立马滚到地上；如果他们用斧头砍向哪里，斧头总会失了准头；如果他们搬起什么东西，东西就会掉下来压到别人的脚。实际上，这里可以进行某种小型的滑稽表演。

秃子　妈的！妈的……他们先是命令你出去，投降，然后又命令你像那些黑鬼一样滚蛋。我是来这里赚钱的，不是来听他的狗屁说教、来躲在树林里的。妈的！我告诉你们，他们是混蛋。男人跟男人住在一起，女人和女人住在一起，每个人都不干活，但钞票多得能当柴烧，肏，还要用亚洲人来吓唬你……（他完全凭着记忆在工作，动作很有节奏感，满腔恨意，好像在捶打着一个看不见的敌人）他奶奶的，我告诉你们，他奶奶的！他们害怕我们，他们根本就不到这里来，只听得见这些鬼声音。要是我们把这些全都扔掉，他们都会吓得尿裤子。亚洲人！要是他们看到一个亚洲人，他们连屎都会被吓出来！替他们干活吧，因为他们自己什么都干不了啦！拉他的屎去吧，因为他们自己拉都拉不出来啦！为他们好好活着吧，因为他们自己都没什么好活的啦！

年轻人　秃子大哥。

秃子　干什么！

年轻人　秃子大哥……

秃子　什么？！

年轻人　他们听到了……

秃子　那就让他们听好了！年轻人，你以为，他们不知道这一切吗？

年轻人　您是说您刚说的这些？

秃子　这些话，还有其他一些事情。

年轻人　什么事？他们知道自己软弱无力，但假装不知道，还因此朝我们大喊大叫？

秃子　差不多吧。只有我们还为他们留下来了，再往后就只有亚洲人了。你最好还是去工作吧，年轻人。

　　秃子和年轻人试图回归到不情不愿的工作节奏当中，但现在老头扔下了完成的活计。

老头　这都是政治宣传，秃子，别相信你说的那些话。

秃子　我信或不信，事实都是这个样子，老头。

老头　你还在搅乱别人的脑子。

秃子　谁？

老头　不就是他嘛。年轻人像听父亲的话一样听从你。他要是待在家里的话会更好。你不能一边为人家工作，一边又憎恨着他。

秃子　可以的，可以的，没事的……

老头　你不能一边生活在人们当中，一边又鄙夷他们。

秃子　你为什么会这样想，伙计？你是昨天才出生的吗？他们让你把那该死的胡子粘上又撕下，他们通过一些隐形的扩音器把你搞得一团糟，而你，却还要说什么信仰、爱和希望……

老头　没有人强迫你，你可以待在家里。

年轻人　（*羞涩地加入谈话*）老大哥……

老头　怎么了，年轻人？

年轻人　我现在要去砍我们昨天刚砍出个口子的那棵树。

老头　那可是棵大树。你等等，等我们这边结束了，我们一起去。

年轻人　不了，老大哥，我这就去砍完它。今天我会在森林里待得更久一些。我的妻子明天就要来了。今天我多待几个小时，明天就会有更多一些时间和钱，可以带她上哪儿逛逛去。

秃子　让他去。去吧，年轻人，快去吧。带她去坐旋转木马，走吧。

　　年轻人走进了树林深处，他带着一把斧头和一把锯子，消失在树木间。秃子和老头目送着他离去。

秃子　所以他还是去了。他会多赚半天工资，给她买个冰激凌，然后向她展示这里有多么美妙。他们会去散步，会去看风景，会透过窗户看看屋子里面，说些悄悄话，会手牵着手，像一对孩子。她会微笑，他会颤抖，生怕别人认出他们，怕别人发现他们在这里只是待一小会儿，他们很快就要回去，因为他早上还需要早起。是的，他们会偷偷摸摸，就像在《糖果屋》之类的童话故事中一样，比如说。为了蜜糖，蹑手蹑脚，小心翼翼，穿过黑暗的森林，因为正是在黑暗森林里面，欲望在发荣滋长，魔鬼为无辜的灵魂设下了陷阱。他们将像做游戏一样匍匐前进，就像在孩童时候，凝视着黑暗森林中的那颗姜饼心。因为正是在黑暗森林当中，善良嬗变为邪恶，和平演变成诱惑。然后，他们就会迷失方向，永远无法停止流浪。

　　秃子沉默了一会儿，这时，从树林深处传来了年轻人工作的动静，是轰然而规律的斧头声。

秃子　你见过她吗，老头？

老头　没有，他只是跟我说起过她。他们前不久结的婚，他说她不想他走，他告诉她，每个人都走了，他也要走。

秃子　聪明的小子，不会有什么改变的。出走、出走、还是出走，永远也不会停止。直到他们灭亡，再也不需要我们。

老头　那到时候会怎样？

秃子　到他们灭亡的时候？

老头　对，要是他们已经都不在了。

秃子　我们就去到他们的地盘上。

老头　我们将埋葬最后的……

秃子　对，掩埋或者焚烧——取决于个人想法。

老头　那弥撒呢？神父呢？

秃子　都一样，对他们来讲甚至你都能充当神父，你将送他们上路。

老头　然后呢？

秃子　自然，我们会搬进他们的房子。

老头　我们不会建造自己的房子吗？

秃子　不，为什么要自己造？我们将睡在他们的床上，吃他们的食物。我们就这样搬进去，模仿他们。这没什么难的。他们基本上就是一群白痴，这就是为什么他们将会灭亡。我们会取代他们的位置。

老头　那谁将会工作？

秃子　什么意思？东方，东方会卖苦力！永远永远，阿门。越来越远的东方，越来越黑暗的地方。东方是没有止境的，老头，东方没有尽头。他们会从树林里出来，他们会从山峦上下来，他们将拖着疲惫的身躯穿过草原和沙漠，最终赶上火车、巴士或廉价的飞机。他们将砍掉森林、平整苔原、排干沼泽，以便飞机能够降落……

老头　太可怕了，你说的这些，实在是太可怕了……

秃子　没错，我们将什么事都不做，我们将看着飞机飞过，看着火车驶走。现在，让我们坐下抽根烟吧。

老头　可……

秃子　让他们哪儿凉快哪儿待着去，尽管叫亚洲人来干活吧。

　　他们坐了下来，秃子递给老头烟和火。他们抽起了烟，吞云吐雾，放松，享受。森林的深处仍然传来工作的声音，震耳欲聋的斧头声。

老头　既然现在一切都清楚了，一切都已成定局了，我们就真正可以坐下来抽会儿烟了。或者不用坐下来，也不用抽烟。不知从什么时候开始，我发觉有些事情正在发生变化。上次我飞过来的时候，飞机上没有人系安全带，就像在公交车上，有些人全程都站着，抓住扶手。他们的包里有香肠，有面包，有能从家里带上的一切。他们带着动物，也带着植物，以便以后可以把它们种在某个地方，就像在自己家一样。农民就像橡树，手掌就像面包，手上的皮肤厚得连针都扎不进去。他们耷拉着脑袋坐在椅子上，陷入酣睡，打鼾，在梦里放屁，喝啤酒，打嗝，就像在自己家一样。他们拥有属于自己的一切。他们什么也不想要。他们有碎肉肠、香肠和猪肝肠。他们抽着香烟，在地板上乱跑。没有任何人任何事能够限制他们。我看不到机舱的尽头，那里隐藏在烟雾当中。600个家伙正在飞向有工作的地方。他们喝伏特加，他们咬牙。两个钟头的飞行，有时候是三个，就像身处郊区的火车上。他们打牌，他们就像在自己家一样。他们已经在自己家里待了一两天了。睡饱了觉，洗过了澡，被家里的食物喂胖了一圈，然后飞到离地面5000米的地方，朝下看去。在他们旁边的某个地方，飞着同样的500架、1000架、2000架飞机……

秃子　说下去，再多说点……

　　但老头突然安静下来，竖起耳朵。森林中的斧声消失了，现在他们听到了树木噼里啪啦倒下的声响。起初是单一的噼啪声，然后是越来越多的嘎吱、哗啦的声音，最后是树干倒在地上发出的震耳欲聋的撞击声。然后是完全的、绝然的死寂。老头和秃子听了很久。

老头　（把手拢到嘴边）年轻人！！！年轻人！！！年轻人！

　　灯光暗了下去。

第四幕

　　与第二幕类似的屋子内景，屋只有儿子，儿子坐在装置面前一动不动，他不知道从哪里给自己搬来了一把高脚椅，正坐在上面。装置现在被安上了一个方向盘，变成某种大型的电脑游戏手柄。儿子坐在屏幕对面，沉浸在游戏之中。他可以是一名赛车手、飞行员、快艇舵手、坦克指挥官，他可以参加战争、赛车比赛、宣战和这个领域其他任何可以想象出来的游戏。这些图像可以混合出现，但航空相关的占据大多数。屏幕上显示的是虚拟图像，有声音。儿子戴着头盔，这是比第二幕中父亲戴的头盔更加现代的一个版本。儿子完全沉浸在游戏当中，像个小男孩。他不断转动方向盘，按下一个个按钮。装置用各种音效和无数灯光的闪烁来回应他。

儿子　啊啊啊啊啊啊啊啊啊啊！啊啊啊啊呜呜呜呜呜呜！哒哒哒哒哒哒哒哒哒！

　　　　滚开，滚开！左一枪，右一枪，开炮！啊啊啊呜呜呜呜呜呜！

　　　　开火，滚开！咻咻咻咻咻咻咻咻咻咻！呼嘀嘀呼嘀嘀呼呼呼！飓风战斗机①！亨克尔②！亨舍尔③！这些是载具！多尼尔④！道格拉斯⑤！

---

① 飓风战斗机：英国于20世纪30年代设计的战斗机，不列颠之战中英国空军的战果大都由飓风战斗机取得。到1944年年末，共生产14,000架飓风战斗机和海飓风战斗机，并在第二次世界大战各个主要战场服役。——译者注，以下同

② 亨克尔：亨克尔飞机制造厂是德国一家飞机制造商，由恩斯特·亨克尔创立。在第二次世界大战期间，亨克尔公司制造出了世界上第一种喷气式飞机He-178、第一种液态燃料火箭动力飞机He-176。第二次世界大战期间主要为纳粹德国空军生产轰炸机，包括主力的中型轰炸机He-111和其唯一大量生产的重型轰炸机He-177。

③ 亨舍尔：（德语：Henschel）德国企业，位于卡塞尔，初期以生产蒸汽机车为主，一度是全欧洲最大的铁路机车制造商。1933年至1945年期间，亨舍尔公司生产了大量的战车、导弹与军用飞机，其中最为著名的是虎式战车。

④ 多尼尔：一家德国飞机制造商，生产民用和军用飞行器。

⑤ 道格拉斯：道格拉斯飞行器公司由唐纳德·威尔士·道格拉斯于1921年7月创建。其最著名的飞机为DC-3型运输机，这种飞机也被认为是飞行史上最重要的运输机。道格拉斯为美军特别是美国海军制造了大量的飞机。

德·哈维兰蚊子①！哈利法克斯轰炸机②——六吨半炸药！咿咿咿呜呜呜呜呜呜呜！广岛！长崎！奥斯威辛！中途岛！奥斯特里茨③！噢噢噢噢噢噢呜呜呜呜呜！绝不怜悯，绝不饶恕！机翼前缘是六挺半英寸机枪或两门20毫米机炮和四架地狱猫，也就是F6F格鲁曼地狱猫战斗机，所以颤抖吧，黄种人！！！冲绳！奥里诺科！达豪④！圣母玛利亚！多么沉重的负担！我需要囤点弹药……Me-109⑤……He-219⑥对战黑寡妇⑦……

儿子愈发全神贯注地投入到装置游戏当中。房间深处的一扇门打开，门口站着老头和秃子。儿子没有看到他们，他背对着他们。老头和秃子小心地走进房间，显得局促、羞涩。老头手持一把斧头，秃子拿着一个头盔——和年轻人戴的一样。

儿子 ……或者多尼尔Do-18……有柴油发动机，带柴油发动机的飞机……异端……而与此同时，女士们先生们，从至高无上⑧的目的地飞出一架带有坦克炮的飞机，或者是Hs-129配75毫米反坦克炮，只是当它发射完所有的炮弹之后，大炮从机身上坠落下来，落到了征服者的土

---

① "蚊子"轰炸机：由英国飞机专家杰弗雷·德·哈维兰德发明的一种双引擎肩翼多用途战斗机，于第二次世界大战期间推出。不寻常的是，它的框架主要由木头制成，因此被昵称为"木制奇迹"或"Mossie"。

② 哈利法克斯轰炸机：第二次世界大战期间英国皇家空军的一种前线四引擎重型轰炸机，它是著名的兰开斯特轰炸机同时代的产品。哈利法克斯轰炸机一直服役到第二次世界大战结束，除轰炸外，还执行其他任务。它同时服役于澳大利亚皇家空军、加拿大皇家空军、新西兰皇家空军、巴基斯坦皇家空军和波兰空军的飞行中队。

③ 奥斯特里茨：位于捷克布尔诺以东的一个乡村小镇，人口6,694，因1805年发生过奥斯特里茨战役而闻名。

④ 达豪：一处纳粹集中营，位于德国南部巴伐利亚州慕尼黑西北约16公里处，位于中世纪城镇达豪东北部的一座废弃军火工厂内。最初旨在关押政治犯，最终被用于监禁犹太人、罗姆人和其他德国及奥地利罪犯。

⑤ Me-109：一般指Bf-109战斗机，是德国单座单发单翼全金属活塞式战斗机，第二次世界大战期间纳粹德国空军的主力战斗机之一，也是第二次世界大战期间综合性能最优秀的轻型战斗机之一。

⑥ HE-219战斗机：是20世纪40年代纳粹德国研制装备的一型夜间战斗机。HE-219战斗机服役于第二次世界大战末期纳粹德国空军，是全世界第一款安装弹射座椅的军用飞机，更是德军在第二次世界大战期间第一款操作三轮起落架的军机。

⑦ 黑寡妇战斗机：一般指P-61战斗机，是20世纪40年代第二次世界大战期间美国诺斯洛普公司研制的一种重型战斗机。

⑧ 至高无上：原文"iber ales"为德语"über alles"的波兰语音译。

地上……历史是不可预知的癫狂……那些当年被放弃的机型都去哪儿了？Me-163 彗星，Me-262，He-162 火蜥蜴，都到哪里去了？只要能够从模型阶段走出来……一切都会不一样了……

老头和秃子站在儿子背后。秃子说了些什么，但游戏的声音淹没了他的话语。秃子最终向前迈了一步，轻轻拍了拍儿子的肩膀。游戏声立即消失了，儿子吓得跳了起来，猛地转过身。

儿子　啊嚼！

秃子　少爷……

儿子　哦嚼！

秃子　少爷……非常抱歉……

儿子　怎么了？

秃子　我们并不想要打扰您，可是……

儿子　可是你们确实打扰到我了，确实惊吓到我了。你们到底是谁？这个白痴胡子又是怎么回事？

秃子　恕我冒昧，少爷，这是您的父亲让我们戴上的。

儿子　我的父亲？我的父亲可不是白痴。

秃子　绝不是，他只是想让我们看起来像是来自东方的工人。您尊敬的父亲喜欢秩序。但如果您希望，我们可以摘掉它。

秃子撕掉了自己的胡子，老头犹豫着也跟着他撕掉了。

秃子　哦，您看到了吗？就是这样的把戏。您父亲要求的，他喜欢秩序。

儿子　等等……可为什么你们要看起来像来自东方的工人？

秃子　因为我们就是，并且我们在您爸爸手底下工作。

儿子　别扯什么工作，我听不得这个。所有人都固执得不行，就知道工作，工作，工作。就连我自己的父亲都告诉我，我应该开始工作。

秃子　您爸爸大概是开了个玩笑。

儿子　不可能，爸爸从不开玩笑，他是认真的。

秃子　可你们并不工作，你们不必工作，你们有我们。

儿子　他讲求某种原则。

老头　没错，他们必须要有某种原则。

儿子　但不是这种。爸爸已经过时了。为什么我要去做对我来说永远也没用处的事情？为什么我要学习怎样去工作？这是胡说八道。也许我应该给自己贴上小胡子……

老头　您从来没工作过吗？

儿子　没有。

老头　您从没想过要尝试一下吗？

儿子　没有。

老头　那您不工作又做些什么呢？

秃子　老头，别烦他，他会生气的。

儿子　不，不，让他问。我干各种事情。我打发时间，不断地打发时间。最近我主要在忙这个……（*指指装置*）

老头　这是什么？

儿子　这是模拟器。

老头　模拟什么？

儿子　基本上是一切，但凡被编进了程序的事物，它都可以进行模拟。非常方便。

老头　什么意思？

儿子　一切，就是一切。你想要飞翔，你就可以飞翔。你想要游泳，你就可以游泳。你想要战斗，你就可以战斗。诸如此类，一切。我并不想要阅读说明书，可这是个万能的模拟器，基本上可以通过它来模拟一整个这样的世界。

老头　那里也有工作吗？

儿子　你们到底为什么非要提工作？是不是有什么阴谋？！

秃子　我没告诉过你吗？我没告诉你别说了，他会生气的吗？

儿子　你们到底在这里干什么？在我们家？还摘掉了你们小胡子？

老头和秃子粘上了自己的小胡子。

儿子　没错！就应该这样，直到爸爸有别的安排。现在请告诉我，为什么尊敬的从东方来的工人们不再工作？为什么你们出现在这里，一个你们本不应该出现的地方？

老头和秃子走近桌子，把头盔和斧头放上去。

老头　我们到这里来，是因为我们当中的一个人死去了。我们把从您父亲那里拿到的东西带了过来，斧头和头盔。

儿子　怎么就死了，怎么就死了……要是死了的话，那他在哪里……这没有意义，人不会就这样死去……

老头　他是在黑暗森林里死掉的，大树压得他断了气。把他抬出来需要更多的人手，需要四五个人来挪开树干。他还被压在那里，我们没有办法。

儿子　干吗要立刻把他抬出来……等等，等一下，我得想想，让我们好好思考一下……不管怎样都需要通知爸爸。

老头　那就请您通知他。

秃子　对，要是老板知道就好了。后面该怎么办，他会想出办法来。

儿子　什么叫"后面怎么办"？你在琢磨些什么？要是有人失去了生命，就应该给他举行葬礼，在这里或者那里，在你们那里，在东方。无论在哪里都是一样。

老头和秃子悄悄摘掉了他们的小胡子。

秃子　少爷。

儿子　什么叫"少爷"？

秃子　他，那个年轻人，是在这里打黑工的……

儿子　啥，怎么会是黑工……我爸爸有让人打黑工吗……他？

秃子　已经……已经得到许可了，本来这周末就会拿到。今天是周一，大概周五就肯定会收到。

儿子　是的，该死的劳动局，这个名字让我恶心。我是对的，这是阴谋，劳动者的阴谋。

老头　您应当通知您父亲。他不能就躺在那里，躺在森林中央，一动不动，又阴又冷，很快就会爬来蚂蚁，然后飞鸟和狐狸闻风而来。不能让他躺在那里成为畜生的口粮。

儿子　对，太好了，妈的，太好了。爸爸一定会高兴得跳起来。妈的，尸体，非法的尸体……

儿子坐到装置的控制台前，他按下按钮，打开它。屏幕上出现某种杂乱无序的图像和干扰条纹——就像一台坏掉的电视机。儿子对着麦克风说话。

儿子　父亲！父亲，不管你在哪儿，收到都请回复。我们有麻烦了，你听到了吗？非常严重的麻烦。两名来自东部的工人来到这里，留着小胡子，他们说他们的一个同伴已经死亡，被黑暗森林里的一棵树压死了。这听起来像是《格林童话》中的故事，这年头谁会被树压死！？这是在胡说八道。但他好像还是在打黑工。这是真的吗，爸爸？

台口的门打开了，门口站着父亲。

父亲　儿子，关于你刚才提到的事，我要告诉你：人们仍在死去，不仅在医院和车祸当中，也不仅因为衰老。他们同样在矿洞、锻炉和工厂里死去，同样在森林中死去。所以别再说傻话了，你应该更多地关心这样的生命……（*转向老头和秃子*）你们在这里做什么？

秃子　我们正是就此事……

父亲　什么事？

秃子　森林的事。

父亲　你们跟森林有什么关系？

秃子　啊嘀，不好意思……

秃子把手伸进口袋，掏出小胡子给自己贴上，老头也是如此。

父亲　啊，是你们……（*有片刻的惊讶，但很快恢复到自己惯常的口吻*）为什么你们不在森林里？！

秃子　因为这一切都是真的。

父亲　什么是真的？

秃子　有一个人死了，这是真的。是那个年轻人。这是一场意外，我们无能为力，他被压死了，他还在那里躺着。我们带来了他的斧头和头盔，我们不知道要如何处理，因此我们来了。

父亲在房间里来回踱步，然后坐到桌边。

父亲　这是怎么发生的？

老头　他一个人去砍伐一棵巨大的大树。它可能不想被砍倒，他又正好从它将要倒下的那一面去砍它。他没时间跳开，也许被绊倒了，也许一根断枝掉在他脖子上……他没能跑开。这种事时有发生，万分之一的概率，但确实会发生。我们本应在他身边，但我们没有。

秃子　他自己想去，你让他别去，可他还是去了，为了钱去了，他想多挣点。这到底是怎么一回事？

老头　我不该让他去的，在森林里工作时绝不该单独行动。

秃子　需要做些什么，老爷……

儿子　我们有一具尸体，父亲，一具甚至活着的时候都不应该出现在这里的尸体。

秃子　要是我们所有人，我们四个，一起到那里去，我们一定可以抬起那截树干，把它截短，然后抬起来……

父亲　然后呢？抬起来之后我们要做什么？

秃子　就通常那些……通常状况下一个人需要的……

老头　棺材、教堂、神父、墓园、葬礼、坟茔，按顺序来，理所应当，黑西装、白衬衫、蜡烛。

儿子　看起来这里有人不大理解。

父亲　这非常美妙，蜡烛和神父。但我们不能这样做，我知道你们的感受，但很抱歉。

儿子　父亲的意思是，任何仪式都不在考虑范围之内。这将成为一个绝对的秘密。爸爸是一个守法公民，并不打算因为你的同事的不明智举动，以及正如你所说，为了追求额外利益的行为，而把自己送进监狱。

秃子　既然如此，那要怎么办呢？

父亲　我不知道，我也不知道。但最好什么都不做，权当无事发生，毕竟他实际上并不存在于这里。

老头　先生，先生……他为您工作，死在您的森林里，在工作时死去。这是意外，这不是您的过错，但我们不能就这样把他扔在那里。

父亲　我并不想把他扔下。但我还在思考要怎么做。
老头　需要按照我说的那样做。
父亲　那办不到……我上哪儿给你找一个神父去……
儿子　不能是什么别的人吗？修女什么的……可以通过互联网来找人……

儿子走近装置，按下控制台上的按钮。大屏幕上出现了类似搜索引擎的画面。

儿子　我应该输入什么？神父？葬礼？死人？
父亲　够了，关掉它。

儿子没理他，自顾自敲打着键盘。

父亲　我们不能够举行葬礼，我们不能把尸体运走。
老头　我们可以，我们可以，我们应该这样做，我们将要这样做。
秃子　怎么做？用什么？在森林里把他埋了？用盒子把他装起来？
父亲　我就应该雇亚洲人来，他们什么都自己处理妥当，从没人见过死掉的亚洲人。
老头　我们这就去把他带到这里来，不能让他躺在那里。
父亲　好吧，我们走。

第五幕

同一个房间，更加黑暗。屏幕上覆盖了一块黑布，以示哀悼。装置也用黑色的幕布罩住。桌子已被清理干净，上面什么都没有，除了尸体——年轻人的尸体。尸体穿着深色西装和白色衬衫，躺在桌子上，就像躺在灵柩台上那样。在头枕处有两根大蜡烛在燃烧，另有两支点在"大腿"上。所有人都围着桌子：老头、秃子、父亲、母亲和儿子。他们围坐在尸体旁守灵。

母亲　（*如同歌咏、祈祷、诵经般的口吻*）主啊，请赐给他永恒的安息，让永恒的光照耀在他身上。主啊，请赐给他永恒的安息，让永恒的光照耀在他身上。主啊，请赐给他永恒的安息，让永恒的光照耀在他身上。愿他永远安息。阿门。

儿子　妈妈从哪儿知道的这些东西？

母亲　从我年轻的时候，儿子，从年轻的时候，那时候人们就是这样祷告的。我记得。主啊，求你垂怜！父啊，求你垂怜！他们住在我们这里，直到去世前他们都是这样祷告的。我记得这个。要是有人死了，女人们就会过来，然后这样唱祷。

儿子　可他已经……这……

母亲　除免世罪的天主羔羊，求你原谅我们。

儿子　妈妈在说胡话。

母亲　除免世罪的天主羔羊，求你聆听我们。

儿子　妈妈！！！

母亲　除免世罪的天主羔羊，求你垂怜我们。

儿子　他们是什么人？

母亲　那时候你还没有来到世上，他们为我们工作，来自东方。

儿子　那个时候他们同样来到这里？

母亲　他们被运了过来，用列车车厢。

儿子　妈妈知道，我从来就对什么铁路之类的不感兴趣吧。是的，汽车和飞机很有意思，但火车从来都是无趣的。也许我应该去研究铁路历史……蒸汽机车……黑色的机车和红色辐条的车轮……真美……

母亲　他们被木头车厢运过来，可以自己去挑选，有养蜂人、马车夫、砖瓦匠和农民……他们站成一排，等待着被挑选。你用手指点出想要的人，把他们带回家。他们工作，获得食物，但并不想要钱……

父亲　够了！

母亲　我只是在回忆，我想要回忆，我没有别的东西了，我想要回忆一下！既然我连一个孙子都没有，我就只是想要回忆一下……

儿子　妈妈又开始了……先是爸爸说起那什么工作，现在妈咪又开始提孩子了……

父亲　那就回忆些别的，妈的！

母亲　但这个我记得最清楚……当时就好像现在一样。蜡烛，围成一圈的人群，穿黑衣服的女人。那时我还很年轻，他们被列车运来。我们可以自己去挑选，选一个养蜂人或者一个木匠。他们安静又有礼貌，垂着眼睛。但他们比我们更容易死掉，然后我们会让他们的女人聚集起来，摆上蜡烛。（*恢复到祷告的语气*）除免世罪的天主羔羊，求你原谅我们。

老人加入母亲的祈祷当中，并与她一起念诵起经文的后半句。

老头 ……求你原谅我们。

母亲 除免世罪的天主羔羊，求你聆听我们。

老头 ……求你聆听我们。

母亲 除免世罪的天主羔羊，求你垂怜我们。

老头 ……求你垂怜我们。

儿子 不，这应该被禁止……

父亲 让他们祷告吧，总比回忆来回忆去的强。

儿子 可我喜欢妈妈回忆的样子。我喜欢这段古老的历史，你们从没给我讲过这些。我总要等到妈妈开始陷入回忆时，才能够知道些什么。

父亲 （*警惕、不安*）她还回忆了些什么？

儿子 哦，就是那些……琐碎的事情，爸爸，一些感性的琐事，高中毕业考试，第一次舞会，每个人都一样。她从没提起过来自东方的工人。你可以确信这一点，爸爸。

爸爸 很好。她应该远离具体的事情，她永远无法掌握它们的真正意义。

母亲 我可以，他们乘着木头火车来到这里，你从不用付给他们一分钱。

父亲 他们学会了有用的东西，他们在自己家什么有用的都学不到。我们完成了教化的工作，他们会的越来越多了。

母亲 是的，然后带着这些技能永远留在这里。

儿子 "这里"是哪里？妈妈说的是什么？

母亲 问你的父亲去。问问他，为什么黑暗森林如此茂密。

父亲 你还是好好祷你的告吧！

儿子 （*一本正经地*）爸爸，我能玩会儿游戏吗？

父亲　不，儿子。我们正在哀悼，再等等。

　　　儿子捡了一把椅子坐下，僵住不动，身体微微地前后摇晃着。

母亲和老头　来吧，主的圣徒，赶紧来迎接我们，主的天使。

　　　接纳这个灵魂，把他带到至高者面前。

　　　主啊，请赐给他永远的安息，让永恒的光照耀他。

　　　接纳这个灵魂，把他带到至高者面前。

　　　主啊，请赐予他永远的安息，让永恒的光照耀他。

　　　上主，求你垂怜。

　　　基督，求你垂怜。

　　　上主，求你垂怜……

父亲　（对秃子）你不祷告吗？

秃子　我是到这里来工作的。

父亲　太对了，太对了，工作优先，你都不知道我们实际上有多缺乏工作。现在为时已晚，但我们中的许多人都想重新开始工作，像我们以前那样，就像20年前、30年前、40年前那样……

秃子　我不记得了，那会儿我不在这里，我还坐在家里。

父亲　啊嘞，那是过去的时光！没有外乡人，只有我们自己，我们自己工作。

秃子　我们也哪儿都不用去，完全不知道还有什么外乡人。

父亲　后来工作变得越来越便宜。

秃子　但南斯拉夫人、土耳其人和阿尔及利亚人，以及后来的波兰人、乌克兰人和俄罗斯人都很满意。

父亲　可对于我们来说太少了。波兰人、乌克兰人……那是多么久远的事啊，15年、20年前了吧，已经没有人记得他们了，他们消失了在某个地方。

秃子　他们回去了。

父亲　他们最好滚远点。为什么要回到波兰去？

秃子　我不知道，我没有去过，我直接来到了这里。

父亲　这是对的，那里什么都没有，屋顶上铺的是稻草，路边的孩子们衣不蔽体。我记得。

秃子　那是很久以前了，对吧，老板？

父亲　大概 85 年前吧。

秃子　冒昧问一句，老板您多大年纪了？

父亲　今年我就要满 110 岁了。

秃子　高寿。

父亲　我们不工作，所以活得更久。

秃子　确实。

父亲　要是不工作，就会有更多的时间留给健康，可以说是全部的时间。

母亲　上主，请您垂怜。

老头　上主，请您垂怜。

母亲　基督，聆听我们。

老头　基督，聆听我们。

母亲　天父，天主……

老头　……垂怜我们。

母亲　圣灵，天主……

老头　……垂怜我们。

母亲　圣三位一体，唯一的天主……

老头　……垂怜我们。

秃子　那么请原谅我的冒昧，太太又经历过多少次春秋呢？

父亲　107。

秃子　这要怎么记得住，要是一切都发生在年轻时候，这怎么记得住……

父亲　我们过着平静、朴素的生活，没有许多需要记住的东西。

秃子　110 加上 107 就是 207 岁。

父亲　我们的医疗……

秃子　要是年轻人还活着，我们三个人加起来才将将够这个数的一半。

母亲　圣洁玛利亚……

老头　……为我们祷告。

母亲　天主圣母……

老头　……为我们祷告。

母亲　童贞圣母……

老头　……为我们祷告。

父亲　你们没有医疗，但不要失去希望。

秃子　而这个年轻人已经超出医疗服务的范围。

父亲　但你们，你们还活着，并且有可能会活到由亚洲人来干所有事的时候。甚至在你们那里，在亚洲，而像我们这样的无所事事将是你们长寿的开始。

秃子　这这这这……失业和中医，补贴和针灸。非常感谢，我宁愿在黑暗森林里累死累活。

秃子　基督之母……

母亲　……为我们祈祷。

秃子　教会之母……

母亲　……为我们祈祷。

秃子　仁慈天父之母……

母亲　……为我们祈祷。

秃子　纯洁无瑕圣母……

母亲　……为我们祈祷。

父亲　当然了，当然了，黑暗森林永远是出路……

秃子　我希望能够按照每小时七块五来结算，就像之前合同上写的那样。

父亲　什么？

秃子　七块五，而不是6块。

父亲　什么？

秃子　好吧，9块，不然我们就去见警察，告诉他们这里有一具非法的尸体。

母亲　审慎的圣母……

老头　……为我们祷告。

母亲　尊贵的圣母……

老头　……为我们祷告。

母亲　荣耀的圣母……

老头　……为我们祷告。

母亲　强大的圣母……

老头　……为我们祷告。

父亲　什么？

秃子　狗屁，没人会稀罕这里。

父亲　（受惊地）你……你……注意言辞……

秃子　长生不老的人不稀罕这里的死人，老板。每小时九块，不然丑闻就会被曝光，包括你使用非自愿劳动力来砍伐百年树龄的森林的事情。明白了吗？

父亲　9 块？

秃子　9 块，9 块和一个体面的葬礼。

父亲　不，不……不要像那个老信徒一样……

老头　大卫塔啊……

母亲　……为我们祈祷。

老头　象牙塔啊……

母亲　……为我们祈祷。

老头　黄金屋啊……

母亲　……为我们祈祷。

老头　圣约柜啊……

母亲　……为我们祈祷。

秃子　我可不是，9 块。我先前都不知道，原来雇佣我们的是一群老不死的家伙。

父亲　那要是我死了……

秃子　也许，也许，但你已经活了这么久了，老板。

父亲　你也可以的，只要……

秃子　我只要每小时 9 块钱就够了，还有葬礼，当然，还有对他家人的赔偿。

父亲　秃子！别开玩笑！别开玩笑！我最高能开到 7 块钱，再多一分都没有了！关于他……关于他，我还要再想想。

母亲 天国之门……

老头 ……为我们祈祷。

这时儿子警惕地走到了门边，把一只耳朵贴到门上，听外面的动静。

母亲 启明之星……

秃子 ……为我们祷告。

母亲 病人的疗愈者……

秃子 ……为我们祈祷。

母亲 罪人的救赎者……

秃子 ……为我们祈祷。

儿子 嘘……

母亲和秃子 受苦者的安慰者，信徒的帮助者，天使之王……

儿子 嘘……

母亲和秃子 天使之王，宗主教之王，使徒之王……

儿子 你们给我安静！

所有人沉默下来，转向门的方向。响起安静的敲门声。

儿子（小声） 她来了……她来了……她来了……爸爸……妈妈……她来了……

屋子里一阵骚动，每个人都从自己的座位上站起。

父亲 安静……安静、快速……老先生，你搭把手……

父亲抓住尸体的腿，老头犹豫着抓住尸体的肩膀，他们把尸体从桌子上抬下来，不知所措地站着。

父亲 那边。（用头示意装置的方向）

第六幕

同一个房间。一切都被清理干净，没有留下任何哀悼的痕迹。没有蜡烛，没有黑布、黑纱。秃子和老头在壁炉旁忙碌，他们生起了火，脸上都粘上了小胡子。桌前坐着父亲和母亲。在房间深处，儿子站在装置旁。靠近台口的地方，妻子肩背一只小旅行包，站在那里。

母亲　请坐。要茶还是……

妻子　既然他不在这里，那我最好还是离开吧。

母亲　请您稍坐一会儿。

妻子　他应该在的，他应该会等我的。

父亲　他必须离开，但还会回来。

妻子　他没有告诉我。

母亲　孩子，也许你的手机关机了。

父亲　或者他手机没电了。

儿子　或者他没有信号。

母亲　又或者是你，可怜的孩子，没了信号。

妻子　我有，我一直有信号，我特地留意来着。

儿子　你们那里有信号吗？

妻子　不是到处都有，但多数地方都有。

儿子　旅途怎么样？

妻子　谢谢。昨天我黎明前就起床了，坐公交、换火车，晚上在机场过夜，早上我就到了这里。然后又坐火车，再倒了一趟就到了。

儿子　那从车站是怎么过来的？

妻子　走过来的。他给我说得很详细。

母亲　孩子，走过来？我的老天啊……

妻子　只要两个钟头，可路上我能看到多少东西啊！

父亲　看起来还不赖吧？

妻子　我有心理准备了，他在电话里向我描述过。

父亲　他是怎么说的？

妻子　说特别好，特别美妙，说任何地方都不如这里，他想要永远待在这里。

秃子　（*在一旁，自言自语*）妈的……

妻子　他说，我们应该留在这里，再也不回去。

父亲 文明的力量！驯服了最野蛮的民族！鞑靼人、马扎尔人①、土耳其人和佩切涅格人②、阿瓦尔人③、哥特人和西哥特人④、盖特人和达契亚人⑤、斯科拉文尼亚人和安特人⑥、伦巴第人⑦和格皮德人⑧、萨尔马特人⑨和斯基泰人⑩、克拉斯诺米人⑪和哈西迪主义者⑫、斯拉夫主义者和反犹主义者、波兰人和俄罗斯人、可萨人⑬和中国人……

妻子 也许您是对的，可我只是一个护士，我只会打针……

母亲 我亲爱的孩子……

妻子 所以我走到了这里，所有人都冲我微笑，就像他说的那样：他们总在笑。他说这很难适应。

儿子 你会习惯的。

母亲 护士，难以置信……

妻子 我大概是来晚了……

儿子 他一定、应该、是会回来的。

---

① 马扎尔人：匈牙利的主体民族，因此又称"匈牙利人"。
② 佩切涅格人：中亚大草原上使用突厥语族语言的半游牧民族，公元9—12世纪时占据黑海以北的草原，公元10世纪时曾控制顿河和多瑙河下游之间的土地，对当时的拜占庭帝国造成严重威胁。
③ 阿瓦尔人：古代亚欧大陆游牧民族之一，主要分布在今俄罗斯达吉斯坦共和国中西部山区和布伊纳克斯克、哈萨维尤特平原等地。
④ 哥特人：东日耳曼人部落的一支分支部族，分布在德涅斯特河以东的为东哥特人，居住在河西的为西哥特人。公元410年，西哥特人曾围攻、劫掠罗马城。此后哥特人在西罗马帝国境内分别建立了西哥特王国和东哥特王国。
⑤ 达契亚人：又称盖特人，属色雷斯系民族，约公元前1000年时开始居住在达契亚地区（今罗马尼亚）。
⑥ 斯科拉文尼亚人和安特人：均为中世纪早期生活在拜占庭帝国边境附近的东斯拉夫部族，曾联手入侵拜占庭。
⑦ 伦巴第人：日耳曼人的一支，起源于斯堪的纳维亚半岛，后向南迁徙并占据亚平宁半岛北部。
⑧ 格皮德人：东日耳曼哥特族部落。
⑨ 萨尔马特人：公元前3—公元4世纪分布在南俄草原及巴尔干东部地区的居民，属伊朗语族。
⑩ 斯基泰人：公元前8—前3世纪中亚和南俄草原上使用印欧语系东伊朗语族语言的游牧民族。本段提到的这些古代民族（从鞑靼人到斯基泰人），都是曾经生活在欧洲东部和北部边陲，一度给欧洲基督教文明造成过威胁的"蛮族"。
⑪ 克拉斯诺米：乌克兰地名，位于乌克兰顿涅茨克州，现名波克罗夫斯基。
⑫ 哈西迪教派是犹太正统教派的一支，由18世纪东欧的拉比巴尔·谢姆·托夫创立。
⑬ 可萨人：也译作卡扎人、哈扎人，是一个半游牧的突厥语民族，在公元6世纪末曾建立起覆盖今俄罗斯欧洲部分南部的大型商贸帝国。

妻子 可是什么时候呢？

儿子 一两天后，对吧父亲？他说要一两天，最多三天，对吧？

父亲 对……他大概是这样说的，如果我没听错的话……对……

　　老头和秃子停下生火的动作，盘腿坐在地板上，开始观看这一幕。秃子不信任地摇了摇头。

母亲 他说了些什么，他肯定说了些什么，他肯定留下了一些消息。你们就在那里！他什么都没告诉你们吗？

老头 唔……他并不把什么都告诉我们。

秃子 我们没有很熟。

老头 对，我们还没来得及好好认识一下。

儿子 爸爸，你不是刚因为一些事情把他派走了吗？因为有些什么事要处理？

父亲 没错，可能是这样的，可能是这样的，毕竟……

儿子 您看，小姐！这就清楚了。他被派走了，但到底会回来的。

妻子 但是什么时候呢？

儿子 三天后，正如我敬爱的爸爸所说。

妻子 他去了哪儿？

儿子 去哪儿了，亲爱的爸爸，你派我们的朋友年轻人上哪儿去了？

父亲 我派他……我派他……我派他去办一件事……

母亲 你必须要理解，孩子，我的丈夫已经110岁了……

秃子 如果我的记忆没有出错，那么千真万确，老板打发他去找亚洲人了。

父亲 我亲爱的老天爷啊，去找亚洲人干什么？

秃子 为了进行谈判，为了跟他们谈判，让他们不再压低时薪，因为他们正在倾销甩卖，而这并不符合资本主义的公平竞争精神。这就是他要去告诉他们的，告诉那群市场经济下的变种人。

老头 别管他们叫"黄色变种人"！

秃子 那我该管他们叫什么？

父亲 别跟我在这里谈论任何政治话题！也提都别跟我提"谈判"！

秃子　我们知道，我们知道，也不能说什么罢工。

父亲　（惊恐）什什什什什么？你说什么？

秃子　呃呃呃呃，没什么，我们开玩笑的。

儿子　他说罢工，爸爸。

父亲　啊啊啊啊啊啊啊啊啊啊啊！啊啊啊啊啊啊啊啊啊啊啊啊啊！啊啊啊啊啊啊啊啊啊啊啊啊啊！（突然站起，捂着心脏的位置，倒了下去）

母亲　噢噢噢噢噢噢噢噢噢噢噢！噢噢噢噢噢噢噢噢噢噢！（从座位上站起，跪倒在她的丈夫身旁）救命！救命！他可怜的心脏！他一百岁的心脏！

儿子也跪在了父亲身边。

儿子　妈妈没有夸张。

秃子　真他妈的，真是出好戏。马上就要出现两具年龄差距巨大的尸体了。

秃子和老头从地板上站起来，站到躺着的父亲和跪着的母亲与儿子身后。

老人　需要打电话叫人来……

秃子　妈的，他们给谁打过电话？叫谁来过？放轻松。总之，在我看来，他就是在装腔作势，好叫自己脱身。

父亲　呜呜呜呜呜呜呜呜呜呜呜！呃呃呃呃呃呃呃呃呃呃呃！（躺在地板上抽搐）

妻子驱散了站着和跪着的一群人。她走到躺在地上的人面前，开始实施某种抢救。首先，她脱下了限制自己行动的大衣，然后把自己的头发扎得更紧。她的动作很迅速，并同时使妻子从一个可怜的、迷茫的女孩变成一个美丽的、散发着情欲气息的女人。她把父亲胸前的衣服扯开，听了听他的心脏，撑开病人的眼皮看了看，然后开始做心脏按压。

妻子　（对儿子）您就傻站在那儿吗？！快去打电话！你们这里大概是有急救车的吧。

儿子　我们有的，我们有的……（冲向装置，拿出电话）我们有的。半个钟头就到……（但并不拨打）

妻子　要是一个人已经110岁了，他就不应该住在森林里，应该住得离急救中心近点。（*不断进行心脏按压*）他应该住在急救中心里。为什么你们要这样折磨一位老人？他真的不想死去吗？

儿子 （*不耐烦*）他一会儿想去死，一会儿又不想了！小姐，您难道还不知道老年人是什么样子的吗？！

妻子 我知道，我从医院里头知道的。但在我们那里110岁几乎难以想象，我们那里的人已经能够活到70岁左右。头一天还说自己已经活够了，第二天就怎么都不愿意了，这种事到处都是。

儿子 对，爸爸也是这样。星期六还说已经受够了，星期天就又要到亚洲人那里订购部件。

妻子 什么部件？

儿子 就是器官，他们买卖这个，您看。

　　妻子暂停了按压，把父亲胸口的衣服解得更开，摇了摇头。

妻子 不错，缝合的医生手法很好。他还有什么是自己的？

儿子 还剩一半吧。肝脏、左肺、胰腺、亚洲制造的肾脏，但人们说，他们是从狗身上摘下来的。

妻子 狗不可能活到110岁……

母亲 （*生气*）请快点开始工作！！！你来了什么都没干，光顾着聊天！！！他可能会死！！！

儿子 妈妈没有夸大其词。

妻子 很抱歉，但我从来没有抢救过一个110岁的老人。我担心我不能为他做什么。

儿子 请不要害怕。

　　妻子继续抢救。按压了父亲的胸部几下，然后听了听，按压，然后听，按压，然后听。

秃子 这能起到什么作用？

妻子 很难讲……

老头 也许我们还是应该叫医生？

儿子 不需要，这位小姐她做得很好。

妻子还在抢救。她继续进行了一系列的按压,并将耳朵贴在父亲的胸口。有一次父亲突然有了反应,他没有睁开眼睛,但开始急促地喘息,然后无力地抬起放在身体旁边的双手,小心翼翼地摸索着,划过女人的躯体:肩膀、背部,慢慢下移,最后把手放在妻子的臀部,但没有在这里停留太久……

妻子　我想他好些了。

父亲继续他的色情游戏,像一个躺着的梦游者。

儿子　父亲!父亲别捣乱,好吗!?小姐正在拯救父亲的生命!

母亲　他失去意识了!他不知道自己在做什么!

秃子　是是是是是,他在抽搐……

母亲　需要叫一个真正的医生来!

秃子　别再省钱了……

儿子　我们谁都不会叫的,小姐这边一切顺利。老先生,请握住老人家的手。

老头跪下来,试图靠近躺着的父亲,但周围跪着的一圈人让他很难办到。

母亲　别固执了!撑不住了。给医生打电话!让她立刻停下……立刻停下来!离开我们的房子!

儿子　(坚定地)她要留下,妈妈。

母亲　离开!

儿子　留下!

母亲　离开!

儿子　留下!

母亲　立刻离开!

儿子　她要留下,因为她要等待的人,她的丈夫,被你那鲁莽的丈夫,也就是我的父亲,派去跟亚洲人谈判了。这是我们应该为她做的。

母亲　她应该离开!

儿子　(语气中带着隐秘的威胁)妈妈……

母亲　(软弱下来)她应该离开。

儿子　妈妈……

母亲　(声音更加微弱)她应该……离开……

儿子 （轻柔中带着威胁）妈咪……

母亲 ……

秃子 很对，尊敬的太太，非常正确。

第七幕

  同一个房间。被改造成类似医院病房的布置。父亲躺在铺着白布的桌子上。装置在他旁边，当中伸出一个三脚架，上面挂着几个瓶子：葡萄糖、生理盐水，可能还有些别的，甚至还有一个红色的瓶子——血瓶。这些是父亲正在打的点滴。之前没有动静的大屏幕亮起了绿色的荧光，上面出现了心电图、脑电图和其他线条。妻子和儿子正在房间里。妻子穿着一件让人联想到护士服的衣服，简单的白色。她穿着这身衣服看起来很有吸引力，甚至可以说是性感的。椅子上搭着她先前出场时候穿的深色大衣。妻子在桌前忙碌。她把被褥、枕头摆放好，拿出病人身上的体温计，读出示数然后放到一边。儿子站在装置旁边，他趴在控制台上把药剂吸进鼻子里，然后揉按着自己的鼻子。妻子没有看到这一幕。

儿子 白色非常衬您。

妻子 白色就是白色，需要常常清洗。

儿子 我们这儿有两台洗衣机，一台熨斗和一台烘干机。

妻子 我很高兴。

儿子 我们有一台洗碗机，两台冰箱，一台加热器，一台料理机……父亲甚至有一台机器专门用来在星期天为他打领带。我们这里的女人们没有什么事情做，只用做一些普通的……

妻子 （心不在焉地）她们一定很快乐……但昨天您说了一些，让我不安的话……

儿子 ……您是指？

妻子 您说，您的父亲轻率地派我的丈夫去跟亚洲人谈判……

儿子 我有这么说过吗？

妻子　是的，他们很危险吗？

儿子　理论上来讲不会，不过也发生过一些意外……

妻子　请您有话直说。

儿子　……非常罕见的情况下，一些人没有从各种与亚洲相关的任务中回来。

妻子　从亚洲？

儿子　不，在这里。亚洲人也在这里工作，只是距离稍远。在黑暗森林的深处。我们很少能看到他们。他们用火车把砍伐的木材送来，我们把钱给他们寄过去。我是说，不是我和爸爸，而是那些雇佣他们的人。我们雇佣白人，在文化和文明方面更接近一些。我们雇佣更接近我们的人。您想看看吗？

　　儿子从装置的控制台上拿起一个类似电视遥控器的东西，按下按钮，心电图的画面就从屏幕上消失了，取而代之出现了最初几幕中的森林：秃子和老头在工作。他们锯木头，砍木头，拖木头，各自干着自己的活。他们都有小胡子。

妻子　他和他们一起工作，是吗？

儿子　是的。他跟你说了？

妻子　说过一些。

儿子　说了什么？

妻子　没什么特别的。说工作很辛苦，但报酬很可观。说他很想念我，但会忍耐。

　　秃子和老头停止工作，蹲下。秃子掏出香烟，点燃一支烟。从身后拿出一罐啤酒，递给老头，又给自己拿出一罐。秃子撕掉了自己的小胡子。老头有些迟疑，但也撕掉了自己的。他们打开啤酒，开始喝酒，互相说着些什么……儿子从装置的控制台上拿起麦克风。

儿子　（对着麦克风）不会太早了吗？

秃子　（从屏幕中传出声音）什么？

儿子　这次休息。

秃子　刚刚好。

儿子　还有啤酒。

秃子　各取所需，各尽所能。

儿子　什么？

秃子　（对老头）告诉他。

老头　卡尔·马克思说的。

秃子　没错，所有工人的守护神、圣约瑟夫的前身和继承人。

儿子　别吓唬人，别吓唬人，没人会被你们吓到。

秃子　那么您尊敬的爸爸是否因为勇气的爆发而打起了点滴？

儿子　你们最好还是粘上自己的小胡子！

秃子　你最好别让那些垃圾通过你的鼻子进入大脑！你爸爸已经不行了！你是一家之主了！

儿子　（震惊）你们从哪儿知道的？我什么都没吸……

秃子　我们知道，因为我们使用了现代技术，在它面前一切都无所遁形。（对老头）给他看看。

老头站了起来，从画面中消失了一会儿，很快他带着一台便携式电视回来，把它放到一个树桩上。

秃子　哦，请吧。我们从亚洲人那里买的。你在里面看起来活灵活现，而这位尊贵的女士极其妩媚动人。

儿子惊慌失措地四处张望，目光在墙壁和天花板上来回移动。

儿子　摄像头在哪儿？！

秃子　为了让你安心，我们可以认为，它无处不在。

妻子　我不理解。这一切是为了什么？为什么你们一定要在电视机上看着我？

儿子　摄像头在哪儿？！

老头　因为我们不信任他……

秃子　……另外，我们是您丈夫的同事。

儿子　你们和亚洲人有联系？！摄像头在哪儿？！

秃子　为什么不？很好的人。

儿子　你们被严格禁止这样做！

秃子　我们无视它了，就像粘胡子一样，我们来自东方，不承认那些禁令。

儿子　（沮丧）要是爸爸知道了的话……

秃子　我们有联系，还一起唱歌。

儿子　什么？

秃子　（对老头）告诉他。

老头　（唱）　　　　起来，饥寒交迫的奴隶……

妻子　这是一家疯子，对不对？他说，这里就是天堂，我们应该竭尽所能留下来。

儿子　他说得完全对。

老头　请不要听他说的，请不要相信他说的。

秃子　没错，没错！这是……

　　儿子抓起遥控器，按下按钮，屏幕暗了下去。

儿子　他说得完全对……

妻子　他从没骗过我。

儿子　他怎么会……

妻子　只是现在，当我需要他的时候，他居然不在。

儿子　是信号的问题……

妻子　请您别再犯傻了，好吗？

　　妻子不耐烦地别过头，回到父亲身边。她拨动控制台上的按钮，屏幕上出现了心电图、脑电图等波动图表。她调整点滴和静脉血管上的阀门，进行常规的护理工作。最后她在床头坐了下来。

儿子　你太关心他了。他毕竟已经 110 岁了。

妻子　他可是您的父亲。

儿子　当然，但他活得够久了。

妻子　您不关心吗？

儿子　这么说吧，我已经有足够的时间来享受他的存在。

妻子　什么？今后您不会时常想念他吗？当然，我是说如果你会想起他的话……

儿子　当然会，当然会，不开玩笑。他的知识，他的经验，他的技能，他的钢铁般的意志，他的人格……他已经知道如何与他们交谈……我想要看看他们……

妻子　没有他，您会怎么办？会怎么做？

儿子　我们将从东部雇佣一个人，作为最后的手段。一个了解森林、知道如何让工人们守规矩、知道在餐桌上用餐的礼仪、有充当丈夫和父亲经验的人……如果您能把医疗设备停掉一会，我们可以在搜索引擎输入并找到一些……

妻子　您能雇佣别人来充当自己的父亲吗？

儿子　我可以雇佣父亲、母亲，我可以雇佣孩子，我可以雇佣任何人，只要他们同意薪酬和条件……我们有无限的需求，正与你们无限的供给相匹配。

妻子　你大概也想要雇佣我吧……

儿子　这是当然了，当然了，您是最重要的！比起父亲、母亲，我最想雇佣的就是小姐您了！

妻子　雇佣我作为什么呢，亲爱的？

儿子　作为……作为……当然是作为护士！

妻子　是作为护士长。

儿子　对对，作为护士的首长。

妻子　也是你的首长，对吗？

儿子　对对，我的。

妻子　让我命令你换上睡衣？

儿子　是的……

妻子　让我为你注射？

儿子　对对，注射……

妻子　挂上点滴？

儿子　哦，对，点滴，点滴……

妻子　和胃镜？

儿子　也要，也要……

妻子　那灌肠呢？

儿子　哦，对，灌肠……

妻子　你多大了，小家伙？

儿子　70……78 岁……

妻子　那我们也在你身上实践一下恋尸癖，怎么样？

儿子　好，我很渴望……

　　儿子跪倒在妻子身前，谦卑地垂下头。

儿子　我非常渴望您提到的所有一切，我非常渴望雇佣您，我会向您支付任何佣金，每小时 15 或者 50 块钱……

妻子　首先，让我们等到他回来，然后我们可以聊聊佣金的事。对了，你付给他多少钱？

儿子　那是爸爸经手的。

妻子　多少？

儿子　是爸爸……

妻子　多少？！（*从自己的位置上站起来，俯视跪着的儿子*）多少？？！！

儿子　大概是 7 块吧……

妻子　可为了灌肠可以支付 50 块？

儿子　是的，是的……

妻子　我会等到他回来。

儿子　55……

　　妻子俯身捡起被儿子丢开的遥控器，按下遥控器，屏幕亮起，上面出现了秃子和老头的身影。他们没有在工作，显然，他们正在庆祝些什么。

妻子　你们认为呢？

秃子　告诉他，70 块。

妻子　不要过分。

秃子　告诉他，100 块。

妻子　恕我直言，秃子，这太过分了。

秃子　多娜，你不知道发生了什么。告诉他 150 块。

妻子　秃子，要有边界。

秃子　没那种东西。

妻子　边界总是要有的。

秃子　但那是弹性的。

妻子　少说废话。

秃子　告诉他 200。

妻子　秃子，秃子。

儿子　正是，正是，不要过分……

秃子　闭嘴，没你说话的份。

妻子　礼貌一些吧，我们是客人。

秃子　告诉他 300！

妻子　别干傻事，我们来自东部，但也有边界。

秃子　我们没有任何边界。

老头　可以不要 300，但你应该相信他。

妻子　你们到底在干什么？！

儿子　60 块。不能更多了……

　　父亲从昏睡中活了过来，尝试站起来，痉挛，抽搐，直起身，踢动双腿。

儿子　爸爸别管！！！

　　妻子走向医疗机器，走到点滴旁，拧动其中一个阀门，父亲立刻安静下来。

儿子　而且只适用于工作日，周六和周日没有薪水……

秃子　屁话……

妻子　别闹了！我们过界了[①]！

秃子　你以为你是谁……是什么东西？我们难道要放他奶奶的香屁，就为了

[①] 也有"我们在国外"的意思。

让这个 70 岁的蠢货感觉良好？为了让他不会满头大汗，不会惊慌失措？！老头！告诉他们！

老头 （唱） 　　　起来，全世界受苦的人，

　　　　　　　　　　不要说我们一无所有，

　　　　　　　　　　把旧世界打个落花流水……

儿子 开什么玩笑！你们自己到这里来的！

妻子 21 世纪已经过半了，秃子……

老头 您打断我了，小姐，您不懂……

妻子 我不懂什么？！

秃子 他不会回来了。

妻子 什么？

秃子 他不会回来了。

妻子 什么？

秃子 他不会回来了。

妻子 为什么？你在开玩笑吗？

秃子 因为他不在人世了。

妻子 你在说什么？

秃子 他死了。

妻子 你这个狗娘养的……

秃子 我没有开玩笑。

老头 是的。

妻子 怎么会……

秃子 就是这样！我告诉过你，要 300 块！他死在森林里，被压死了。他们是在胡说八道，因为他没有登记，没有保险，没有完成申报之类的手续。他们想要摆脱这具尸体，但他们没有主意。父亲想要把他放进炉子里烧掉，但你看……

妻子 什么叫放进炉子里……？

秃子 孩子，孩子，你多大年纪？

妻子　25 岁。

秃子　他们没在学校里教过你们吗？老头……

老头　嗯，这样做不会留下痕迹。你把尸体放进去，一个小时过后就剩下一堆灰烬。要是一阵好风恰好吹来，咻——不会留下任何痕迹。

妻子　他在哪儿？（对儿子）你们把他放在哪了？！

秃子　（指向装置的屏幕）那里。

妻子走向装置，绕着它打量。

秃子　需要打开它，像开冰箱那样，那里有一个把手。

妻子听从指令，响起尸体坠落的巨大轰响，同时舞台暗了下去。

第八幕

森林。同第一幕和第三幕中一样的布景。被砍断的树桩上放着一口棺材。使用的是和树木、被砍下的原木，也就是和森林相同的材料。离棺材不远处，放着上一幕中出现过的电视机。妻子坐在棺材旁，她架着二郎腿，正在抽烟。她一身素黑，正在哭泣，她一边哭泣，一边抽烟，身体前后摇晃，并用嘶哑干涩的声音歌唱。

妻子　　　　　当清晨降临，
　　　　　　　　大地，海洋，
　　　　　　　　每种元素都向你歌唱，
　　　　　　　　赞美你，伟大的神啊。

　　　　　　　　还有人类，
　　　　　　　　为你创造并被你拯救，
　　　　　　　　无限地享受你的馈赠，
　　　　　　　　怎么能不赞美你的神圣？

妻子没有停下歌唱，同时拿起放在棺材盖上的遥控器，按了一下，看着电视屏幕，又按了一下，然后把遥控器放回棺材盖上。

妻子　　　　　　　　　我几乎无法擦拭我的双眼，
　　　　　　　　　　　须臾间，我向我的主呼喊，
　　　　　　　　　　　向我天上的主呼喊，
　　　　　　　　　　　在我的身边寻找祂。

　　　　　　　　　　　昨晚在睡梦中躺下的人，
　　　　　　　　　　　许多已在死亡的沉酣中离世。
　　　　　　　　　　　而我们仍然醒着，
　　　　　　　　　　　为了赞美你，我的主啊。

　　妻子陷入沉默，掐灭了香烟，再次伸手去拿遥控器，看着屏幕。
　　粘着小胡子的秃子和老头从森林深处走出。

秃子　不错。

妻子　我不会唱别的。

秃子　总的来说很过得去。

老头　听起来很美。

秃子　决定是什么？

　　妻子再次按下遥控器，看着电视屏幕。

妻子　我们先等等。

　　秃子和老头坐了下来，摘下小胡子，拿出香烟，点燃。

秃子　母子间永恒的、传奇的联结？

妻子　大概类似吧，父子间也有点。

秃子　70 岁的人没有太多感觉，是吧？

老头　没有，但他们坚持使用他们熟悉的人。

秃子　要么这样，要么那样呗。

　　妻子又点燃了一支烟。秃子从胸前掏出酒瓶和三个杯子，放到棺材上，倒酒。三个人一起喝了一杯。

妻子　　　　　　　　　昨晚在睡梦中躺下的人，
　　　　　　　　　　　许多已在死亡的沉酣中离世。

老头 （为妻子和声）

　　　　　　　　而我们仍然醒着，

　　　　　　　　为了赞美你，我的主啊……

秃子　没错……没错，就是这样……

　　妻子拿起遥控器，按下，转向屏幕的方向。

妻子　你还有 15 分钟。我们不能就这样干坐着。再过 15 分钟我们就收拾收拾，回我们那里去。

儿子的声音　求求你！

妻子　15 分钟。

儿子的声音　他承受不了这个。

妻子　他可以，我们会雇佣一个可以承受的人。

儿子的声音　求求你！求求你！

妻子　12 分钟。

儿子的声音　12 分钟……那他呢，你们要怎么把他带走？你们三个人要怎么把他带走？！怎么带的走！？

妻子　我们雇了亚洲人，他们正在黑暗森林的深处等待。他们会过来，用肩膀扛起他，然后我们一起走。如果你不是那种懦夫，你本来可以帮助我们的。

儿子　我不想帮你！我想要你能留下，能和我一起实践这一切……

妻子　10 分钟。我更想要亚洲人。

儿子的声音　求求你……你们一走出森林就会被抓住的。这里没人抬着棺材走……

老头　太可惜了，抬棺材对人们有好处。

妻子　也许会有人来抓我们吧。7 分钟。

秃子　喂，喂，小公主……

儿子的声音　求求你……我会做任何事！

秃子　太奇怪了，他们真的太奇怪了……

妻子　4 分钟。

老头　但凡他们曾有机会抬过棺材……

妻子　3 分钟。

秃子　鬼都帮不了他们。

老头　要是他们知道尸体多重的话，倒是会有点帮助。

妻子　两分钟。

儿子的声音　拜托了……关掉这个……

　　妻子按下遥控器，电视屏幕的光熄灭。秃子再次给杯子里倒酒，三个人又喝了一杯，然后继续抽烟。

秃子　唔，唔，我的女王……

　　妻子没有理睬秃子，而是开始继续吟唱自己悲伤的歌谣。

妻子　　　　　昨晚在睡梦中躺下的人，

　　　　　　　许多已在死亡的沉酣中离世。

老头　　　　　而我们仍然醒着，

　　　　　　　为了赞美你，我的主啊。

妻子　　　　　当清晨降临，

　　　　　　　大地，海洋，

老头　　　　　每种元素都向你歌唱，

　　　　　　　赞美你，伟大的神啊。

妻子　　　　　还有人类，为你创造并被你拯救。

老头　　　　　无限地享受你的馈赠，

　　　　　　　怎么能不赞美你的神圣呢？

秃子　　　　　我几乎无法擦拭我的双眼，

　　　　　　　须臾间，我向我的主呼喊，

　　　　　　　向我天上的主呼喊，

老头　　　　　在我的身边寻找祂。

妻子　　　　　昨晚在睡梦中躺下的人，

　　　　　　　许多已在死亡的沉酣中离世。

　　　　　　　儿子从树林中走了出来。走近棺材。

妻子　　　　　　而我们仍然醒着，
　　　　　　　　为了赞美你，我的主啊。
　　　　　　　　歌声中断，一片安静。

儿子　好了。

妻子　是吗？

儿子　是的。

妻子　怎么办到的？

儿子　如你所想。

妻子　也就是说？

儿子　首先是麻醉剂，然后是安眠药，之后是行动阻碍剂，最后我慢慢断开了连接。

妻子　轻柔地、缓慢地。

儿子　是的，就像你说的那样。

妻子　他没有察觉到什么吗？

儿子　不，大概是没有，我确信。

妻子　这很好。

儿子　你留下吧……

妻子　你是个好孩子。

儿子　我太想要你能留下了……

秃子　从没有人这么跟我们说话……

妻子　那你的妈妈呢？

儿子　她大概也还什么都没有发现，他们在一起这么久了……

妻子　以至于她看不到那个死人？

儿子　她记得所有旧的祈祷。她跪下来，试图祈祷。我认为她很困惑……

秃子　我们的年轻人和你的父亲……嗯，这很刺激……

老头　这里面有一定的公义……

妻子　我们会尝试为她雇一个人。比如说，完美的想法，对不对？

老头　喂！我的小姐！不好意思，我必须作为一具尸体和别人的情人来工作！？小姐的想法太天真了！

妻子（对儿子） 我们能付他多少钱？

儿子 什么叫我们？

妻子 你会付给自己的父亲多少钱？

儿子 上帝啊！他死了！！！

妻子 没错！你会付给他多少钱呢？

儿子 我甚至都不知道，我们有多少……我是说，我有多少……

妻子 每小时50块，这是一项简单的工作。

老头 耶稣……

妻子 他不会对你说任何让你去工作的陈腔滥调，他会教给你的妈妈古旧的祷告。你终于可以自由地把所有你想要的垃圾吸进你的鼻子里……我甚至还会陪你扮演国防军，玩吃屎的游戏……

儿子 好，好……不过不能是50块……45。

妻子 要么这是我们的共同财产，亲爱的……要么我们就拿上钱回我们那里去……

秃子 跟亚洲人一起……

老头 他们会在路上就逮捕我们的……

儿子 是我们的……

妻子 没错。50。

老人 耶稣……

儿子 对……但你会陪我们玩国防军的游戏……

妻子 玩，玩……

秃子 陪你玩。

妻子 40块，给秃子。

儿子 ……

妻子 40块。

儿子 为什么？

妻子 给他的工作。

儿子 在森林里的?

妻子 不，小守财奴，我们会雇佣秃子来取代你。

秃子 我……

儿子 那我呢?

妻子 你什么都不干。国防军，恋尸癖，白色粉末和其他你最喜欢的东西。也许我们可以去某个地方。你喜欢这样吗，我的小猫咪?

儿子 那妈妈呢?

妻子 你还想不想跟我走?!

儿子 对不起……

妻子 好吧。

儿子 那森林呢? 那毕竟……

妻子 可是你很无聊。我们可以雇一个人，用 65 或者 56 块钱。

　　妻子大声拍手。四个亚洲人从树林间走出来，他们抬着类似轿子的东西：带杆子的椅子，用于搬运。他们把轿子放在地上，整齐地站成一排。

妻子 现在你们带上他，把他埋掉。你们知道如何埋葬一个人吗?

　　四个亚洲人同时点了点头。

妻子 好，你们去吧，去挖吧。挖好之后你们叫我，埋葬的时候我们会在场，明白吗?

　　四个亚洲人点了点头。他们扛起棺材放在自己的肩膀上，消失在黑暗森林的深处。妻子在轿子上坐了下来。她的左侧，地上坐着秃子，右侧坐着老头。她的脚边坐着儿子。灯光慢慢变暗；同时响起第一幕中伴随着"声音"出现的声响。"声音"也同样响起了，但分辨不出具体词句——只有一些无意义的字词，一连串的音节和词语。"声音"掠过舞台，在远处的某个地方消失了。秃子的声音在黑暗中响起。

秃子的声音 亲我们的屁股去吧。

全剧终

安杰伊·斯塔舒克的剧本《黑暗森林》于 2007 年 2 月首次刊载于《对话》杂志。同年，它由 Czame 出版社出版。本选集所选为后一版本，内容有所调整。

彼得·托马舒克笔下的神圣罪人

玛仁娜·维希涅夫斯卡（Marzenna Wiśniewska）
赵祯 译

"我写作是出于必要，当我拥有某种感觉的时候，当某一话题对我来说重要，但却没有以一种有趣的方式被展现出来的时候。"[1] 彼得·托马舒克在2005年出版了剧本《上帝尼金斯基》[2]（*Bóg Niżyński*）之后曾这样说道。皮特首先是一位戏剧导演，而他目前最重要的成果就是从1991年起创办的苏普拉希尔维尔沙林剧院（Teatr Wierszalin w Supraślu）。他同塔代乌什·斯沃博吉安耐克（Tadeusz Słobodzianek）一起创办了这一剧院，紧跟波兰人类学戏剧实践的步伐，该实践受耶日·格洛托夫斯基前期活动和让戏剧重回中东欧重要文化源头的想法启示。剧团的创立是由20世纪30年代流传于波兰和白俄罗斯边境村庄的东正教的异教——借伊利亚先知之名，多次预言耶稣降临和世界末日的埃利亚什·克里莫维奇（Eliasz Klimowicz）所建宗派的活动所导致的。在等待世界末日的时候，先知的追随者建立了维尔沙林村庄，本意是作为圣经里的新耶路撒冷。虽然到现在只有它的废墟，但是关于非东正教的宗派传说仍旧能够唤醒人们鲜活的情感。维尔沙林异教事件在1974年被波兰人类学家兼宗教研究者沃基米日·帕乌鲁楚克（Włodzimierz Pawluczuk）写

---

[1] *Duch ma ciało. Z Piotrem Tomaszukiem rozmawia D. Jovanka Ćirlić*, „Dialog" 2005, nr 10, s. 88.
[2] P. Tomaszuk, *Bóg Niżyński*, „Dialog" 2005, nr 12, ss. 64-87.

进了《维尔沙林——关于世界末日的报告文学》(*Wierszalin. Reportaż o końcu świata*)这本书中。格洛托夫斯基在发展源头剧院（Teatr Źródeł）工作期间曾跟随书中的路线去了一趟维尔沙林①。他又继续顺着维尔沙林剧院的名字这一线索进行人类学戏剧的搜寻，并成功见到了异教徒的精神文化遗产，他们通过非东正教的方式供奉信仰，并时不时残暴地加剧罪之躯和灵魂以及神圣和世俗之间的对立。托马舒克和他的团队在自家剧院的标志上加了象征着无穷无尽的曼陀罗形状，中间还加上了字母"W"，直接将波兰两个实验性剧院的标志象征联系起来，一个是存在于两次世界大战之间（1919—1939）的堡垒剧院（Teatr Reduta），另一个是实验剧院（Teatr Laboratorium）。

托马舒克的戏剧创作是他主导经营的剧院的衍生物，也是他盈千累万的剧作作品——剧本和改编剧的一部分。他写的戏剧都是为了维尔沙林剧院的正常运营，所有剧本都与剧院团队表演人员的实践领域以及剧院舞台的舞美音响相契合。这些剧本的主题都是关于对宗教经历十分敏感，但同时又被困在不寻常的、执拗的或者被抛弃的、被视为罪恶之源的躯体之中的个体的命运。托马舒克感兴趣的是"神圣的疯子"，就像在波兰东部边境被人称呼的那样——怪胎，既是被选中的人也是被排除在外的人，他们的身体和灵魂在神秘又残忍的欲望中燃烧。这都因为托马舒克根植于维尔沙林剧院基石一般的神化和戏谑的辩证对立之中的想象，这一辩证思想不光渗透于维尔沙林东正教宗派［在《蠢人》(*Głup*, 1996)、《维尔沙林——关于世界末日的报告文学》(*Wierszalin. Reportażu o końcu świata*, 2007) 剧中能找到这一词］，还渗透于那些启发他的文学人物身上。托马舒克在思想上跟随托马斯·曼，后者曾在《浮士德博士》(*Doktor Faustus*) 的序言中写道："极致的礼貌，极致的赎罪，只有这样的形式才能创造神性"②。由奥尔加·托卡尔丘克的《白天的房子，夜晚的房子》改编的戏剧《圣威尔·格福蒂斯》(*Ofiara Wilgefortis*, 2000) 的主人公是一个神圣的处女③，从被迫嫁人的命运中解放的神迹让她的身体形同

---

① W. Pawluczuk, *Wierszalin. Reportaż o końcu świata*, Kraków 1974.
② 译者自译。T. Mann, *Jak powstał „Doktor Faustus"*, przeł. M. Kurecka, Warszawa 1960.
③ 摘自奥尔加·托卡尔丘克《白天的房子，夜晚的房子》的改编版。

耶稣。而《圣人俄狄浦斯》(Święty Edyp)中的圣人俄狄浦斯将神秘的主角与托马斯·曼的《被挑选者》(Der Erwauml hlte)中有关教宗格列高利的传奇结合在了一起。而剧本《上帝尼金斯基》则取材于欧洲 20 世纪前半叶最伟大的舞蹈家之一，在艺术、情欲和形而上学三者之间挣扎撕裂至疯癫边缘的瓦斯拉夫·尼金斯基的自传和手记。

托马舒克系人偶剧导演专业毕业，这决定了在 20 世纪 80 年代初登场的那批导演中他所形成的独具特色的戏剧道路。利用以民间和教堂的静态简约木制雕塑为模板做成的人偶进行的实验，让他的作品从一众首映作品中脱颖而出，人偶华丽的布料形成了自己的"剧中剧"，成为舞台上比人还要"亮眼"的存在[①]。同时托马舒克对演员和人偶的同台演出也很感兴趣，他在其中看到了用舞台形式表达人平行存在的两个维度的可能性：肉体和灵魂。人偶的出现增强了演员生物力学特征的意识，将演员在舞台上的行为去真实化，与此同时，他还鼓励演员放弃心理表演。托马舒克利用人偶加演员的表演方式对神秘道德剧形式的世界观进行朴实和象征的展现，在人类世界中，神的力量和恶魔的力量都会对人类产生影响，从而产生了信仰和罪恶、戒律和欲望、宗教启示和渎神不敬之间不可调和的对立。此外，在托马舒克的作品中还伴随着天主教和东正教宗教传统元素的同时使用：圣歌、祷告、圣礼。

前期的人偶剧职业生涯为托马舒克开辟了一条开发演员躯体表达可能性并寻找更多训练形式和表演技巧的道路。他以格洛托夫斯基的导演实践为灵感，秉承"导演，连同演员们，必须形成某种封闭式的组合，要能够设计出原创的、不可复制的艺术表达符号"[②]。托马舒克强调：

> 格洛托夫斯基向我展示舞台是完全可以成为惯例的空间、隐喻的空间，而舞台剧则可以成为具有象征意义、与圣礼十分相近的行为。实验剧院的创始人将自己的演员从真实还原人的经历和言行举止的必要性中解放出来，

---

① P. Tomaszuk, *Teatr to coś ostatecznego*, „Teatr" 2007, nr 5, s. 52. 托马舒克与舞台设计师米科瓦伊·马莱沙（Mikołaj Malesza）、艾娃·法尔卡索娃（Eva Farkašová）、尤利娅·斯库拉托娃（Julia Skuratova）的合作发挥了重要作用。

② P. Tomaszuk, *Teatr to coś ostatecznego*, „Teatr" 2007, nr 5, s. 52.

反而让他们用令人不解的方式将冒牌货和神父、圣徒和弄臣的特点集成一身……格洛托夫斯基剧院曾经是——说实话每个"后格洛托夫斯基"的剧院团队都会成为——"演员实验室",更确切地说是"演员肢体实验室"……所以很早以前我就十分关注演员的肢体表达和'前语言表演'——这是一种在舞台上出现话语时需要用恰当的肢体语言做铺垫的情况。对我来说,演员独立运用声音的能力,比如发出"非人"声音的能力很重要。①

渐渐的,人偶的表演形式在维尔沙林剧院的活动中退居二线,而在完成模仿不能活动和能活动的假人表演、随意发出各种声音、将肌肉紧绷到极限状态、用律动和空间结构规范肢体活动,同时伴随着癫狂和超脱当下演技释放的基础上,演员肢体活力的表现则成为团队的标志性符号。身体成为演员最基本的表演工具,也成为托马舒克戏剧的重要主题。他以"困在躯体里的灵魂"②为主题——就像他自己说的——创作的最为重要的戏剧舞台作品肯定是《圣人俄狄浦斯》和《上帝尼金斯基》。

瓦斯拉夫·尼金斯基③的身影出现在托马舒克的兴趣范围内显得尤为正常。这位"天才舞者"的人生和作品都充满了戏剧性的冲突,他通过自己的杰出作品和为克劳德·德彪西的《牧神的午后序曲》和伊戈尔·斯特拉文斯基的《春之祭》编排的印象主义舞美于20世纪第一个10年里在欧洲芭蕾舞界掀起了一场革命。尼金斯基有波兰血统,但生长在俄罗斯。他沐浴在天主教的信仰中长大,但他离东正教教堂的神秘氛围更近。他的魅力和舞蹈天赋有着超越性别的元素,他长期与著名的巴黎俄罗斯芭蕾舞团(Les Ballets

---

① P. Tomaszuk, *Teatr to coś ostatecznego*, „Teatr" 2007, nr 5, s. 52.
② *Duch ma ciało. Z Piotrem Tomaszukiem rozmawia D. Jovanka Ćirlić*, „Dialog" 2005, nr 10, s. 88.
③ 瓦斯拉夫·尼金斯基(Vaslav Nijinsky)——1889年生于基辅,1950年死于伦敦。波兰芭蕾舞演员托马斯·尼金斯基和埃利奥诺拉·贝蕾达的儿子,舞蹈演员布洛尼丝瓦娃·尼金斯卡的哥哥。谢尔盖·佳吉列夫率领的巴黎俄罗斯芭蕾舞团的天才首席。鉴于其完成舞蹈动作时轻盈跃起的独一无二的天赋,人们称他为"羽人"。他的成名作有伊戈尔·斯特拉文斯基的《彼得鲁士卡》里的彼得鲁士卡。1912年他编排了克劳德·德彪西的《牧神的午后序曲》,其中舞蹈的色情元素震惊四座。他为伊戈尔·斯特拉文斯基《春之祭》的编舞被录入世界舞蹈史册中,其狂乱的节奏、仪式化的动作和致敬民间舞蹈艺术形式的人物在当时的芭蕾舞主流界掀起了一场革命。

Russes）的团长谢尔盖·佳吉列夫（Siergiej Diagilew）保持着同性关系，但是他们的爱情和艺术合作突然戏剧性地被尼金斯基与匈牙利女贵族罗慕拉·德布斯基（Romola de Pulszky）之间的婚姻契约打破。尼金斯基疯魔般地献身于舞蹈，试图在舞蹈中寻找与上帝对话的机会。在欧洲和美洲都流传着关于他的自恋倾向、舞台魅力和舞蹈即兴创作的神话。这位"舞蹈之神"——人们都这样叫他——因为偏狂型精神分裂症，在生命的最后 30 年里都在精神病院里度过。在他身后留下了《尼金斯基手记》，这是一位艺术家和神秘主义者混乱的、多角度的独白。他在其中写道：

> 我是上帝。我是人。我是好人，不是禽兽。我是有着理智的动物。我有身体。我就是身体。我非生于身体。身体生于上帝。我就是上帝。我就是上帝。我就是上帝……①

托马舒克的戏剧从《尼金斯基手记》的神秘氛围中汲取颇多，剧本的题目直接致敬舞者作为落入尘世的神的神秘"纠葛"。

尽管托马舒克的《上帝尼金斯基》取材于他的生平，但并不是关于伟大舞者的传记式小说。作者是这样理解的："我尝试去讲述尼金斯基的思想，他的思维方式和对世界的感知……对他来说最重要的是形而上的舞蹈。他自己问自己能否将弥撒编成舞蹈？"②编剧本就是创作虚构的事件，而作者则在人物传记中为事件找到了充分的解释。故事发生在瑞士克罗伊茨林恩的精神病医院里，尼金斯基曾在这里度过许多年的时光。在故事进行时，托马舒克选择了代表性的时刻，那一天他收到谢尔盖·佳吉列夫——尼金斯基的经纪人，他最刻骨的爱情同时也是他人生悲剧的源头——在威尼斯去世的消息。然后是在 1929 年 8 月 19 日晚上，这时尼金斯基已经在与世隔绝的精神病院里待了 10 年，他成功召集了一群着迷于自己的病人信众，并组织他们为佳吉列

---

① 译者自译。W. Niżyński, *Dziennik*, Warszawa 2011, s. 65.
② *Żywot genialnego szaleńca. Z Piotrem Tomaszukiem rozmawia Hanna Dobrzyńska*, „Dziennik" nr 74, 28.03.2007. 检索网页：http://www.encyklopediateatru.pl/artykuly/37068/zywot-genialnego-szalenca［检索时间：2021 年 1 月 21 日］.

夫举行东正教追悼会。毕竟他曾在盛怒之下对他吼过："我会在你的坟墓上跳舞。"角色早就已经分配好了，也已经演练好了。尼金斯基好像只是在等待自己爱人的死讯。在剧中全体人物里，他自己扮演演出仪式的神父，有两个疯子扮演罗慕拉和佳吉列夫，还有一群病人出演礼拜唱诗班。在这样的演出作品中给人留下深刻印象的无疑是皮特·维斯（Peter Weiss）的《马拉/萨德》（Marat/Sade），又名《由德萨德侯爵领导的沙朗顿精神病院演出团体对让·保罗·马拉特的殉道和死亡的表演》。托马舒克将上文提到的东正教追悼会作为剧本的基本构架，并对仪式进行有着亵渎意味的解构。在希腊语中，东正教追悼会这一词的意思是"守夜"，而在东正教的仪式中，它是在死者旁边举行的追悼仪式的名称。托马舒克并不是第一次以宗教仪式为模板创作自己的剧本。在前文已经提到过的剧本《图格拉依格洛谢克》（Turlajgroszek）和《蠢人》（Glup）中，东正教的连祷文和圣歌所传递的宗教热情痛苦地与人的罪恶和残酷相交织。在剧本《圣威尔·格福蒂斯》中，事件组成了一条苦路，最终也以女主人公被钉上十字架结束。虚构的宗教仪式名称和祷告片段拼凑了一幕幕圣人俄狄浦斯的寓言故事。但是在《上帝尼金斯基》中，托马舒克完全将剧本的结构变为宗教仪式。剧本利用尼金斯基的视角——他"为第一个仪式的弥撒跳舞"，替佳吉列夫赎罪——将自己融入亚当·密茨凯维奇（Adam Mickiewicz）的《先人祭》（Dziady）中的传统以及耶日·格洛托夫斯基以《启示录变相》（Apocalypsis cum figuris）为首的以"亵圣仪式"为形式，实现了神化与戏谑辩证并存的舞台剧。

神父尼金斯基在医院昏暗的地下室里举行追悼会仪式，那里由香烛、烛光和颂唱声组合营造出神秘礼拜堂的氛围。根据东正教葬礼仪式的规矩，圣咏的歌词和仪式念词的有节奏重复是由舞者神父来完成的，依次经过了多个改编的仪式阶段：从祈求赎罪到表达拯救人类灵魂的愿望，最后是耶稣重生的画面作为永生的承诺。多次重复的祷文"上帝啊，请赐予他们永世不得安宁"揭露了仪式的渎神成分。在愈来愈紧张的仪式氛围中，尼金斯基好似陷入幻觉，他说道：

贡多拉！

载着尸体运向海岛！

在威尼斯。

我看见他。

世界在缩小。

他在导演葬礼。

他导演他的，我导演我的……

我的，你的，

你的，我的，

死亡。

托马舒克将尼金斯基在他最重要的三个芭蕾舞表演中的神魔创作结构搬到了剧中所举行的葬礼仪式上。角色皮耶特鲁什基——集市小剧场上团长手中没有灵魂的人偶诉说的回忆贯穿着追悼会的第一阶段——"舞蹈之神"对自己跳舞的身体陷入同性之爱和对佳吉列夫的依赖之中产生的忏悔。这一部分有欲望、强烈的肢体表达、滑稽的表演，还有对禁忌之恋和罪恶肉体的诅咒。这些都是可以将《上帝尼金斯基》归入戈尔曼·栗兹（German Ritz）所描述的同性恋舞台剧剧本圈子的主题①。

同角色法翁相联系的情欲狂欢酒神节元素，将追悼会批评传统的第二部分变为了行为变态的魔鬼对尼金斯基躯体的附身。与佳吉列夫的关系在剧中被等同于向恶魔出卖灵魂和肉体的行为，是一种有毒的关系，同时却又很神秘。形而上的舞蹈只剩下被肉欲所掌控、在情欲的战栗中微微摇曳的身体。驱魔仪式被安排在了仪式的第三部分，《春之祭》中被选择献祭的少女的命运以及尼金斯基重现耶稣被钉在十字架上的一幕。这是剧本内容最分散的一部分，用加快的节奏表现了一系列带有传记性质的事件，并赋予它们尼金斯基苦路的标志。舞者将自己摆放在救世主的位置，宣扬舞蹈就是身体和灵魂救

---

① G. Ritz, *Nić w labiryncie pożądania*, Warszawa 2002. Szersze omówienie tego zagadnienia proponują: K. Duniec, J. Krakowska, *Krajobraz z tęczą*, „Dialog" 2005, nr 10, s. 52-63.

赎之路。"你们跳舞吧，以示对我的纪念"——他这样喊道，并象征性地被钉在十字架上。"你从舞蹈而生，也将回到舞蹈中去"，这句话好像变成了新的异端邪说，嘲弄地开启了追悼会的《圣经·诗篇》第90篇的其中一小节。在剧本的最后几小节中，疯子罗慕拉和疯子佳吉列夫的台词让观众陷入不安的情绪，这些事情真的发生了，或者不如说对于其参与者来说本就应该发生。疯子罗慕拉带着哭腔倾诉："那钉子/我没有/钉入身体。"在这些文字背后有一种渎神仪式并没有真的实现耶稣受难的遗憾。

在《上帝尼金斯基》的情节中，斯拉夫的祭祖节尤为令人印象深刻，亚当·密茨凯维奇将它变为对波兰文化来说至关重要的戏剧《先人祭》中活人与死人发生关系这一想法的基石。尼金斯基就好似《先人祭》第二部中主持仪式、让死人发声的巫医。同时舞者本人也很接近古斯塔夫——《先人祭》第四部的主角——的演员形象。同他一样，尼金斯基也有自己煽动性的自白，作为一个被点燃欲望之火、焚烧了灵魂和肉体的主人所摧毁的人。"舞蹈和同性之爱成为了各各他山，在那里，尼金斯基将自己献祭"——在《上帝尼金斯基》首演后维尔沙林剧院这样介绍①。

《上帝尼金斯基》所用的语言对于托马舒克来说是一种独特的、紧凑的、不协调的语言，使用缩简和不完整的用语，节奏多变且多用重复。托马舒克的语言策略有利于将表演解构成为图像，在舞台和事件之间随意切换，让思绪打结，让因果逻辑没有用武之地。日常用语与宗教仪式的唱诵混在一起，平民老百姓的简单口语化同复杂的形式相结合，这让戏剧的语言成了一种独特的"秘密语言"②。托马舒克剧本中的主角们并不对话，他们更像是在用文字借助灵活的平行句子去展示事件，通过独白或者第三人称叙述的方式表演说话本身这个举动，就好像他们对自己解释的"这里与现在"是他们所处的世界。托马舒克这样解释：

---

① R. Pawłowski, *Golgota tancerza*, "Gazeta Wyborcza" nr 231, 03.10.2006. 检索网页：https://www.dzienteatru-publicznego.pl/artykuly/pdf/29923（检索时间：2021年1月21日）。

② H. I. Rogacki, *Powtórka z Tomaszuka*, "Dialog" 2003, nr 12, s. 53.

用具有节奏感的、远离现实主义的语言写作，我凝练意义，并将主角们从语言的平淡乏味、从冗长的话语之中解放，我受不了在舞台上这样。我将演员从为了表演而必须说话的情况中解脱。我受不了为了表演而必须说话的戏剧。我喜欢的戏剧，是那种语言是肢体语言临界点的戏剧。这是虚假虚构的现实，同样语言也是虚假的，但必须得是这样。因为虚构的才有机会听起来自然。[1]

角色尼金斯基是为具体的演员而创作，考虑到了他肢体活动和能量的特点。他就是拉法乌·宫索夫斯基（Rafał Gąsowski），托马舒克所有戏剧中最重要的神圣的罪人一角的扮演者。首演过后，评论者们都注意到了宫索夫斯基前所未有的专注，在疯魔般的表演和舞蹈动作中的停滞之间、在亢奋和麻木之间、在出神和维持痛苦姿势之间寻找平衡。宫索夫斯基就是"疯魔的神圣小丑""神性的傻子"，就像尼金斯基在剧本中自我介绍的那样："一个高傲的创造者和一个迷失的无助的人"。剧中演员并没有重现尼金斯基的芭蕾舞炫技，但是他学到了尼金斯基传奇的即兴发挥。宫索夫斯基的表演能唤起人们对实验剧院《坚定的大公》中理查德·切希拉克（Ryszard Cieślak）的名演技的回忆。

在波兰，托马舒克的剧只由他自己导演，在其他剧院舞台化的独立完成就得等额外的机会。鉴于维尔沙林剧院鲜明的个人创作风格，这更可能在借助其他文化圈子舞台剧本的情况下，在波兰戏剧圈以外得以实现。

彼得·托马舒克（生于1961年）——戏剧导演、剧作家。毕业于华沙亚历山大·泽尔维罗维奇戏剧学院的木偶导演系，并学习了戏剧知识。改编自古斯塔夫·莫尔西内克（Gustaw Morcinek）散文的处女作《关于医生费利克西》（比亚韦斯托克木偶剧院，1986年）开启了他作为导演和编剧的成功之路。他最著名的作品都是在维尔沙林剧院完成，这是他与塔杜什·斯沃波吉安耐克于1991年一起成立的一个独立团体，现已变为当地政府机构，托马舒

---

[1] *Duch ma ciało. Z Piotrem Tomaszukiem rozmawia D. Jovanka Ćirlić*, „Dialog" 2005, nr 10, s. 89.

克是该机构的负责人。由他执导的维尔沙林剧院表演：《图格拉依格洛谢克》（1990）、《梅林——另一个故事》（1993），《医生》（1993）都在著名的爱丁堡边缘艺术节上获得了一等奖。在纽约的拉妈妈实验戏剧俱乐部，该团队演出了《圣人俄狄浦斯》（2005）。托马舒克还在波兰的剧目剧院担任导演，其中主要是木偶剧院。他于1990年与塔杜什·斯沃波吉安耐克联合创作《图格拉依格洛谢克》，以剧作家身份首次亮相。随后几年，他的独立剧集出现在《对话》杂志上：《蠢人》（1996）、《圣威尔·格福蒂斯》（2000）、《圣人俄狄浦斯》（2003）、《上帝尼金斯基》（2005）、《弄臣之船》（*Statek błaznów*, 2010）。戏剧《上帝尼金斯基》包揽了波兰主要的剧作和戏剧奖项，这部由托马舒克执导的剧本于2006年9月29日在苏普拉希尔的维尔沙林剧院首演①。

玛仁娜·维希涅夫斯卡——戏剧研究专家、人文博士、波兰哥白尼大学文化研究所助教。研究方向：当代剧作、戏剧与文化表演、木偶剧美学、动画与文化管理。有多篇发表于杂志的科学文章，并参与编辑多部科学专著，包括：《媒体中的戏剧》（2015）、《为儿童和青少年而创的剧作和戏剧》（2016）、《21世纪的木偶戏：反思和挑战》（2019）等。

---

① Teatr Wierszalin, *Bóg Niżyński*, https://wierszalin.pl/bog-nizynski/, [检索时间：2021年3月29日]

上帝尼金斯基

彼得·托马舒克（Piotr Tomaszuk）著

毛蕊 译

人物
克罗伊茨林根精神病疗养院中的精神病人们
男疯子尼金斯基①
女疯子罗慕拉：歇斯底里的疯病患者
佳吉列夫②：擅长假声的重度紧张性抑郁患者
其他一些精神相对稳定且擅长歌唱的精神病人们

漆黑一片的地下室，除了地上胡乱丢弃的一些木板、梯子以外，空空如也。尼金斯基将罗慕拉、佳吉列夫先请入地下室里面，随即也请其他人入内。
电话铃声响起。

尼金斯基　　这里是威尼斯。
　　　　　　　佳吉列夫死了。

（*医生接起电话*）

---

① 瓦斯拉夫·尼金斯基，波兰裔俄罗斯芭蕾舞者和编舞家，20世纪最伟大的芭蕾舞演员之一。——译者注，以下同
② 谢尔盖·佳吉列夫，俄罗斯芭蕾舞之父、俄罗斯芭蕾舞团创办人。

威尼斯那边刚打电话来说，佳吉列夫去世了。

这个消息千真万确，我在报纸上看到的。

俄罗斯芭蕾舞之父佳吉列夫在威尼斯去世了。

吉卜赛女人早就料到了。

她之前说过，佳吉列夫会死于水上。这也是为什么他那么害怕坐船……

医生　先生，请您不要胡思乱想，这对您的健康没有任何好处，您现在在疗养院里治疗。

尼金斯基　我没有胡思乱想，因为我知道，佳吉列夫已经死了。

你们还记得角色吗？

女疯子罗慕拉　我记得！我弯腰去拿箱子，然后……

男疯子佳吉列夫　我……

尼金斯基　我记得。

男疯子佳吉列夫　我记得。

尼金斯基　佳吉列夫死了。

你们今天的角色要一直扮演下去，直到剧终。

女疯子罗慕拉　直到剧终！我弯腰去拿箱子，然后……

男疯子佳吉列夫　我要……

尼金斯基　演下去！

男疯子佳吉列夫　我……（*动作僵直，目光呆滞*）

尼金斯基　你们的角色！

我的角色！

演下去！

佳吉列夫死了。

我要来了礼拜堂的钥匙。

钥匙在这里，

这里是礼拜堂，

里面散发着恶臭。

尼金斯基　这个地方接受过圣礼吗？

尼金斯基 这曾经是奶酪制造者们的守护神的礼拜堂……

女疯子罗慕拉 好臭啊。

男疯子佳吉列夫 我也,好臭啊。

尼金斯基 不要再说这个了!

　　　　那边是威尼斯,这边是威尼斯。(*用手比画着分界线*)

　　　　然后这边这个房间就是礼拜堂。

　　　　在成为礼拜堂前这里是一座传达室。

　　　　在成为传达室之前这里是一个烤面包房。

　　　　在成为烤面包房之前这里是一个铁路仓库。

　　　　其他不必多说。

　　　　这是我们的圣坛。

　　　　所以……

女疯子罗慕拉 这是我们的圣坛,所以……

男疯子佳吉列夫 这是我们的圣坛,所以……

尼金斯基 (*唱道*)我们向他鞠躬!

精神病人们 (*继续接唱*)在我们的圣坛里,向他鞠躬!

尼金斯基 佳吉列夫死了。

　　　　我曾向他承诺,

　　　　谢尔盖!

　　　　我要在你的墓碑前舞蹈!

　　　　我等待了这么多年,

　　　　我思索了这么多年,

　　　　我心里想的就是舞,

　　　　佳吉列夫坟前的那一支。

　　　　佳吉列夫死了。

　　　　我曾向他承诺,

　　　　我要在他的墓碑前舞蹈!

　　　　我等待了这么多年,

我思索了这么多年，
今天我终于知道了。

在他的坟前，
神之圣舞，
哀悼之舞，
为其赎罪。

我将跳这弥撒圣舞，
为你赎罪，
为我赎罪。

我要跳这最高礼仪的弥撒之舞。
我是个波兰人，却热爱圣像画①。
让他们把我埋在东正教教堂里吧，
而谢尔盖则被葬在威尼斯。
波兰人在东正教教堂，
俄罗斯人在威尼斯。
我的，你的，
你的，我的，
一切罪恶。
佳吉列夫死了，
尼金斯基也不复存在。
只有主。
让我们一起以圣父圣子圣灵之名祈祷！

精神病人们 让我们一起以圣父圣子圣灵之名祈祷！

---

① 东正教传统的宗教艺术品，以画像的方式表达神灵和圣者。

尼金斯基 （手持灯盏与香炉，唱道）让我们开始安魂弥撒。①

精神病人们 （接唱）像最忠实的信徒一样。

尼金斯基 像修士一样。

精神病人们 在这地下墓穴中举行安魂弥撒。

尼金斯基 第 11 个小时的祈祷。

精神病人们 从早到晚。

尼金斯基 我们要全神贯注！

所有人都不得安宁。

精神病人们 一如你的心灵。

尼金斯基 最后上帝说道：

你从尘土中兴起，也必将回归于尘土中去！

烈火吞噬着躯体，佳吉列夫已经死去！

处处是声势浩大的骚动与震天的悲鸣！

还有人仰马翻的混乱与咬牙切齿和怨恨！

该隐冲向了亚伯，亚伯也冲向该隐！他们两人扭打做一团，

在地上翻滚，撕咬着对方！像两只疯狗，在抢夺着他们主人的

白骨。

这是他的情人们！

男疯子佳吉列夫 我……（摔倒在地，抽搐）

啊啊啊！

女疯子罗慕拉 这一幕非常野蛮。考切努②冲向了跪在遗体边的里法！他们两人翻滚在地，扭打撕咬着对方！如同两条气急败坏的疯狗在主人的遗体旁你争我夺！

尼金斯基 主啊，请赐予他们永世不得安宁！

精神病人们 主啊，请赐予他们永世不得安宁！

---

① 东正教殡葬弥撒中的一个仪式。
② 鲍里斯·考切努——20 世纪俄罗斯舞蹈家、编舞家。

尼金斯基　不得安宁！千秋万世！

精神病人们　不得安宁！千秋万世！

尼金斯基　结尾一如开端！

　　　　　　起初是一片空虚混沌。

　　　　　　他们翻倒在地，扭打成一团，互相撕咬。

　　　　　　这可不好！

精神病人们　这可不好！

尼金斯基　（唱道）我们虔心祈祷，祈求主啊，我们衷心祈祷！

精神病人们　（接唱）求主施恩怜悯！

尼金斯基　我们再次祈求主！

精神病人们　求主施恩怜悯！

尼金斯基　主说："我让我的儿子去吧。

　　　　　　他将拯救这世界。

　　　　　　让他从舞蹈中兴起，也必将回归于舞蹈中去！

　　　　　　因为舞蹈才是真理，是福音，

　　　　　　背离主而去的人，也是背叛圣舞之人！"

　　　　　　圣母玛利亚说："就让这一切发生！"

女疯子罗慕拉　就让这一切发生！（并做出非常夸张的芭蕾舞动作）

男疯子佳吉列夫　而，我……（配合罗慕拉做出芭蕾动作）

尼金斯基　玛丽亚在全俄罗斯起舞，

　　　　　　从华沙跳到第比利斯，

　　　　　　从基辅跳到巴库，

　　　　　　从莫斯科跳到圣彼得堡。

　　　　　　他们所到之处，

　　　　　　是诸多衰败和兴起！

女疯子罗慕拉　我弯腰去拿箱子，然后……

尼金斯基　（起舞）

　　　　　　啊啊啊！

　　　　　　啊啊啊！（唱道）
　　　　　　这就是智慧！我们抬头挺胸！
　　　　　　我们整理思绪！
精神病人们　（接唱）让我们感恩主的到来！
尼金斯基　让我们再次、再次表达对主的感恩！
精神病人们　从早到晚，每时每刻！
男疯子佳吉列夫　我也是。
　　　　　　阿利路亚，阿利路亚！阿利路亚，阿利路亚！
　　一盆凉水浇到尼金斯基头上，尼金斯基开始大胆起舞，模仿着奶奶阿姨、叔叔伯伯在自己的摇篮边的样子。

尼金斯基　这是尼金斯基吗？！
　　　　　　不可能吧！这是尼金斯基？！
　　　　　　瓦斯！
　　　　　　眼睛怎么是向上吊着的！
　　　　　　他怎么这样上楼梯！？
女疯子罗慕拉　我弯腰去拿箱子，然后……
尼金斯基　（慢慢停下舞步，改变舞姿）
　　　　　　他是怎么上楼梯的？
男疯子佳吉列夫　（扮演彼得堡戏剧学院的教授）
　　　　　　而我，以特殊教育之名将其录取！
尼金斯基　他如同一个纯真的孩子般行走！
女疯子罗慕拉　我弯腰去拿箱子，然后……
男疯子佳吉列夫　而我，以得到为目的将其录取！
尼金斯基　他如同一个健硕的青年般行走！
　　　　　　如同一个优雅的女神般行走！
　　　　　　如同一个淫荡的情人！
女疯子罗慕拉　我弯腰去拿箱子，然后……
男疯子佳吉列夫　而我，以舞蹈艺术之名将其录取！

尼金斯基　纯洁的羔羊在行走！

　　　　　法翁①在行走！

　　　　　在小丘上跳跃！

男疯子佳吉列夫　而我，是个白痴！

尼金斯基　白痴？（*舞步逐渐变得疯狂且不可控制*）

女疯子罗慕拉　我弯腰去拿箱子，然后……

尼金斯基　白痴！

　　　　　他的舞步完美无瑕！

　　　　　但是！

　　　　　助祭②！显得他笨拙无比。

　　　　　虽然舞步完美无瑕，却显得笨拙无比！

　　　　　圣人白痴！

　　　　　他脸红了！助祭——佳吉列夫！

男疯子佳吉列夫　而我……

尼金斯基　圣人白痴在跳舞！

　　　　　圣人白痴在跳舞！

　　　　　他脸红了！助祭，他迷失在了自己的思想中！

男疯子佳吉列夫　而我……

尼金斯基　（*突然停住*）他在啃噬酒杯！

男疯子佳吉列夫　而我……

尼金斯基　他的舞步完美无瑕！

　　　　　但是显得他笨拙无比！

　　　　　助祭显得笨拙无比！！！

男疯子佳吉列夫　（*大声呼喊*）他的舞步完美无瑕！

　　　　　虽然他的舞步完美无瑕，却显得笨拙无比！

---

① 法翁，半人半羊的精灵，又称羊男或半羊人，尼金斯基主演的独幕舞剧《牧神的午后》中的主人公。
② 又称执事，教会中的圣职人员。

他脸红了，他迷失在了自己的思想中！尼金斯基！

尼金斯基 是的！

诸多衰败是兴起！（*舞台上安静无事*）

我们要保持警惕，助祭们！

你们还记得你们的角色吗？

这是我们的圣坛！

女疯子罗慕拉 我记得！我弯腰去拿箱子，然后……

尼金斯基 你们今天的角色要一直扮演下去，直到剧终。

佳吉列夫死了。

所以……

男疯子佳吉列夫 还有我，我记得！

尼金斯基 （*唱道*）我们向他鞠躬！

精神病人们 （*继续接唱*）在我们的圣坛里，所以，我们向他鞠躬！

尼金斯基 所有人都不得安宁。

精神病人们 一如你的心灵。

尼金斯基 尼金斯基翩翩起舞，

尼金斯基这个圣人白痴，

得到了所有人的爱。（*扑倒在地*）

这可不好！

因为尼金斯基听到了一个声音：

"你是在为自己而舞，你并非为主而舞！"（*从地上一跃而起，继续跳舞*）

他并没有听那个声音的话，

他继续舞着！

所有人都为之所赞叹。

王子将戒指赠予他，波兰贵族为他奉上钱财。

尼金斯基成了皇族晚宴上的座上宾、权贵怀中的男宠，

波兰贵族吻了他，王子也吻了他……（*扑倒在地*）

助祭们！

女疯子罗慕拉　啦啦，啦啦啦……（嘴里哼出《在满洲的山岗上》的旋律①）

男疯子佳吉列夫　而我……（围着尼金斯基转圈，时不时从裤子口袋中掏出一些小米抛向尼金斯基，尼金斯基像一只啄食的鸟儿，把米粒吞下）

　　两人开始起舞。

男疯子佳吉列夫　安年科夫，50岁，腰缠万贯，对年轻男子总是激情无限，欲罢不能……

尼金斯基和男疯子佳吉列夫　对年轻男孩就更是难掩欲火，他享受着他们的身体，无法自拔……

男疯子佳吉列夫　他与谢尔盖的姑姑相熟。巴图林，20岁，议员的儿子，他无处不在，自然也在那些姑姑阿姨太太之中……

尼金斯基和男疯子佳吉列夫　他以为他是最高贵的男宠，也从不拒绝任何女人。

男疯子佳吉列夫　贝尔格，已婚。

尼金斯基和男疯子佳吉列夫　在那些太太圈中被称为"贝尔格夫人"，高贵优雅，喜欢阳物巨大的军官和壮男。

　　伯克伦，42岁，可怜的龟公，对于一些男孩、军官和守护者们来说却是恩人。他结交年轻男孩子，然后将他们推荐给富家太太们。他自己也会享受这些男孩子们的身体，发泄欲火。他做事小心谨慎，几乎与彼得堡、莫斯科和奥德赛的所有太太圈的人相识……

　　尼金斯基扑倒在地。

尼金斯基　世界在萎缩。

男疯子佳吉列夫　（显得越来越兴奋）扎伊采夫，因为自己的阴柔之美，毫不避讳地在公共场合的舞会和各类私人聚会上都穿着女装。他高贵优雅，喜欢阳物巨大的军官。

---

① 《在满洲的山岗上》是俄国作曲家伊利亚·阿列克谢维奇·沙特洛夫1906年为纪念日俄战争而谱写的一曲华尔兹圆舞曲。

尼金斯基 （*头紧贴着地面躺着*）
   他们在他的棺材上钉上钉子。
   那声音是从威尼斯传来的。
   我听得清清楚楚。

   他们在杀害谢尔盖，
   他们在用钉子钉死谢尔盖。
   他们用钉子刺穿
   尼金斯基的身体。

   因为罪恶。
   你的是我的，
   我的是你的。

   在我们的圣坛中，
   接受诅咒吧！

女疯子罗慕拉 在我们的圣坛里，接受诅咒吧！

男疯子佳吉列夫 弗拉基米尔·彼德洛维奇·梅舍尔斯基王子，35岁，《公民报》主编，切浩维奇和德帕里给他介绍年轻的男孩子们。他为了年轻男孩子的后庭和美好的肉体从来都是一掷千金，毫不吝啬。
   贵族克拉梅尔在外交部工作，每晚都要去涅瓦大街上逛一逛，为的就是能够有艳遇……

尼金斯基 （*大声吼道*）我们要保持警惕，助祭们！

男疯子佳吉列夫 （*停下来*）在我们的圣坛里，接受诅咒吧！
  舞台上安静无声。

尼金斯基 （*唱道*）我们把灯关上！
   所有人都不得安宁。

精神病人们 一如你的心灵。

尼金斯基　尼金斯基病了，病得难以起身。

他躺在床上，

畏惧着死亡。

佳吉列夫来看他了。

女疯子罗慕拉　啦啦啦……（嘴里哼出卡拉辛斯基《法兰西圆舞曲》①的旋律）

男疯子佳吉列夫　是我，瓦斯……

尼金斯基　瓦斯……一双吊眼梢——佳吉列夫这样说道。

他触碰了尼金斯基身上这个别人不曾触碰的地方。

他又说道："王子碰过了你，现在我也在触碰着你。"

你的就是我的。

我的就是你的。

罪恶——尼金斯基说道。

佳吉列夫说道　一切从今天开始。

男疯子佳吉列夫　从今天起，我，佳吉列夫，要娶你，尼金斯基，为妻！

尼金斯基　尼金斯基说道："盛满罪恶的身体如何能跳出圣舞？"

生生世世。

"圣父选择了魔鬼当自己的丈夫"——佳吉列夫说道。

"多么令人恐惧！"——尼金斯基说道。

佳吉列夫问道　谁把魔鬼踩在脚下？

男疯子佳吉列夫　将魔鬼踩在脚下之人，必将被魔鬼踩在脚下蹂躏。

尼金斯基　尼金斯基从一开始就知道，这样做不好。

但还是说道：好的。

佳吉列夫将善恶之果举到嘴边，

先是吮吸着，然后又把它踩在脚下！

（厉声呼喊）妈妈！

女疯子罗慕拉　妈妈！这发生在巴黎。他提出让我和他一起生活，我同意了。

---

① 波兰作曲家亚当卡拉辛斯基 1905 年创作的华尔兹圆舞曲。

他坐在床上，提出的建议不容拒绝。我忽然觉得口渴，他递给我一个橙子。我手里握着橙子睡着了。醒来发现，橙子被碾得皱皱巴巴，滚落到地上。

早上的时候，医生说……

男疯子佳吉列夫　斑疹伤寒！

尼金斯基　斑疹伤寒？！（*开始唱道*）

在坟墓中，身体……

精神病人们　（*一起唱道*）和心灵都如同主一样。

在天堂中你是个罪人，

而你曾和圣父与圣灵一同坐在宝座上！

尼金斯基　伟大的约瑟夫……

精神病人们　他将你洁净无比的躯体，

从树上解救下来，

为你裹上寿衣，

入殓棺中。

尼金斯基　让我们将圣坛中的灯火点亮！

尼金斯基又重获健康！

（*开始唱道*）我们向他鞠躬！

女疯子罗慕拉　这是尼金斯基吗？！

不可能吧！这是尼金斯基？！

尼金斯基　看他走路的样子！

如同一个优雅的女神……

如同一个淫荡的情人……

如同一个木头人……

如同一个木偶娃娃……

没有灵魂……

男疯子佳吉列夫　是我。瓦斯……

一双吊眼梢！

女疯子罗慕拉　彼得鲁士卡[①]！

尼金斯基　主的木头人……尼金斯基……

男疯子佳吉列夫　还有我，彼得鲁士卡！

尼金斯基　（唱道）我们把灯关上！

　　所有人都不得安宁。

精神病人们　（唱着回应）一如你的心灵。

尼金斯基　佳吉列夫在我耳畔低语，讲述那一夜发生的事情：

　　我啃噬着你的身体，你是如此忧郁。

　　你为什么要这样做？

　　你在啃噬我的灵魂——尼金斯基喊道。

　　你没有灵魂——佳吉列夫说道，

　　你只有一张嘴。

男疯子佳吉列夫　你的嘴是颜料画的，身体是一团破布……

女疯子罗慕拉　他有灵魂吗？

男疯子佳吉列夫　没有灵魂。

女疯子罗慕拉　彼得鲁士卡！

尼金斯基　你没有灵魂，你只有一张嘴。

女疯子罗慕拉　彼得鲁士卡！

尼金斯基　（嘶吼着）你没有灵魂，你只有一张嘴。（突然一动不动，然后动作开始越来越像一个木偶）

　　彼得鲁士卡的木偶在跳舞。

　　他在集市上，在鱼市上，

　　在马路上，在大桥上，

　　在田野中，在火车站，像个木偶一样，走啊走，

　　终于，找到了他的灵魂！

[①]　彼得鲁士卡，又称《木偶的命运》，近代著名作曲家斯特拉文斯基所写的一部芭蕾舞剧，是尼金斯基主演的最著名的芭蕾舞剧之一。

　　　　　　让我们将圣坛中的灯火点亮！

　　（*开始唱道*）我们向他鞠躬！

精神病人们　（*继续接唱*）在我们的圣坛里，将灯火点亮，向他鞠躬！

尼金斯基　神圣的彼得鲁士卡！（*起舞*）

女疯子罗慕拉　他在跳舞！

　　　　　彼得鲁士卡在跳舞！

　　　　　所有人都爱彼得鲁士卡！

男疯子佳吉列夫　还有我，这就是彼得鲁士卡！

　　　　　不可能！这是彼得鲁士卡！

　　　　　一双吊眼梢！

尼金斯基　（*起身*）这可不好！

　　　　　尼金斯基听到一个声音：

　　　　　他们都爱彼得鲁士卡，他们不爱主！

　　　　　他并没有听那个声音的话，

　　　　　他继续舞着！（*非常忘乎所以地舞着，似乎要撕裂自己的身体*）

　　　　　不爱主，

　　　　　却爱着彼得鲁士卡！（*扑倒在地，开始唱*）

　　　　　主啊，求您施恩怜悯！

精神病人们　（*接唱*）这就是智慧！我们抬头挺胸！

　　　　　我们整理思绪！

尼金斯基　眼睛……

精神病人们　愿永远看不见罪恶的场景。

尼金斯基　耳朵……

精神病人们　愿永远听不到空洞的话语。

尼金斯基　舌头……

精神病人们　愿永远吐不出肮脏的词汇。

尼金斯基　嘴……

精神病人们　永远把你赞美。

尼金斯基　请洗涤我们的双手……

精神病人们　愿从此非善不为！

尼金斯基　我们不要再爱彼得鲁士卡了！

他们播种下的是风，所收的必将是暴风①。

喷射出毫无价值的精子的人，生出来的必将是石头。

精神病人们　我们不要再爱彼得鲁士卡了！

尼金斯基　（停止布道，他的目光锁定在空旷地带，仿佛看到了什么）

贡多拉！

载着尸体运向海岛！

在威尼斯，

我看见他了。

世界在萎缩。

他在导演一场葬礼。

他导演他的，我导演我的……

我的，你的，

你的，我的，

死亡。

是时候了！

掀起助祭的长袍吧！

所有人举起手，女疯子罗慕拉和男疯子佳吉列夫举起一张羊皮。

尼金斯基　没有人能和他一样。

女疯子罗慕拉　不一样。

---

① 出自《圣经》中的《何西亚书》，指恶有恶报。

男疯子佳吉列夫　还有我,不一样。

尼金斯基　死亡和他不一样。

女疯子罗慕拉　不一样。

男疯子佳吉列夫　还有我,不一样。

尼金斯基　罪恶和他……

男疯子佳吉列夫　不一样。

尼金斯基　一样!

女疯子罗慕拉　一样!

男疯子佳吉列夫　一样!

尼金斯基　这是撒旦的皮囊!

　　　　　在我们的圣坛里,

　　　　　　你接受诅咒吧!(*披上羊皮*)

精神病人们　在我们的圣坛里,

　　　　　你接受诅咒吧!

女疯子罗慕拉　撒旦,请你滚出我们的圣坛!

男疯子佳吉列夫　还有我,撒旦,请你滚出我们的圣坛!

尼金斯基　撒旦说:我不会走的!(*起舞*)

　　　　　我不想死!

女疯子罗慕拉　撒旦,请你滚出我们的圣坛!

男疯子佳吉列夫　撒旦,请你滚出我们的圣坛!

尼金斯基　我不想死!

　　　　　我不走!

　　　　　我醒了。

　　　　　没有什么可以阻止我。

　　　　　我是野人!

　　　　　是法翁!

　　　　　是发情的公羊!

女疯子罗慕拉　撒旦,请你滚出我们的圣坛!

男疯子佳吉列夫　还有我，撒旦，请你滚出我们的圣坛！

精神病人们　（唱道）撒旦，请你滚出我们的圣坛！

尼金斯基　我不走！

　　　　　我是主！

　　　　　我要在你们头上撒尿！

　　　　　脚上，从脚后跟到脚趾，

　　　　　还有夹紧的屁股！

女疯子罗慕拉　我不想死！

男疯子佳吉列夫　我不想死！

尼金斯基　（*露出生殖器*）

　　　　　这就是法翁！

　　　　　他是主，他是神！

　　　　　汗液和精液。

　　　　　淫荡总比无聊强！

　　　　　法翁和他罪恶的思想……

　　　　　阳具的味道。

　　　　　崇拜我吧！

　　　　　我是法翁！

　　　　　你的自由在哪儿？

女疯子罗慕拉　（*袒胸露乳，躺倒在地，双腿叉开*）

　　　　　撒旦，快来，快进入我的身体！

　　　　　让我死去！

男疯子佳吉列夫　我不想死！

　　　　　撒旦，你快滚出去！

精神病人们　（唱道）撒旦，请你滚出我们的圣坛！

尼金斯基　我是你们的主，是你们的神！

　　　　　我想走就走，

　　　　　不想走就不走！

女疯子罗慕拉　请你永远留在我的身体里！撒旦！

尼金斯基　不知廉耻与罪恶！

　　　　　愚蠢就是罪恶！

　　　　　法翁是如此之美！

　　　　　紧紧绷起！

　　　　　把他展示出来！

　　　　　把他展示给全世界！

　　　　　就让他在你们的头上撒尿！

　　　　　就让他尿在你们的头上！

　　　　　脚上，从脚后跟到脚趾，

　　　　　还有夹紧的屁股！

　　　　　道德是丑陋的复仇！

女疯子罗慕拉　撒旦啊，请你留在圣坛里！

男疯子佳吉列夫　撒旦，你快从圣坛滚出去！

尼金斯基　（突然停下动作，一动不动）

　　　　　撒旦啊！

　　　　　请你滚出圣坛！

　　　　　舞台上安静无声

尼金斯基　撒旦走了。

女疯子罗慕拉　撒旦走了？

精神病人们　（唱道）撒旦滚出了我们的圣坛！

女疯子罗慕拉　（突然开始发疯，癫狂，并哭喊）

　　　　　撒旦走了！

　　　　　撒旦离开了我们的圣坛！

　　　　　撒旦走了！

　　　　　撒旦来了，又走了！

尼金斯基　你们欢呼雀跃吧！

男疯子佳吉列夫　还有我，八分钟半……

尼金斯基 八分钟半？

你在说什么，佳吉列夫？！

男疯子佳吉列夫 我说得没错！

法翁，

八分钟半，彻头彻尾的扭结性交①！

尼金斯基 佳吉列夫，你见鬼去吧！

男疯子佳吉列夫 （开始陷入歇斯底里的癫狂和愤怒）我说得没错！

八分钟半，彻头彻尾的扭结性交！

我说得没错！助祭就是要这么说！

尼金斯基 是啊，你见鬼去吧！

男疯子佳吉列夫 尼金斯基，真是骇人听闻，丑陋至极啊！

谁会去买这个呢，尼金斯基！？

法翁比卖屁股的男宠还不堪！

尼金斯基 卖屁股？！（凶狠地扑向佳吉列夫）

他是真正的撒旦！

在圣坛中买卖舞蹈！

他们在贩卖圣舞！

滚出圣坛！

女疯子罗慕拉 撒旦，滚出去！

法翁起舞！

看他在跳舞！

伟大的尼金斯基在跳舞！

尼金斯基 这可不好！

因为尼金斯基听到了一个声音：

你是在为自己而舞，你并非为主而舞！

他并没有听那个声音的话，

---

① 极端激进的性行为。

　　　　　　　他继续舞着！（他抓住一根绳子，并用它抽打男疯子佳吉列夫）

　　　　　　　滚出去！

　　　　　　　假先知们！

　　　　　　　滚出去！

男疯子佳吉列夫　（一边闪躲一边喊）骇人听闻啊！滚吧，尼金斯基！

尼金斯基　滚出圣坛！

女疯子罗慕拉　你太棒了，尼金斯基！

　　　　　　　再来一次！

尼金斯基　再来一次？（停住脚步）

　　　　　　　卖屁股……

　　　　　　　将魔鬼踩在脚下的人必将也被……

　　　　　　　佳吉列夫，你接受诅咒吧！（扑倒在地）

男疯子佳吉列夫　（走回来）还有我，你接受诅咒吧！

尼金斯基　他逃走了……

精神病人们　（唱道）撒旦从我们的圣坛逃走了！

尼金斯基　我能听到他的声音……

　　　　　　　他还会回来的！（开始唱道）

　　　　　　　主啊，请赐予我永世不得安宁！

精神病人们　（唱道）主啊，请赐予他永世不得安宁！

尼金斯基　永世不得安宁！

精神病人们　就让他永世不得安宁！

尼金斯基　因为我所犯下的罪，我就该永世不得安宁！

精神病人们　因为所犯下的罪，就该永世不得安宁！

　　　　　　　你的罪，

　　　　　　　我的罪！

　　　　　　　你的是我的，

　　　　　　　我的是你的！

尼金斯基　请赐予我吧，请接受我的献祭！

精神病人们　请接受他的献祭，请赐予他！

尼金斯基　这是我的献祭！

　　　　　因我而起，

　　　　　也从我而来。

　　　　　时间差不多了，

　　　　　你们还记得你们的角色吗？

女疯子罗慕拉　我记得！

男疯子佳吉列夫　还有我。

尼金斯基　我记得！

男疯子佳吉列夫　我记得。

尼金斯基　你们要全神贯注！

　　　　　你们今天必须把角色扮演到底。

　　　　　因为主听见了尼金斯基的祷告，

　　　　　所以送来了罗慕拉。

　　　　　在布达佩斯。

女疯子罗慕拉　在布达佩斯，我弯腰去拿箱子，然后我抬头一看，尼金斯基！

尼金斯基　尼金斯基……

男疯子佳吉列夫　啦啦，啦啦啦……（*嘴里哼出伊万诺维奇所作的《多瑙河之波》的旋律*）

女疯子罗慕拉　这是尼金斯基？！

　　　　　眼睛怎么是向上吊着的！

　　　　　他怎么这样上楼梯！

　　　　　他竟然是这样上楼梯的！

尼金斯基　他行走着……

　　　　　如同法翁在行走，

　　　　　如同主在行走！

　　　　　如同一个淫荡的情人！

　　　　　在全世界的头上撒尿！

他将是我的！

女疯子罗慕拉 他将是我的丈夫！

尼金斯基！

尼金斯基 他将是你的丈夫。

女疯子罗慕拉 尼金斯基将是我的丈夫！

尼金斯基 他将是你的丈夫！

男疯子佳吉列夫 就算是丈夫，

就当是丈夫吧！

（*开始主持婚礼*）以圣父尼金斯基和圣子尼金斯基之名，

布宜诺斯，布宜诺斯！

尼金斯基 我想成为丈夫，

那就让尼金斯基成为丈夫吧——佳吉列夫说完就晕倒了。

在巴黎。

女疯子罗慕拉 尼金斯基将是我的丈夫！

尼金斯基 佳吉列夫晕倒了！

佳吉列夫没了！

将魔鬼踩在脚下之人，必将被魔鬼……

他会将你踩在脚下，佳吉列夫！

你想要没有他的幸福吗？

没有他在，就没有幸福。

没有他在，只剩下……

男疯子佳吉列夫 （*大声嘶吼*）自由！

佳吉列夫没了！

尼金斯基 他寄来电报：

你想要没有我的幸福吗？

没有我在，就没有幸福。

男疯子佳吉列夫 没有我，却有自由！

他们不会给你打针的！

　　　　　去你妈的！
　　　　　他们不会给你打针的！
　　　　　佳吉列夫没了！

女疯子罗慕拉　尼金斯基将是我的丈夫！
　　　　　我弯下腰去拿了箱子！

　　男疯子佳吉列夫和女疯子罗慕拉开始疯跑，他们的动作看起来根本不像舞蹈，更像是一群精神错乱的病人。他们也影响了其他原本平静的精神病人们。尼金斯基仿佛突然开始抽风，他一会儿做着鬼脸，一会儿做着或怪异或恐怖的表情，然后又突然陷入呆滞恍惚。

男疯子佳吉列夫　他们不会给你打针的！
　　　　　达！基！列！夫！没了！

尼金斯基　佳吉列夫没了！
　　　　　舞蹈没了！
　　　　　尼金斯基没了！
　　　　　自由还在……

男疯子佳吉列夫　精神分裂症！

尼金斯基　自由！
　　　　　跳舞！舞蹈！
　　　　　圣人白痴！

女疯子罗慕拉　精神分裂症？！
　　　　　就是尼金斯基！

尼金斯基　自由！自由！
　　　　　屁股！屁股！
　　　　　打针！

女疯子罗慕拉　他怎么这样行走？！他怎么这样上楼梯！
　　　　　就是尼金斯基！
　　　　　瓦斯！一双吊眼梢！

尼金斯基　自由！

　　　　　拉呀！来呀！来拉屎呀！

　　　　　我拉得好，拉好屎……

　　　　　拉，拉，来，拉

　　　　　他有情人吗？

　　　　　没有？

　　（大声喊道）

　　　　　瓦斯！！！

　　　　　谢尔盖！！！

男疯子佳吉列夫　我现在对你给佳吉列夫先生的那封电报做出回复：佳吉列夫先生认为，是您毁约了。所以，佳吉列夫先生也不再将与您合作。

女疯子罗慕拉　尼金斯基将是我的丈夫！

　　　　　我弯下腰去拿了箱子！

尼金斯基　你回到我身边啊，你快来啊，瓦斯！

　　　　　你回到我身边啊，你快来啊，谢尔盖！

男疯子佳吉列夫　我无法将我最近所经历的事情对你隐瞒。你知道，我四个月都不在欧洲，一直都在南美洲。我不知道在这段时间里，谢尔盖都在做什么。我经常给他写信，却从未收到过他的任何回应。你给他写信啊，你问他啊，也许当斯特拉文斯基给他写信的时候，他就会回信呢。我无法理解，也无法解释清楚他究竟为什么要这样做。我明明一直深爱着俄罗斯芭蕾啊，我全心全意地爱着啊！我像老黄牛一样任劳任怨！我像个殉道者一样，经受着生活中的一切苦难和磨砺。

尼金斯基　谢尔盖！

　　　　　泄了……

　　　　　他，

　　　　　有了，

　　　　　新的人。

　　　　　在刚开始的时候，曾经……

舞台上安静无声。

尼金斯基 他们把他剥个精光。

（*开始唱道*）主啊，我呼唤您，您听见我的祷告了吗？

精神病人们 （*继续接唱*）请您聆听我乞求的声音，我呼唤您。

女疯子罗慕拉和男疯子佳吉列夫 我不希望与尼金斯基再见面……

当他需要重演那些舞剧时，我也不会参加……

尼金斯基没有权利发表任何关于芭蕾舞的意见！

尼金斯基 （*接着唱道*）主啊，我呼唤您，请您聆听我的祈祷！

女疯子罗慕拉和男疯子佳吉列夫 在任何条件下都不允许尼金斯基参加任何形式的芭蕾舞表演！

佳吉列夫对于以下事宜全权负责：不允许尼金斯基在任何已故的佳吉列夫尸体出现的城市中进行芭蕾、歌剧、舞剧及任何形式的舞台表演！

精神病人们 （*继续接唱*）请您聆听我乞求的声音，我呼唤您。

尼金斯基 （*一个人同时发出两个人的声音说道*）

谢尔盖，你夺走了我的一切！

瓦斯，你夺走了我的一切！

谢尔盖，我恨你！

瓦斯，我对你厌恶至极！

谢尔盖，没有我，你一文不值！

尼金斯基，没有我，你又算个什么东西！

你个玩偶，跳你的舞吧！

你将在我的坟前起舞！

舞台上安静无声。

女疯子罗慕拉 10分钟后，门打开了，从里面走出了教授和面带笑容的瓦斯拉夫。

教授说:"非常好!棒极了!请您进来一下,我昨天忘了把处方给您了。"

我冲丈夫笑了笑,问道:"您说的什么处方啊?我怎么不记得这回事。"

教授关上门,对我说:"亲爱的,请您勇敢一点,您应该离婚并带上孩子远走高飞。很遗憾,我也无能为力,您的丈夫已经无药可救。"

尼金斯基　这就是尼金斯基!

一双吊眼梢!

瓦斯……

女疯子罗慕拉　我记得!我弯腰去拿箱子,然后……

尼金斯基　(*扑倒在地*)

大地要裂开了!

就要裂开了!

我听得到!

世界在萎缩。

神,

在坟前跳舞!

大地要裂开了!

生命从大地中倾泻而出!

我听得到!

春之祭!

是时候献祭了!

大地要裂开了!

佳吉列夫从大地中倾泻而出！

舞之所在，必有魔鬼。

是时候死去了！

是时候生育了！

这就是我们的献祭！

为纪念我而舞吧！（抓住一块木板，起舞）

女疯子罗慕拉 （快速跑过来，亲吻着尼金斯基）

尼金斯基将是我的丈夫！

尼金斯基 他们亲吻了他。

男疯子佳吉列夫 他一直在床上躺着，甚至拒绝下床去走一走。他还不停地强调确认，他没有任何精神心理疾病，他想做什么就做什么。

尼金斯基 春之祭！

男疯子佳吉列夫 （快速跑过来，对着尼金斯基一顿拳打脚踢）

佳吉列夫没了！

他想当丈夫就让他当吧！

尼金斯基 他们暴打了他。

女疯子罗慕拉 4月18日，他们发现他的行为发生了变化：他如同野兽一般、狼吞虎咽地吃掉了三餐；另外，他躺在床上，露出自己的生殖器，一遍又一遍地自慰；他对待其他病友的态度非常恶劣，攻击性很强，对护工更是野蛮无理。4月26日，他的妻子来看他，他起身和妻子打招呼，脸上洋溢着幸福的笑，并且对妻子表达着自己的浓浓爱意。然而当他们坐到了桌前，他就开始挑三拣四、挑刺找碴儿，然后就陷入了呆滞恍惚的状态，坐在那里一动不动，眼珠也一动不动，没有任何反应。之后他突然从椅子上站起来，猛地一把掐住护工的喉咙，嘴里始终重复着一句话："我不想死在这儿，我想活下去，我还年轻，我有我深爱的老婆，还有一个小女儿。我爱这整个世界，我不懂，我为什么要在这里被杀死！"

尼金斯基 春之祭！

女疯子罗慕拉 （跑过来，双手在他身上蹭着）

尼金斯基将是我的丈夫！

尼金斯基　他们把手擦干净了。

男疯子佳吉列夫　6月25日，他的行为愈发诡异了：他用手抱住头，脖子伸得老长，颈部肌肉伸展到最大程度，一切动作都像是要把自己的头揪下来。这让人想起了彼得鲁士卡的痛苦与绝望。他腿上的动作也很奇怪，他一直努力地把脚抬到脸的高度。除此之外，他呼吸的方式也非常夸张，先是很长时间地憋气，然后又大口大口地吐气，脸都憋紫了。

尼金斯基　春之祭！

男疯子佳吉列夫　（快速跑过来，将垃圾都丢在他身上）

佳吉列夫没了！

他想当丈夫就让他当吧！

尼金斯基　他们把他埋在了垃圾堆里。

女疯子罗慕拉　两天以来，病人拒绝使用一切床上用品，也不肯洗澡。他还威胁恐吓自己的护工，并且很长时间一言不发。昨天，他情绪非常激动，大哭大闹。他上床躺下后，像一头野兽大口喘着粗气，目露凶光，把枕头四处乱丢。他扑向自己的护工时，脚绊了一下，摔倒在地。他写道："我怕我会变成一个疯子，你们给我一瓶毒药或者什么东西吧！"

尼金斯基　春之祭！

女疯子罗慕拉　（用沾满红色颜料的手抚摸着他的额头）

尼金斯基将是我的丈夫！

尼金斯基　他们将他额头的鲜血擦去。

男疯子佳吉列夫　病人的精神问题越来越严重了。他从床上跳到地上，像四脚着地的动物一样，在地上爬行，然后又躲在角落里，像个猴子一样吃东西。在中午的时候，给他打了一针。接下来的二十三个小时中，他都保持着坐姿，蜷缩成一团，靠在自己床前的墙边。

尼金斯基 春之祭！

男疯子佳吉列夫 （跑到他身边，将钉子钉进木板中）

  佳吉列夫没了！

  他想当丈夫就让他当吧！

女疯子罗慕拉 （也跑了过来）

  尼金斯基将是我的丈夫！

尼金斯基 他们，

  把钉子，

  钉进了，

  他的棺材板中！

  我是你的儿子！

  我爱着！

  我爱着啊，爱着！

  我爱着！

  我是神，我是主！

舞台上安静无声

尼金斯基 （被钉在十字架上）

  神，在跳舞……

  在十字架上，

  神在为你们的过错而舞！

  天崩地裂，

  生命轮回。

  从大地中流淌出……

  我爱着！

是你，
谢尔盖……

你的过错，
我的过错。

你的罪恶是我的，
我的罪恶是你的。

我在坟前，
翩翩起舞，
我抹掉了一切。
生命轮回。

母亲跪在他的脚边，
军人从侧面将他打穿。
大地崩裂。

新的生命即将来临！
我听得到！
天父啊……

女疯子罗慕拉和男疯子佳吉列夫　我们的天父啊，在天上……
精神病人们　（*齐声唱道*）
　　请赐予我们，每夜安眠，
　　将我们从黑夜的恐惧中救赎，
　　将我们从黑暗的不安中救赎，
　　请赐予我们远离痛苦的美梦，
　　请保佑我们远离撒旦。

女疯子罗慕拉和男疯子佳吉列夫　不要引领我们走向诱惑……请你救赎我们……

尼金斯基　请你在你那舞蹈中将我们救赎……

精神病人们　（齐声唱道）

　　　　因为你是仁慈的主啊，

　　　　是人的挚友，

　　　　现在是，将来时，永生永世，阿门。

　　　　尼金斯基从十字架上走下来。

尼金斯基　请宽恕他。

　　　　他曾起舞。

　　　　他不曾知道，这将……

　　　　尼金斯基转身离去，女疯子罗慕拉和男疯子佳吉列夫跪在地上。

女疯子罗慕拉　我不曾，

　　　　将钉子，

　　　　钉入他的身体……（哭泣）

　　　　我弯腰去拿箱子，然后……

男疯子佳吉列夫　我……（动作僵直，目光呆滞）

全剧终

　　本剧作者创作过程中参考了格热戈日·维希涅夫斯基所翻译的《尼金斯基手记》、塔杜施·那谢罗夫斯基所著的《当理智沉睡而肌肉中生出疯狂》以及亨利克·帕普罗茨基所翻译的《东正教教义礼仪》。

Między nami dobrze jest Copyright by Dorota Masłowska

Łucja i jej dzieci Copyright by Marek Pruchniewski

Nasza klasa Copyright by Tadeusz Słobodzianek

Ciemny las Copyright by Andrzej Stasiuk

Bóg Niżyński Copyright by Piotr Tomaszuk

China Theatre Press, Shanghai Theatre Academy, Nicolaus Copernicus University in Torun, The Adam Mickiewicz Institute, The Zbigniew Raszewski Theatre Institute, The Polish Institute Culture Service of the Embassy of the Republic of Poland in Beijing